에로티카

IO TI SENTO

에디션D 시리즈
12

에 로 티 카

로 마

IO TI SENTO

———

이레네 카오 지음 · 이현경 옮김

나의 친구들에게

그가 내 이마에 가볍게 키스를 하고 내 엉덩이 곡선을 따라 천천히 움직이던 손가락을 셔츠 속으로 밀어 넣는다. 나는 그의 것. 눈을 뜨자 초록 눈동자가 내 앞에 있다. 곧 환하게 밝은 내 아침이 시작된다. 아기 얼굴처럼 매끄러운 그의 얼굴 쪽으로 한 손을 뻗는다. 처음에는 그가 밤에 몰래 일어나 면도를 한 줄 알았다. 그러다가 곧 그의 피부가 원래 그렇다는 걸 알게 되었다. 그의 수염은 아주 부드럽고 눈에 잘 띄지 않아서 방금 일어났는데도 벌써 면도를 한 듯하다.

우리는 이마를 맞대고 옆으로 누워 있다. 발로 서로를 건드린다. 우리 몸에서는 같은 냄새가 난다. 지난밤 사랑을 나눴는데 할수록 좋다. 이러한 발견이 더할 나위 없이 기쁘다. 이제 그가 손에 좀 더 힘을 주어 나를 만지며 천천히 내 몸을 흔든다.

"비비, 일어나⋯⋯." 그의 목소리는 바람 같다.

몇 분이라도 더 자고 싶어서 눈을 감는다. 떨리는 눈꺼

풀 속으로 그와 함께할 오늘이, 나날이 환영처럼 스쳐 지나
간다.

"알았어, 조금만 더 자고……." 내가 다른 쪽으로 돌아누
우며 우물거린다.

그가 다시 내 목에 입을 맞추더니 일어나서 문을 반쯤
열어두고 나간다. 나는 혼자 방에 남아 졸음을 쫓으려 한다.
여전히 정신이 들지는 않지만 어쨌든 있는 힘을 다해 침대 머
리에 상체를 기대어본다. 창문으로 스머드는 햇살이 내 얼굴
을 부드럽게 어루만진다. 눈부시게 아름다운 5월 아침, 8시
다. 벌써 더위가 느껴지고 바깥의 햇살은 거의 눈을 뜰 수 없
을 정도로 강렬하다.

내 인생의 새로운 하루가 시작된다.

세 달 전 로마로 와서 건설현장으로 필립포를 찾아간 뒤
감히 꿈도 꾸지 못했던 일이 일어났다. 그는 나를 용서해줬을
뿐만 아니라 내 이야기도 들어주었다. 나를 이해했고 아직도
사랑받고 있다는 걸 느끼게 해주었다. 필리포의 품속에서 나
는 집에 돌아온 기분을, 길을 잃고 헤매다가 나를 다시 찾은
기분을 선명하게 느꼈다. 서로의 눈을 보고만 있어도 우리가
아직도 함께 지내고 싶어 한다는 것을 충분히 알고도 남았
다. 그래서 나는 베네치아를 떠나 로마로, 이제는 우리의 아
파트가 된 필리포의 아파트로 이사했다. 에우르의 인공호수
를 마주 보고 있는 건물 맨 위층으로 밝고 환하며 아늑하다.

그가 인테리어를 했다. 난 이 보금자리를 완전히 사랑한다. 그리고 구석구석에 우리의 물건이, 우리의 사고방식과 열정을 보여주는 장식이 있다. 필리포가 디자인한 플라스틱 책장, 내가 일본 문자를 그려 넣은 라이스페이퍼 스탠드, 우리가 좋아하는 컬트영화 포스터 같은 것들이다. 나는 커튼을 치지 않은 창문들만이 아니라 탈 때마다 그 안에 갇히는 게 아닐까 겁이 나서 폐쇄공포증을 불러일으키는 건물 승강기마저 사랑한다. 하지만 무엇보다 우리가 처음으로 함께 생활하는 이 집을 사랑한다.

욕실로 조용히 들어가서 헝클어진 머리를 급히 정리하고 머리가 눈 위로 흘러내리지 않게 목덜미 부근에서 집게핀으로 고정시킨다. 지난 가을 베네치아에서의 내 단발머리는 이미 추억이 되어버렸다. 지금은 제멋대로 자란 갈색 머리가 어깨 아래까지 부드럽게 흘러내린다. 상황에 따라 즉석에서 포니테일로 묶어 올리거나 희한한 헤어스타일로 고정시켜 놓으려고 늘 고집을 부리긴 하지만 말이다.

트레이닝 바지를 입고 슬리퍼를 끌고 부엌에 있는 필리포에게로 간다.

"잘 잤어, 잠꾸러기." 그가 오렌지 주스를 유리컵에 따르며 인사한다. 그는 베이지색 면바지를 입고, 파란 와이셔츠에 옵티컬(optical) 넥타이를 매고 향수를 뿌린 뒤 벌써 나갈 준비를 마쳤다. 넥타이는 오늘 현장이 아니라 사무실에 간다는 표시다. 이제는 딱 보면 안다. 아침에 이렇게 부지런한 필리포가 정말 부럽다. 그와 비교하면 나는 집 안에서 게으름 피우는 거북이 같다.

"안녕." 나는 턱이 빠질 정도로 하품을 하고 눈을 비비며 대답한다. 등받이 없는 의자에 앉아 시멘트 아일랜드 식탁에 팔꿈치를 댄다. 그사이에도 잠이 다시 유혹을 해서 저항이 불가능할 지경이다. 가스레인지로 눈을 돌리자 그 위의 소스 팬에서 벌써 내 찻물이 끓고 있다. 필리포는 함께 눈을 뜬 첫날 아침부터 내게 이렇게 신경을 써주었다. 작은 행동이지만 그가 어떤 사람인지를 말해주기에 충분하다.

물이 끓어 넘치기 전에 필리포가 가스레인지를 끈다. "마약은 네가 넣을래?"

웃음이 터진다. 필리포는 내가 녹차와 허브차 중독이라고 주장한다. 어쩌면 그의 말이 맞는지도 모른다. 나는 매일 몇 리터씩 차를 마시고 셀 수도 없게 많은 종류의 차를 사는 게 즐겁다. 선반에 가까이 가서 마른 찻잎들이 담긴 여러 통 중 하나를 잡는다. 오늘은 아유르베다 허브를 마시고 싶다. 장미와 바닐라향이 나는 그린티다.

"마실래?" 내가 묻는다.

필리포는 커피를 마시며 고개를 젓는다.

"향이 얼마나 좋은지 좀 맡아봐, 정말이야!" 차 냄새를 맡아보라고 그에게 틴케이스를 내민다.

"맡을게, 왜 안 좋겠어······. 이제 차를 팔기까지 하려고?" 필리포는 이렇게 물으며 조심스레 코를 가까이 댄다. "죽은 고양이 냄새가 나." 그가 코를 찡그리며 판결을 내린다. 나는 고개를 젓는다. 시작부터 패배한 전쟁이다. 그래서 손을 데지 않으려 주의하며 김이 모락모락 나는 찻잔을 들고 내 의자로 돌아와 앉는다. 내 자리에서 필리포를 자세히 뜯어본다. 근육질의 날씬한 몸과 젤을 바른 웨이브가 살짝 있는 금발 머리의 그를. 점점 더 그가 좋다. 우리의 일상뿐만 아니라, 우리들의 작은 습관으로 이루어진 익숙한 세계를 공유한다는 게 좋다. 어떠한 사랑이든 이럴 게 분명하다. 시간이 갈수록 우리 두 사람이 평생 함께할 수 있으리라는 확신이 든다. 몇몇 커플들처럼 타성에 젖어 감정을 소모하지 않고 말이다.

"왜 그렇게 보는데?" 필리포가 눈이 휘둥그레져서 묻는다.

"잘생겨서." 내가 천천히 차를 마시며 대답한다.

"아첨쟁이!" 그가 다가와서 내 엉덩이를 꼬집으며 목 여기저기에 입을 맞춘다. 그러더니 내 옆에 앉아 아이패드를 켜고 구독하는 일간지의 페이지들을 넘긴다. 아침이면 그는 늘 이렇게 신문을 훑는다.

"아이패드로 어떻게 신문을 읽는지 모르겠어." 내가 의아해하며 말한다.

"종이 신문보다 훨씬 편해. 자리를 차지하지도 않고 게다가 친환경적이고." 필리포가 피아노를 치듯 손가락으로 화면을 살짝 건드린다.

"난 종이가 좋아." 내가 확신에 찬 어조로 말한다.

"넌 시대에 뒤떨어졌잖아." 그가 단숨에 커피를 털어 넣는다. 그의 입가에 만족스러운 미소가 번진다. "게다가 복원가이고……."

"도발은 접수하지 않아." 내가 우월감을 과시하며 반박한다. 우리 두 사람이 하는 일 중 어떤 게 더 유용하고 중요한지에 관해 항상 이렇게 뜨거운 논쟁이 벌어진다. 나는 과거를 보존하고 그는 건축가로서 미래를 설계한다. 간단히 말해 두 사람의 직업은 대척점에 있다. 그러니 쉽게 결론을 내리기 힘든 논쟁이다.

"오늘 밤에는 뭐 하지?" 쌀 과자를 차에 적시며 내가 묻는다.

"모르겠어, 비비……. 사실 사무실에서 몇 시에 끝날지도 정확히 몰라." 그가 아이패드에서 눈을 떼지 않은 채 건성으로 대답한다.

"건축가들은 미래를 창조한다는 환상에 빠져 있는데 당장 저녁 7시 이후도 내다볼 수 없다니……." 내가 비스킷을 깨물며, 빈정거리는 웃음을 겨우 참으며 조그맣게 말한다. 도발은 받아들이지 않지만 기회가 온다면 대수롭지 않은 비난 앞에서도 절대 물러서지 않으리라.

필리포가 드디어 화면에서 눈을 든다. 찌르기(touché).

나는 그의 머리를 헝클어놓는다. 이런 행동에 그가 몹시 화를 내리라는 것을 알면서도. 그가 내 쪽으로 몸을 뻗어 내 팔을 잡더니 등 뒤로 꺾어 꼼짝 못하게 만든다. "좋아, 비비. 네가 원한 거야." 그가 다른 한 손으로 내 갈비뼈 부근과 목 밑을 간질이기 시작한다. 나는 웃음을 터뜨리며 뱀장어처럼 몸을 꿈틀거린다. 버틸 수가 없다. 곧 용서를 구한다. 필리포가 갑자기 나를 놓아주더니 시계를 본다.

"이런, 너무 늦었어!" 그는 순식간에 아이패드를 꺼서 귀중한 유물이라도 되듯 케이스에 집어넣는다.

"금방 옷 갈아입을게." 아직 잠옷 차림인 것을 그제야 깨닫고 내가 말한다. "조금만 기다려주면 같이 나갈 수 있어……."

"못 기다려, 비비." 그가 두 팔을 벌리며 한숨을 쉰다. "30분 안에 사무실에 도착해야 해. 고객과 약속이 있거든. 이렇게 일찍 만나자고 하더라고, 빌어먹을……."

"오케이." 나는 체념한 얼굴로, 그러면서도 슬퍼 보이는 표정으로 그의 동정심을 자극하려 애쓰며 고개를 끄덕인다. 그가 안쓰러움을 느끼게 만들고 싶을 때마다 내가 짓는 표정이다. "그럼 가봐……. 할 수 없이 나 혼자 가야지 뭐……." 내가 징징거린다.

"음, 이제 지하철 타는 법 정도는 다 익혔겠지." 그가 키득거린다.

그렇다. 아마 필리포 얘기가 맞을 것이다. 나는 정말 보이스카우트 같은 방향감각이 전혀 없다. 솔직히 말하면 자주 길을 잃고 버스나 지하철을 잘못 타는 일도 허다하다. 하지만 조그만 지방도시와 다름없는 베네치아에서 카오스 같은 대도시 로마로 이주했으니 어느 정도 정상참작이 되지 않을까, 응?

"바보!" 내가 입을 삐죽인 뒤 그를 내 쪽으로 끌어당긴다. "좋은 하루." 그의 입술에 내 입술을 대며 속삭인다.

"밤에 봐, 비비." 그와 키스를 하고 나자 치약과 뒤섞인 맛있는 커피향이 입안에 감돈다.

하루의 시작이 좋았다. 그래서 마치 무시무시한 적과 싸워야 하는 사람처럼 단호한 걸음걸이로 지하철역으로 향한다. 벌써 높이 뜬 해가 걸음을 늦추고 산책을 즐기라고 유혹하지만 잘 물리칠 수 있다. 에우르는 현대적인 구역이다. 차량들이 뒤얽혀 정신없기는 해도, 아스팔트 깔린 인도와 시멘트 건물과 뒤섞인 밝은 초록의 정원이 이성적인 평온함을 전해준다. 조용히 서 있는 종탑들과 제 마음대로 운행하는 바포레토, 관광객들로 붐비는 다리 등 전혀 다른 도시 풍경에 익숙한 내게는 모든 게 새롭다. 그래서 집에서 일터로 갈 때마다 아직도 멍한 상태로 걷는다. 지하철 계단을 내려가서 자신 있게 레빕비아 방향 쪽 지하도로 들어간다. 이 지하로 들어서면 늘 반대 방향에서 지하철을 타는 게 아닌지 겁이 난다. 지하에서는 정말 모든 게 얼마나 복잡한지! 여러 차례 길을 잃었는데 가장 심각한 실수는 필리포에게 전화로 도움을 요청한 일이었다. 딱 한 번, 절망적으로 SOS를 보냈는데 그게 평생 놀림거리가 되는 형벌을 안겨줄 줄은 몰랐다.

선로 근처 철제 벤치에 앉아서 지하철을 기다린다. 내 주위의 사람들을 보면서 이 사람들은 어디로 가고 있고 어떤 일을 하고 있을지 맞춰보려 한다. 가이아와 내가 어릴 때부터, 하교 시에 즐겨 하던 게임이다. 지금 가이아는 무슨 일을 하고 있을까? 12센티 굽의 지미 추 하이힐을 신고 짧은 원피스를 입은 채 베네치아 골목길들을 빠르게 걸으며 수백만장자인 일본 고객을, 피로에 지친 모습으로 아침 쇼핑 일정을 소화 중인 그 고객을 수행하는 가이아를 상상해본다. 자주 통화하지는 못하지만 그녀가 정말 그립다. 그 애의 솔직한 미소, 다양한 표정, 격정적인 포옹, 심지어 유행과 패션에 대한 강요까지 말이다. 베네치아를 떠올리면 아쉬운 건 가이아와의 우정밖에 없다. 물론 부모님은 제외지만 난 하루 빨리 그곳을 떠나고만 싶었다. 정확히 닷새 후면 서른 살이 된다니 실감이 나지 않는다. 여기 로마에서 서른 개의 초를 끄게 될텐데 생각만 해도 한없이 행복하다. 생일날을 한 번도 좋아해본 적 없는 내가 말이다. 나는 내 인생의 중요한 순간에 이르렀다. 그걸 느낀다. 이십 대라는 어두운 강물을 떠난다는 건 어느 여자에게나 트라우마지만 나는 새로운 사랑과 새로운 도시와 새로운 삶이라는 최고의 조건들을 가지고 성인의 나이로 접어들었다고 확신한다.

드디어 내가 탈 지하철이 들어온다. 혼잡한 시간이지만 아직도 빈자리가 몇 군데 있다. 나는 팔꿈치로 사람들을 힘껏 밀치며 안으로 들어가서 뚱뚱한 아주머니와 여드름투성이 사춘기 소년 사이의 비어 있는 좌석에 끼어 앉는 데 성공한다. 얇은 셔츠를 입은 어린 청년이 내 앞에 서 있다. 등을 돌리고 있는데 덩치가 어찌나 크던지, 시야를 모두 가려버려 정거장을 알려주는 전광판조차 볼 수 없을 정도다. 콜로세오 역에 도착하려면 적어도 10여 분은 걸린다. 잘못 내리지 않으려고 손가락으로 역을 세다가 포기해버린다.

갑자기 그 청년의 등에서 눈을 떼지 못하는 나 자신을 발견한다. 친숙한 뭔가에 홀린 기분이다. 그 셔츠, 그 어깨, 검은 머리까지. 청년이 어려 보이지만 않는다면 딱 레오나르도였다. 그에 대한 기억이 번개처럼 뇌리를 스쳐 지나자 어둠 속으로 미끄러져 들어가는 기분이다. 주위가 온통 뿌예진다. 머릿속에서 그와 함께한 순간들이 뚜렷하게 되살아나 흑백의 스냅사진이 되어 성가신 벌레들처럼 내게 달려들기 시작한다. 고개를 힘껏 저어 그것들을 몰아낸다. "까마득한 옛일이야." 혼자 중얼거린다. 지금 레오나르도가 어디에 있는지, 우리 사이가 그렇게 끝나지 않았을 가능성이 있었는지를 자문해보는 게 이제 내게는 전혀 중요하지 않다. 그로 인해 격렬하게 일었던 감정들을 후회하는 게 이제 아무 의미가 없다. 그를 만나기 전에 느꼈던 공허감이라든가 감각의 발견, 비밀스러운 만남들이 준 흥분 들도. 모든 게 끝났고 영원히 사라졌다.

어쩌면 과거를 되돌아보고 그 당시의 일을 거리를 두고 바라볼 준비가 되지 않았는지도 모른다. 하지만 적어도 지금은 레오나르도가 갑자기 떠올라도, 석 달 전처럼 가슴이 찢어지는 듯하고 속이 답답해지면서 거의 마비상태가 되는 위기의 상황에 빠지지는 않는다. 나는 다시 일어섰고 처음부터 다시 시작했다. 독감에서 회복될 때와 약간 비슷하다. 나는 감정들을 다스리고 그것들을 조각조각 분해하는 법을 배웠다. 매번 그렇듯이 시간이 흐르면서 고통은 무뎌진다. 물론 당장은 트라우마를 극복하는 게 영원히 불가능할 것처럼 보일지라도. 이미 나는 레오나르도를 있는 그대로 볼 수 있게 되었다. 그와의 그릇된 사랑은 과거 엘레나의 것이므로, 나는 절대 과거로 되돌아가지 않을 결심을 한다. 훨씬 더 현명해지고 자신감에 차 있는 나 자신을 본다. 훌륭한 남자, 필리포의 곁에 있는.

콜로세오 역에서 내려 포리 임페리알리 가로 올라간다.

거기서 직장으로 가는 버스를 타면 된다. 버스를 기다리는 동안 내 눈앞에 펼쳐진 로마를 본다. 방치되어 있지만 화려하고 당당한 로마의 아름다움에 계속 놀라고 매일 그 아름다움에 사로잡히곤 한다. 혼란스럽게 성장한 예술과 역사가 켜켜이 쌓여 있다. 이 도시는 자기 옷장에 있는 다양한 시대와 스타일의 옷들을 숨겨야 할지 자랑해야 할지 결정하지 못해 모두 다 뒤섞어 한꺼번에 입기로 한 귀부인 같다.

버스가 요란한 소리를 내며 돌로 포장된 도로를 달린다. 그리고 자동차들이 밤낮없이 끝없는 행렬을 이뤄 빙글빙글 달리는 베네치아 광장의 로터리로 천천히 들어간다. 나는 라르고 아르젠티나에서 내려 비토리오 에마누엘레 대로를 등지고 옆으로 난 좁은 골목길로 들어선다. 구불구불한 좁은 도로들이 미로처럼 얽혀 있는 로마 시내에서는 종종 당황해서 방향감각을 잃게 된다. 그렇지만 결국 언제나 바람이 잘 통하는 인상적인 광장으로 다시 나가게 되어 즐겁고 유쾌해진다. 이제 나는 그 길들을 두려워하지 않는 법을 배웠다. 여전히 길을 잃고 매번 다른 길에서 헤매긴 하지만 말이다. 어쨌든 조만간 어느 쪽에서인가 마음을 안심시키는 판테온이나 길쭉한 나보나 광장이 나타나서 내가 제대로 길을 찾았다고 알려주리라는 걸 알고 있다.

드디어 내 목적지인 산 루이지 데이 프란체시 광장이다.

10분밖에 늦지 않았다. 로마에서는 약속 시간에 15분 정도 늦는 건 당연하지는 않지만 평범한 일이라는 설명을 들었다. 이렇게 복잡하고 교통 체증이 심한 도시에서는 정각에 도착하리라고는 아무도 기대하지 않으며 경우에 따라서는 분을 다투는 게 약간 예의 없는 까다로운 행동으로 해석될 수 있다.

나는 무리 지어 있는 몇몇 성직자들 옆을 지나가다가 산 루이지 성당에서 미사를 집전하는 사제들 중 한 사람인 세르주 신부님을 발견한다.

"봉주르, 마드무아젤 엘레나" 신부님이 인사를 하며 까만 피부 때문에 더 새하얗게 보이는 이를 드러내며 웃는다.

산 루이지는 로마에 있는 프랑스 공동체의 성당이고 주임 사제는 세네갈 출신의 프랑스인이다. 나는 목례로 인사를 하고 입구 쪽으로 걸음을 재촉한다. 지붕에 거대한 십자가가 없다면 성당 정면은 코린트식 기둥들이라든가 우아한 벽감에 놓인 석상들로 인해 신앙의 장소라기보다는 신고전주의 양식으로 지은 팔라초라고 생각하기가 쉬울 것이다.

나는 나무문을 밀고 환한 햇빛을 떠나 어둑한 실내로 들어간다. 매일 아침 이런 예술의 신전에 들어가는 게 믿을 수 없는 특권 같다는 생각을 한다. 이곳에는 카라바조의 작품들 중 가장 유명한 〈성 마테오의 순교〉, 〈성 마테오와 천사〉, 〈성 마테오의 소명〉 세 작품이 보관되어 있다. 나는 개요서를 보며 이 작품들을 여러 시간 공부했지만 여기서 작업을 하기 전까지는 한 번도 실제로 본 적이 없었다. 그래서 매일 내가 복원작업을 하는 예배당으로 가기 위해, 바로 예배당 근처에 있는 그 그림들 앞을 지난다는 게 믿기지 않을 정도다. 이 성당에서 일하게 된 게 정말 행운 같다. 물론 성당 안은 습기와 먼지투성이에, 용해제는 초 민감성인 내 피부에 해로운 데다가 입고 있는 방수 작업복은 내 몸 주위에 엄청난 온실효과를 만들어내고, 그뿐만 아니라 작업용 가설물은 다소 불안하고, 세르주 신부는 한 시간에 한 번씩 작업을 확인하러 오며, 사람들이 쉴 새 없이 오가는 악조건이기는 하지만 말이다.

베네치아 복원 연구소 소장으로 문화재 보존 분야에서 영향력을 가진 보라치니 교수의 친절한 추천 덕에 이 일을 맡게 되었다. 나는 로마에 대한 정보를 좀 얻을 수 있을까 해서 전화를 했는데, 보라치니 교수는 베네치아 사무실의 책상에서 일어나지도 않은 채, 전화 단 두 통으로 이 귀중한 작업을 내가 맡을 수 있게 해주었다. "너를 위해 손을 좀 써줄 수 있지." 교수님은 내가 전화를 하고 나서 한 시간도 안 돼서 단호하면서도 확신에 찬 목소리로 내게 알렸다. "실망하지 않을 테니 두고봐, 엘레나. 체카렐리 곁에서 일할 수 있게 자리를 마련했어. 내 옛 제자인데 지금은 로마에서 제일 뛰어난 복원가 중 한 사람으로 손꼽히지. 보통은 혼자 작업하는 걸 좋아해. 그래도 널 쫓아내지 않으면, 무엇보다 특이한 그 성격에 네가 스트레스를 받지만 않으면 배울 게 아주 많을 거야." 그녀는 거의 협박에 가까운 말투로 이렇게 말을 마쳤다.

그래서 베네치아에서 가장 무서운 여교수의 소개 덕에 나는 지금 여기에, 이 불안정한 가설물 위에 서서 스펀지와 붓, 고무연마재를 손에 들고 16세기 말에서 17세기 초에 살았던 로마의 화가 조반니 발리오네의 〈동방박사의 경배〉 복원작업에 몰두한다. 발리오네는 유명한 카라바조의 전기작가 중 한 사람이었지만 카라바조와 앙숙이 되어버렸고 결국은 그를 법정으로 끌고 갔다. 발리오네를 자극한 것은 늘 그랬듯이, 예측하기 힘든 밀라노 출신 화가 카라바조의 기질이었다. 사실 카라바조는 발리오네를 조롱하는 풍자시들을 썼고 발리오네가 표절을 했다고 비난했다. 발리오네가 명예훼손으로 고소를 해서 카라바조는 한 달 동안 감옥에 갇혀 있었다. 몇 세기 후 이 두 천적의 작품이 이 성당 안에서 벽 하나만을 사이에 두고 나란히 걸려 있다. 만일 저세상이 있다면, 카라바조는 멋지게 설욕하고 있다고 생각할 것 같다. 매일 수많은 관광객이 예배당에 걸린 그의 작품을 보고 감탄하는 반면, 가여운 발리오네의 작품은 그저 건성으로 한 번 흘깃 볼 뿐이니까.

"시작할까 아니면 하루 종일 물끄러미 바라보고만 있을까?" 체카렐리의 목소리다. 로마 최고의 복원가이며 만나자마자 알게 되었듯이 최악의 성격의 소유자인 그녀가 로마 사투리 억양이 뚜렷한 말로 백일몽에 빠진 나를 서둘러 깨운다. 그녀를 알게 된 뒤로 보라치니 교수가 날 도와주려 한 건지 아니면 내 신경으로는 견뎌낼 수 없는, 실현 불가능한 임무와 대면하게 하려고 한 건지 그 진의를 알 수가 없게 되었다…….

나는 재빨리 뒤를 돌아본다. 연두색 테의 이상한 안경 뒤에 반쯤 가려진 엄한 눈길을 피할 수가 없다. 파올라는 40세가량으로 키가 크고 말라서 약간 흔들흔들 걷는다. 밝게 부분 염색한 금발 머리는 항상 포니테일로 묶거나 핀으로 고정시켜서 로마 마라톤 선수 같은 희한한 분위기가 난다. 엄격하고 까다롭지만 정말 우리 분야의 천재다. 그녀는 색의 비밀을 아는 몇 안 되는 사람으로 프레스코 벽화에 깊이 숨어 있는 혼을 직감하고 각 부분들을 눈부시게 복원해내는 능력이 있다. 안타깝게도 자신의 재능을 빌어먹을 정도로 의식하고 있어서 안료 배합에서 무슨 실수를 알아차리거나 한 부분에서 너무 오래 지체하고 있을 때면 가차 없이 나를 불러 명령을 내린다. 그녀는 말이 별로 없지만 말을 할 때는 직설적이고 날카롭다. 그때마다 일종의 경외감을 느낀다. 물론 파올라 자신이 보여주고 싶어 하는 모습이 실제와는 전혀 다를 수도 있으리라.

"엘레나, 지금 대체 뭐 하는 거야?" 그녀의 목소리가 밀려오는 파도처럼 내 등에 와서 부딪힌다. 성모의 망토에 색을 입히려는 중에 붓을 든 채 즉시 뒤돌아보다가 렌즈 속에서 나를 노려보는 그 밝은 갈색 눈과 마주친다. 그녀의 얇은 입술 주위에는 두 개의 팔자주름이 짙게 그려져 있다. "먼저 시험을 해봐. 정말 똑같은 색인지 내가 확신이 안 서니까." 그녀는 내가 들고 있는 파란 물감 컵을 턱으로 가리키며 말한다.

"네⋯⋯." 이미 수천 번 시험을 해보긴 했지만 그녀에게 타협적으로 대답한다. 성모의 옷에 살짝 붓질을 한다. "제 눈에는 그렇게 다르지 않은데⋯⋯." 내가 말한다. 사실 물감 색은 프레스코 벽화 원본과 완벽하게 일치한다.

파올라가 확인을 하려고 다가온다. 먼저 시험적으로 물감을 칠한 부분을 본다. 그러더니 내게는 한없이 길게만 느껴지던 순간이 지나고 그녀의 얼굴에 평상시의 표정, 그러니까 나뿐만 아니라 온 세상에 몹시 화난 듯한 표정이 되살아난다.

"수첩에 정확한 안료의 양을 잊지 말고 기록해둬." 그녀는 이렇게 말하고 다시 자기가 작업하는 프레스코 벽화, 그러니까 예배당 다른 쪽 벽에 있는 샤를 멜렝(Charles Mellin)의 〈수태고지〉로 돌아간다.

"오케이. 다음에는 그렇게 할게요." 나는 매번 기록할 필요가 없고 다 외우고 있다고 대답하고 싶지만 아무 말 하지 않는다.

파올라가 말하는 수첩이라는 것, 그녀가 경건할 정도로 정성을 다해 보관하는 그것은 딱딱한 판지 표지에 속지는 줄이 없는 하얀 종이로 된 두꺼운 노트다. 매일 아침 작업을 시작하기 전에 그녀는 먼저 페이지 위쪽에 날짜를 쓰고 바로 밑에 배합에 사용한 안료의 양을 모두 기록하거나 내게 기록을 하게 시킨다. 나는 나 자신이 지나치게 꼼꼼하게 작업을 하고 완벽주의를 추구해서 임상 사례가 될 수도 있다고 생각하고 있었다. 그러다가 파올라를 만났고 내 생각을 바꿔야만 했다. 정말 최악에는 끝이 없다. 처음에는 지나칠 정도로 꼼꼼한 그녀 때문에 깜짝 놀랐다가 차츰 적응이 되었고, 결국은 그녀를 높이 평가하게 되었다. 이미 스톡홀름 증후군에 완전히 빠졌다는 걸 인정한다.

그러나 작업 이외의 부분에서는 우리가 서로를 깊이 알 수 있는 기회가 전혀 없었다. 그녀와 친해지고 싶어서 뭔가 함께 마시자고 권하거나 휴식 시간에 시내 산책을 좀 하자고도 해봤지만 그녀는 항상 거절했다. 늘 거리를 유지하고, 우리 관계를 직장의 서열에 따른 형식적인 관계, 단순하고 냉담한 관계로 유지하려고 애쓰는 듯이 보인다. 그렇지만 그 철가면 뒤에 여린 마음을 감추고 있다는 확신이 드는데, 왜 그런 생각이 드는지 그 이유는 나도 모른다. 현실은 늘 정반대이니까. 어쨌든 그녀가 붓을 쥐고 있는 자세와 프레스코 벽화 위로 우아하게 그 붓을 움직이는 모습을 보면, 새털처럼 가볍게 윤곽과 음영을 어루만지는 그 붓질을 보면 그런 확신이 든다.

우리는 서로 등을 보이고 각자의 벽화를 향해 돌아서서 오전 내내 작업을 한다. 이 안에서 들리는 소리라고는 신도석을 따라 걷는 사람들의 발소리와 카라바조 작품 앞에 불을 켜기 위해 기계에 동전을 집어넣는 소리밖에 없다. 잠깐 작업을 멈추고 눈의 피로를 좀 풀어주기 위해 인공눈물 두 방울을 떨어뜨리고 휴대전화를 확인한다. 필리포에게서 문자메시지가 와 있다.

미래를 계획하는 몽상가가 주의 깊고 심도 있는 분석을 마치고 아페리티프와 영화가 있는 저녁을 준비했어. 파르네제에서 타란티노 상영하는데. 이쪽에서 만날까?

필리포의 사무실은 여기서 얼마 떨어지지 않은 줄리아가에 있다. 일을 마친 뒤 종종 그곳으로 가 캄포 데이 피오리에서 아페리티프를 마시고 영화관에 가서 제일 먼저 상영하는 영화를 본다. 그러고 나면 지하철을 타고 집으로 돌아갈 수 있다. 요즘은 밤이 몹시 더워서 둘 다 집에 틀어박혀 있고 싶어 하지 않는다. 그래서 여느 때처럼 이런 제안이 아주 마음에 든다.

오케이, 있다 봐.

키스.

휴대전화를 주머니에 넣고 다시 일을 시작한다.

"우리에게도 포토샵 같은 프로그램이 있으면 좋겠어요." 성모 마리아의 옷을 약간 희게 만들며 내 생각을 크게 말한다. "얼마나 편한지 아세요……."

파올라가 빙그레 웃는다. "글쎄, 잘 모르겠는데. 아무리 그래도 능숙한 손놀림이 필요할걸." 그러더니 그녀는 내가 일하는 쪽으로 다가와서 주의 깊게 하나하나를 살핀다. "충고하자면, 남아 있는 작은 얼룩도 잘 닦아내야 해." 그녀가 장갑을 낀 손으로 벽의 한 지점을 가리킨다. "그렇지 않으면 물감을 칠했을 때 문제가 생길 수 있어."

"알겠습니다." 나도 그렇게 해야 한다는 것쯤은 잘 알고 있는데 그녀는 기회를 놓치지 않고 그 사실을 상기시킨다. 파올라가 장갑을 벗고 도구들을 챙기기 시작한다.

"벌써 가시게요?" 나는 눈이 휘둥그레져서 묻는다. 파올라는 항상 나보다 늦게 작업장을 떠나곤 했으니까.

"응. 기억 안 나?" 그녀가 머리핀을 빼서 머리를 흔들며 푼다. "오늘 오후에는 작업 못 해."

"아, 맞아요." 그렇다……. 며칠 전 오늘 오후에 약속이 있다고 말했었다. 무슨 일인지는 전혀 알 수 없다. 나는 되도록 캐묻지 않으려고 조심했다. "그럼 내일 봐요."

"내일 봐." 그녀가 고개를 까딱하고 인사를 한다. 스니커즈를 신은 그녀가 멀어져간다.

오후에는 진도를 많이 나갈 수가 없었다. 4시에 세르주 신부님이 빼곡하게 모인 신도들 앞에서 프랑스어로 길고 긴 미사를 집전해서 주의가 산만해지기도 했고, 집중력이 떨어져 섬세한 부분에 초점을 맞추고 있기가 점점 힘들어진 이유도 있다. 그래서 필리포에게 갈 시간이 될 때를 기다리며 사람들을 관찰하고 수첩에 꼼꼼히 기록을 한 뒤 내일 사용할 안료를 준비하고 필요 이상으로 차분하게 내 도구들을 정리한다.

가끔 한 청년과 눈이 마주친다. 며칠 전부터 성당에 와서, 자신의 앞으로 지나가는 관광객들에게 신경을 쓰지 않은 채 몇 시간씩 카라바조 그림들 앞에 서 있는 청년이다.

그는 강청색 표지의 이상한 스케치북에 메모를 하거나 연필로 가끔 스케치를 한다. 그러다가 종이를 찢어내서 고무 밴드가 달린 판지 파일에 끼워 넣는다. 아무리 많아도 스무 살은 넘지 않아 보이는데 어쩌면 그보다 훨씬 더 어릴 수도 있다. 매일 아무 무늬도 없는 검은 티셔츠에 스키니 진을 입고 신발은 체크무늬 컨버스 올스타를 신는다. 손목에 끈으로 엮은 팔찌 두 개를 찼으며 왼쪽 눈썹 위에서는 피어싱이 반짝인다. 키가 크지 않고 매우 말랐으며 약간 신경질적이고 천재적인 학생의 전형적인 외모다. 팔에만 근육이 조금 있을 뿐이며 피부는 하얗고 상체는 약간 구부정하다.

청년이 나를 보고 살짝 미소를 짓는다. 인사를 대신하는, 거의 보일락 말락 한 수줍은 미소다. 그 미소는 '이제 우리 인사할 수 있는 사이죠……. 닷새 동안 연달아 같은 장소에서 만났으니 서로 아는 사이잖아요'라는 뜻이다. 나는 그의 크고 검은 눈이, 살아 있고 뜨거운 그 눈이 좋다. 그리고 짙은 눈썹과 살짝 헝클어진 갈색 머리도 좋다. 크고 육감적인 입술이 상당히 이국적인 분위기를 만들어낸다.

어쩌면 학생이 아니라 신참 화가일지도 모른다. 많은 청년들이 찾아와서 카라바조의 걸작들을 감탄하며 바라보지만 그는 다르다. 특이할 정도로 몰두해서 작품들을 연구하고 노트에 열심히 글을 쓰거나, 내용을 한 줄 한 줄 머릿속에 새기기라도 할 듯 줄을 그어가며 몇 시간씩 책을 읽는다.

6시 15분에 그가 자리를 뜬다. 나 역시 그때 퇴근을 한다. 오늘은 충분히 일을 했고 어쨌든 더 있어봐야 별 소용도 없을 게 뻔하다……. 진이 다 빠져버렸다. 작업복을 벗고 머리를 매만진 뒤 신도석을 따라 밖으로 나간다. 가죽 샌들이 대리석 바닥에 닿아 발소리가 울려 퍼진다. 소음을 줄이려면 살금살금 걸어가야 한다.

청년의 옆으로 지나가다가 그의 파일에서 종이 한 장이 떨어져 나온 걸 보았다. 종이를 집어서 청년이 내 곁을 지나

가기 전에 서둘러 두 손가락으로 그의 등을 두드려 막는다. 그가 깜짝 놀라 돌아본다.

"미안해요, 이게 떨어져서." 내가 종이를 내밀며 말한다.

"고맙습니다. 떨어진 줄 몰랐어요." 그가 얼굴을 붉힌다. 약간 놀란 듯하다. 한 손으로 머리를 긁적이더니 종이를 받아서 반으로 접어 파일의 고무밴드 밑에 끼워 넣는다.

"며칠 전부터 여기 오는 걸 봤어요." 같이 성당을 나서면서 내가 말한다. "공부 중인가요?"

"네. 미술 아카데미 1학년입니다." 그는 긴장하고 있다. 쉴 새 없이 움직이는 그의 눈동자를 보면 알 수 있다. "성 마테오 연작을 공부하는 중이에요." 그가 목청을 가다듬고 설명한다.

"그럴 거라 생각했어요." 내가 우호적인 미소를 짓는다. 나는 본능적으로 그에 대해 호의를 가지고 있다.

"복원가이시죠?" 그가 감탄의 눈으로 나를 본다. 나는 거의 감동할 뻔했다. 잠시 후 그가 한 손을 내밀며 부드러운 목소리로 덧붙인다. "아, 반가워요. 마르티노예요."

"엘레나예요." 나는 그의 따뜻한 손을 잡는다.

"그런데 억양이? 고향이 어디예요?"

"베네치아."

"그렇죠……. 그러면 일 때문에 여기 왔군요, 맞죠?"

"꼭 일 때문만이 아니라……" 내가 미소를 짓는다. "남자

친구와 같이 지내기 위해서이기도 해요."

"아." 그가 고개를 끄덕인다. 약간 실망하는 눈치다.

우리는 둘 다 뭔가 할 말을 찾는 사람처럼 잠시 아무 말도 하지 않는다.

"그러면 앞으로도 종종 볼 수 있겠죠, 마르티노."

"네, 아마 그럴 거예요." 그가 눈을 반짝이며 대답한다.

"난 이쪽으로 가요." 내가 갈 방향을 가리키며 말한다.

"저는 저쪽이요." 그가 말한다.

"그럼 곧 다시 봐요."

"곧이요."

마르티노가 두어 걸음 뒷걸음질 치더니 바닥을 내려다보며 올스타를 신은 사람답게 약간 건들건들 멀어져간다. 나는 가만히 그를 지켜본다. 그러자 내가 정말 떠났는지 확인이라도 하려는 듯 뒤돌아보는 그의 모습이 보인다. 그에게 미소를 짓고 그도 나를 보고 웃는다. 고개를 돌리고 걷던 그가 다른 행인과 정면으로 부딪친다. 당황한 그는 사과를 하더니 부끄러워하며 고개를 숙이고 다시 빠른 걸음으로 걷는다.

어리바리한 그에게 친근함과 호감을 느낀다. 숫기가 없는 사람들은 서로를 금방 이해한다. 곧 다시 만나, 마르티노. 오늘부터 새로운 친구가 하나 생긴 기분이다.

오늘은 마르티노가 청바지 벨트에 작은 가죽가방을 매
단 채 일찍 나타났다. 2분에 한 번씩 동전을 꺼낸다. 금속의
기계에 떨어지는 메마른 금속성 소리와 탁 하고 스포트라이
트가 켜지는 소리가 들린다. 그러고 나면 마치 마법의 공연에
서처럼 마테오 성인이 어둠 속에서 나온다.

마르티노는 그림을 뚫어지게 바라보며 연구하고 세부사
항들을 하나하나 분석한다. 그리고 관광객들 사이를 힘겹게
뚫고 계단에 웅크리고 앉아 흩어진 종이 위에 글을 쓰기 시
작한다. 우리가 공식적으로 인사를 나눈 뒤로 닷새가 지났
다. 이제 그는 기분을 좋게 해주는 익숙한 존재가 되었고 파
올라의 지속적인 스트레스를 해소해주기도 한다.

이따금 그가 우리 예배당에 얼굴을 내밀고 복원기술이
라든가 색채 이론 같은 이야기들을 나눌 때도 있는데, 그러
는 동안 파올라는 자기 일에 빠져 아무 말도 하지 않는다. 마
르티노는 마치 연구해야 할 작품이라도 되듯 나를 주의 깊게

관찰하지만 그게 짜증스럽지는 않다. 예술의 비밀을 모두 알기만을 간절히 바라는 사람처럼 호기심이 듬뿍 담긴 총명한 눈으로 바라보기 때문이다. 그는 코르소 가의 인도에서 빈둥거리거나 개조한 스쿠터를 타고 오만하게 시내를 질주하는 또래들과는 뭔가 다르다. 마르티노는 수줍음을 많이 타고 옷차림이 독특하지만 매우 단정하게 행동한다.

"오늘 만반의 준비를 하고 온 것 같은데요." 내가 턱으로 그의 가방을 가리키며 말한다.

그가 미소를 짓는다. "전등이 왜 이렇게 금방 꺼지는지 이해를 못하겠어요……"

"세르주 신부님께 물어봐요." 나는 웃으면서 말한다. 하지만 파올라가 즉시 신경질적인 반응을 보인다. 나는 투덜거리는 그녀를 무시하고 성모의 옷에 필요한 붉은 안료를 섞기 시작한다.

"나도 두 분처럼 전등이 필요해요." 마르티노가 복원 중인 예배당을 영화촬영장처럼 환히 밝혀주는, 황소 눈처럼 생긴 할로겐 전등을 가리킨다.

"세르주 신부님이 허락하지 않을 게 분명해요." 이 말을 하는 동안 스냅사진이 하나 머릿속을 스쳐 지난다. 교회의 문을 닫기 전 돈궤를 비우며 흐뭇한 미소를 짓는 세르주 신부의 얼굴이다. 내 생각에는 카라바조의 작품들과 거기 있는 조명시설이 산 루이지 데이 프란체시 수입의 상당 부분을 차지할 것 같다.

　"그렇지만 이건 도둑질이에요!" 마르티노가 화가 나서 반박한다. "이 연구에 상당한 돈이 들어가고 있다니까요……." 그가 거의 텅 빈 가방을 흔들며 말한다. "그래도 뭔가에 도움이 되길 바라야죠. 제 지도교수님이신 본판테 교수님은 내가 쓴 글을 하나도 마음에 들어 하지 않아요!"

　"내 교수님도 그랬는데, 만족을 모르셨죠." 내가 경험이 풍부한 사람 같은 분위기로 고백을 한다. "가브리엘라 보라치니 교수님이에요. 무시무시한 분으로 명성이 높았고……." 파올라가 내 쪽으로 휙 돌아선다.

　"왜 그러세요?" 우리 잡담이 그녀에게 방해가 된 게 아닌지 걱정이 돼서 묻는다.

　"아무것도 아니야……. 빨간 안료 좀 줄 수 있어?" 그녀가 평상시와 달리 친절하게 묻는다. 물감을 그녀에게 건넨다. 이상한 일이다. 왠지 당황한 것처럼 보이지만 그녀가 금방 자기 벽화 쪽으로 돌아섰기 때문에 제대로 알아차릴 시간조차 없다. 나는 마르티노와 계속 이야기를 나눈다.

　"진짜예요……. 몇 달 동안 내가 질문할 때마다 교묘하게 무시를 하더라고요. 면담 날에는 연구실 앞에서 몇 시간씩 줄을 서서 기다렸죠. 그러고 나서 과정이 끝날 때 조르조네에 관한 소논문을 보여 드렸어요. 수없이 밤을 새우고 오후에는 아카데미아 미술관에서 스케치를 하고 베네토 지역의 외딴 마을 도서관에서 길고 긴 조사를 하고 나서 쓴 논문이었죠. 그날부터 교수님이 나를 당신의 기대에 어울리는 학생이라고 생각하기 시작했죠."

"나에게도 그런 일이 일어났으면 좋겠어요! 본판테 교수님은 워낙 깐깐한 분이라서……." 마르티노가 고개를 젓는다. 그러다가 안료와 물을 섞는 나를 신기한 듯 바라본다. "왜 그런 병을 사용하세요?" 그가 묻는다.

"불순물을 걸러주는 필터가 있거든요." 내가 마개를 들어 올려 그에게 보여준다. "석회는 물감에 치명적이죠. 베네치아에서 내가 배운 비법이에요."

"조용히 좀 해줄 수 없어?" 파올라가 갑자기 태도를 바꾸며 투덜거린다. 마침내 우리 잡담 때문에 짜증이 난 게 틀림없다.

"죄송합니다……." 마르티노가 파올라를 진정시키려고 애쓴다.

나는 어깨를 으쓱하며 그에게 윙크를 한다. '그냥 놔둬요, 원래 이래요'라고 말하듯이.

파올라가 계속 투덜거린다. "캄피돌리오의 거위들(390년 로마 캄피돌리오를 포위한 갈리아군은 야간에 기습공격을 감행할 계획을 세웠으나 유노 신전에 바쳐진 거위들이 요란하게 울어대서 그 덕에 로마군이 요새를 기어오르던 갈리아군을 물리칠 수 있었다는 전설에서 나온 표현—옮긴이)보다 더 시끄러워." 그녀는 화가 나면 로마 사투리 억양이 눈에 띄게 두드러진다.

"혹시 휴식 시간 아닌가요?" 벌써 11시가 지났는데 파올라가 아직도 벽화에서 꼼짝을 하지 않아 한번 용기를 내서 말해본다. "커피 마시러 갈래요?" 마르티노에게 동의를 구하는 눈길을 던지며 묻는다.

"둘이 다녀와." 파올라가 꿈쩍도 하지 않으며 대답한다. "난 이 부분 끝내야 해." 그녀는 프레스코 벽화에서 눈도 떼지 않고 냉랭하게 덧붙인다.

"좋아요, 그럼 조금 있다 올게요."

나는 방수 작업복을 벗고 제대 뒤의 성구보관실에서 가방을 들고 나와 마르티노와 함께 살금살금 교회 밖으로 나간다.

"맙소사, 저 동료분 정말 까칠하네요……."

밖으로 나오자 마르티노가 눈을 덮은 머리카락을 입으로 후 불어 올리고 내 말을 기다리며 나를 본다.

"산테우스타키오로 가요." 내가 제안한다. 산 루이지 성당에서 많이 떨어지지 않은 산테우스타키오 광장에 있는 카페로, 로마에서 커피 맛이 제일 좋기로 유명하다.

해는 벌써 중천에 떠 있고 하늘은 그림처럼 맑고 투명하다. 이 무렵의 로마 날씨는 이상적이다. 덥기는 하지만 지나치게 덥지는 않고 이따금 바다에서 산들바람이 불어온다.

우리는 도가나 베키아 가를 지나 광장에 도착한다. 그런데 바로 그때 갑자기 숨이 멎을 것만 같았다. 순간 공기 중에서 익숙한 향수 냄새, 그 향수, 강렬하면서도 예리한 레오나르도의 냄새와 뒤섞인 앰버 향수 냄새가 나는 것만 같았다. 나는 즉시 걸음을 멈추고 주위를 둘러본다. 가슴이 미친 듯이 두방망이질 친다. 그러나 사람들 중에는 그와 비슷한 사람조차 보이지 않는다. 잠시 후 몸매를 고스란히 드러내는 검은 레깅스를 신은 키가 아주 큰 모델이 내 옆으로 지나가면서 자신의 요란한 향기로 레오나르도의 흔적을 다 지워버린다.

"왜 그래요? 괜찮아요?" 마르티노의 걱정스러운 목소리가 갑자기 나를 다시 현실로 데려온다. 그가 옆에 있다는 걸 거의 잊고 있었다.

"괜찮아요, 괜찮아……. 왜요?" 나는 무심한 척, 아무렇지 않은 척해보려 애쓴다. 마르티노도 뭔가 잘못되고 있다는 걸 알아차린 것으로 보아 제대로 성공하지 못했나 보다.

"창백해요."

"아니, 무슨 소리를……. 그냥 내가 알던 사람을 본 것 같아서. 그런데 잘못 본 거예요." 동요한 모습을 감춰보려고 억지로 미소를 지어본다.

"어쩌면 파올라가 숨어서 우리를 훔쳐보고 있을지도 몰라요." 마르티노가 농담을 한다. 나도 그와 같이 웃으면서 내 감각에서, 온몸의 신경섬유에서 레오나르도에 대한 기억을 떨쳐버리려고 애쓴다.

카페에 도착해서 우리는 맨 처음 보이는 야외의 빈 테이블에 앉는다. 회색 머리에 뺨이 불그레하고, 꼭 이 일을 위해 태어난 사람 같아 보이는 종업원에게 주문을 한다. 나는 카페 도르초(볶은 보리를 갈아서 커피 대용으로 마시는 이탈리아의 차—옮긴이)를, 마르티노는 키노토(감귤의 일종인 키노토로 만든 청량음료—옮긴이)를 주문한다.

"봄의 로마는 더할 나위 없이 아름답네요." 내가 주위를 둘러보며 감탄한다.

"맞아요, 베네치아도 그럴 것 같은데요." 마르티노가 말한다. "베네치아에는 고등학교 때 수학여행으로 딱 한 번밖에 못 가본 거 알아요? 그래서 선명하게 떠오르는 거라고는 정신없이 취해서 호텔에서 토한 기억밖에 없어요……."

"꼭 다시 가봐야 해요. 예술작품들이 정말 많아서 아마 뭘 봐야 할지 고르느라 고생할걸요……." 나는 철제 의자에서 자세를 고쳐 앉으며 다리를 꼰다. "아니, 베네치아에 달려갈 생각이 있고 정확한 정보가 필요하면 내게 물어봐도 돼요. 알다시피, 내가 베네치아는 꽤 잘 아니까……."

"직접 안내를 해줄 수도 있잖아요." 그가 대담하게 말한다. 그의 시선이 티셔츠 밖으로 드러난 내 목덜미와 어깨 쪽으로 향한다. 그는 즉시 다른 곳으로 눈길을 돌린다……. 여전히 소심하고 부끄러움을 많이 탄다. 그의 이런 순진함에 매료되었다는 걸 인정하지 않을 수가 없다.

나는 당황스럽다기보다는 마음이 푸근해져서 미소를 짓는다. "그럴 수도……." 나는 모호하게 대답하면서 그냥 우연히 그러듯이 자연스러운 동작으로 티셔츠를 잘 매만진다.

그사이 종업원이 와서 우아한 동작으로 테이블에 쟁반을 내려놓는다. "손님, 주문하신 음료입니다." 그가 바리톤 같은 저음으로 말하며 음료를 우리 앞에 놓아주고 음료 값을 받으려고 가만히 서 있다.

마르티노가 급히 가방을 뒤지지만 내가 재빨리 한 손으로 그를 막는다.

"가만있어요. 내가 낼게." 나는 10유로 지폐를 종업원에게 내민다. "오늘 내 생일이거든요……." 내가 조그맣게 덧붙인다.

"정말요?" 마르티노가 깜짝 놀라서 대답한다. "왜 진작 말하지 않았어요?"

종업원이 가고 나자 그가 다가와서 내 양 볼에 수줍게 입을 맞추더니 축하를 해준다. "여자에게 나이를 묻는 게 실례라고 알고 있어서, 그렇지만……."

"꽉 찬 서른이에요." 그가 말을 채 마치기도 전에 내가 대답한다. 그의 놀란 눈빛을 보자 상당히 기분이 좋다.

"말도 안 돼, 전혀 그렇게 안 보여요!"

"고마워요." 서른 살이 되니 즐겁다.

"5월 16일…… 황소자리네요."

"맞아요. 마르티노는?" 내가 묻는다.

"천칭자리요. 10월 3일에 스무 살이 돼요."

그 역시 나이보다 훨씬 어려 보이지만 이건 내 생각으로만 간직해야 한다. 어려 보이는 걸 그가 좋아하지 않을 것 같으니까. 마지막 남은 차를 마시고 티스푼으로 찻잔 바닥의 갈색 설탕 찌꺼기를 긁는다. 막을 수가 없다. 조금 전의 그 냄새를 다시 생각하고 있다. 그 냄새 속에 내 기억이 스며들어 있기라도 한 듯 갑자기 다시 떠올랐다.

"또 그러네." 마르티노가 무슨 신비한 연구대상이라도 되듯 나를 관찰한다.

"뭐가요?" 내가 깜짝 놀라서 묻는다.

"가끔 이상한 표정을 지어서요. 그렇게 보여요, 아세요? 갑자기 멍한 표정이 되죠. 마치 멀리 있어서 도달할 수 없는 어떤 욕망의 뒤를 좇고 있는 것처럼. 조금 전에 길에서 갑자기 걸음을 멈췄을 때도 그랬어요." 그가 눈을 가느스름하게 뜨고 나를 유심히 살펴본다. "슬퍼 보여요, 엘레나. 이따금 남모르는 고통으로 괴로워하는 것 같다고 할까요."

그의 말이 나를 뒤흔든다. 사실이기 때문이다. 지금 내 마음속에는 아물지 않는 상처가, 레오나르도가 남아 있다. 인정하기 힘들지만 아직도 상처가 고스란히 남아 있고 어쩌면 절대 완전히 아물지 않을지도 모를 일이다.

"그런 말을 한 사람은 아무도 없었는데." 내가 당황스러움을 미소로 숨기면서 말한다.

"칭찬이에요." 마르티노도 웃으면서 내 말을 받는다. "그런 이상한 우울이 당신을 훨씬 더 아름답게 만들거든요……." 그가 얼굴을 붉힌다. 자기도 모르게 해버린 말 때문에 당황스러워하는 듯하다.

"아, 고마워요. 이 칭찬이 오늘 내가 받은 첫 생일선물이네!" 웃음으로 난처한 상황을 즉시 벗어나며 자리에서 일어난다. "늦었어요. 돌아가는 게 좋겠네. 안 그러면 파올라가 무슨 생각을 할지……."

"네, 가죠." 마르티노가 더 우기지 않고 서둘러 자기 물건을 챙긴다. 오늘 그는 지나칠 정도로 대담했다.

오후 늦게 집에 돌아와 보니 필리포가 벌써 귀가해서 나를 기다리고 있었다. 맨해튼 사진이 흑백으로 인쇄된 쿠션을 베고 눈을 감은 채 소파에 아무렇게나 누워 있다. 벌써 상의를 벗고 넥타이를 풀어 소파에 집어던졌다. 입고 있는 셔츠의 목 단추도 풀어놓은 상태다. 잠을 자고 있는 것처럼 보인다. 그러다가 그가 우리가 좋아하는 노래 중 하나인 파올로 콘테의 〈나와 떠나〉를 조그맣게 흥얼거리며 맨발을 움직이고 있다는 걸 알아차린다. 그러고 보니 귀에 이어폰을 꽂고 있는 걸 미처 보지 못했다.

1분 정도 그에게서 눈을 떼지 않는다. 그의 부드러운 얼굴에 희미한 빛이 비쳐서 그를 바라보고 있자니 뭐라 설명할 수 없게 차분해진다. 어쩌면 나는 내 인생에서 처음으로 정말 행복한지도 모른다. 이곳에 그와 함께 있다는 게 행복하고 나를 둘러싸고 있는 것들로 인해 행복하다. 내가 소파에 다가가자마자 필리포가 퍼뜩 눈을 뜬다. 그가 기지개를 켜더니 웃으면서 말한다. "생일 축하해, 비비."

"고마워, 필! 오늘 아침에 벌써 축하해주긴 했지만 말이야……." 물방울무늬 카펫에 가방을 내려놓으며 내가 조그맣게 대답한다.

필리포가 숨을 내쉬더니 두 팔을 벌린다. "이리 와, 날 안아줘!" 그가 나를 자기 쪽으로 끌어당기더니 자신의 따뜻한 몸 위로 나를 쓰러뜨린다. 그런 다음 내게 부드럽게 키스를 하더니 쿠션 밑에서 데이지 꽃이 그려진 하얀 봉투를 꺼낸다. "네 거야." 그가 이렇게 속삭이며 완벽하게 고른 하얀 치아를 드러낸 채 환하게 웃는다.

봉투를 열어보니 토스카나에서 주말을 보낼 수 있는 쿠폰이 한 장 들어 있다.

"와우, 필, 고마워! 그럼 떠나는 거야?" 나는 탄성을 지르며 충동적으로 그를 끌어안는다. 정말 깜짝 놀랄 선물이다……. 그에게 뜨겁게 키스를 하며, 우리 단둘이 간단하게

41

식사를 하고 사랑을 나누며 함께 보낼 밤을 미리 즐긴다.

그런데 내 생일선물이 여기서 끝이 아니다. 필리포가 나를 위해 로마에서 제일 좋은 식당을 예약해 몇몇 친구들과 함께 저녁 먹을 계획을 세워놓았단다.

"서른 살은 서른 살이니까." 그가 과장되게 강조한다. "나이에 어울리게 축하를 받아야 해······. 최소한 말이야!"

"잠깐······. 내 버릇 너무 잘못 들이고 있는 거 아냐?" 솔직히 말해서 나는 단둘이 오붓하게 오늘 저녁을 보내고 싶었다. 그러나 이 역시 나 혼자만의 근사한 생각에 불과했다. 그리고 난 그의 계획을 물거품으로 만들 의향이 전혀 없다. 나는 두 손으로 그의 머리를 잡고 얼굴 여기저기에 뽀뽀를 한다. "행복해, 정말 행복해. 네가 있어서."

"나도, 비비." 그가 손가락으로 내 머리카락을 어루만진다. "그리고 이렇게 말해도 괜찮다면 네가 이제 채식주의자가 아니어서 행복해. 예전에는 널 어디로 데려가야 할지 항상 고민이었거든······."

우리가 친구로 지낸 그 여러 해 동안 점심과 저녁을 먹으며 그가 내 편집증을 견뎌야만 했구나 라는 생각을 하자 웃음이 나온다. 이 문제에 관해서 나는 내가 소수의 몇몇 여자들처럼 상당히 짜증나는 사람이었고, 얼마나 나 자신만의 틀에 얽매어 있었는지 알고 있다······. 이제라도 육식을 하는 게 천만다행이지!

"내가 아는 사람 가운데 그런 문제에 대한 입장을 순식간에 바꾼 사람은 네가 처음이야." 함께 소파에서 일어나면서 필리포가 말한다. "무슨 일이 일어나서 그렇게 갑자기 변했는지 모르겠어."

"나도 잘 모르겠는걸." 겨우 미소를 짓지만 언제나 그렇듯이 레오나르도가 마음속에 어김없이 선명하게 떠오른다. 그를 만나지 않았더라면 나는 아마 지금도 채식주의를 고집하고 있겠지. 그를 만나지 않았다면 나는 여전히 예전의 엘레나였을 테고 나의 세계는 아직도 아무 맛도, 밀도도, 냄새도 없는 흑백사진 같았을 게 틀림없다.

외출하기 전에 잠깐 틈을 내서 가이아와 스카이프로 대화를 한다. 서른 살 생일에 대해 같이 농담을 한 뒤—가이아는 세 달 후에 서른 살이 되기 때문에 아직도 자기가 젊은 아가씨 축에 속한다는 자부심을 가지고 있다—그녀에게서 사이클 선수인 벨로티와의 사이가 최근 어떻게 진전되고 있는지 이야기를 듣는다. 다채롭고 자극적인 가이아의 보고를 듣고 있으면 늘 건강한 행복을 선물 받는 기분이다. 그러니까 가이아와 나는 이중의 줄로 연결되어 있다. 그녀가 행복하면 나도 행복하다. 완전한 확신을 주지 않는 남자 때문에, 어쩌면 그럴 만한 가치가 없을지도 모를 남자 때문에 가이아가 어리석은 일을 하지 않길 바란다.

"그러니까 만났어, 안 만났어?" 나는 궁금해 죽을 것 같아서 묻는다.

"만났어. 한 번." 그녀가 한 손가락으로 금발 머리를 돌돌 말면서 말한다. 빨간색 매니큐어를 바른 게 눈에 띈다. 가이아는 벨로티가 그 색을 좋아한다고 끊임없이 강조하곤 했다.

"그런데 너 지금 어딘지 좀 알 수 있을까?"

"지로 디 이탈리아(매해 5월에서 6월 사이에 개최되는 국제 사이클 대회. 국도를 포함해서 이탈리아를 일주한다—옮긴이)가 시작되기 조금 전에 몬테카를로에 있는 그 사람 아파트에 갔었어. 밤새도록 사랑을 나눴지. 그리고 그다음 날도." 가이아의 초록색 눈이 기쁨으로 뜨겁게 빛난다. "엘레, 정말 환상적이었어!"

그녀가 흥분해 있을 때면 더 이상 탐색을 해봐야 소용이 없다. 사무엘 벨로티는 잘생겼을 뿐만 아니라 침대에서도 대단했을 게 분명하다.

"그래서 지금은?"

"지금은 접근금지야." 가이아가 한숨을 쉰다. "지로 중에 만날 수 있을 거라고 상상도 하지 마! 그 사람이 자기에게 오지 못하게 했어. 내가 자기 경기 결과를 위태롭게 할 수 있대."

"좀 재수없는데……."

"괜찮아, 그럴 만한 이유가 있어. 팀 매니저의 명령이거든! 그러니까 6월 중순까지는 잊고 있어야 해." 그녀가 어깨를 으쓱한다. "그렇지만 그날 밤 이후로 예전보다 훨씬 더 자주 통화하고 있어."

"이건 긍정적이네." 벨로티가 정말 진지한 생각을 가지고 있을지도 모르지만 난 믿을 수가 없다. "그건 그렇고 브란돌리니 생각은 전혀 안 나? 대답하기 싫으면 안 해도 돼."

"가끔 나. 며칠 전에는 리알토 다리에서 만나기도 했는 걸." 가이아는 그 생각이 나자 곤란한 듯이 이마를 쓰다듬는다. "그래도 돌아가지는 않아. 브란돌리니와 같이 있었다면 나는 위선자가 되었을 거야."

나는 충분히 이해가 되어서 고개를 끄덕인다.

"그건 그렇고 넌 필리포와 어때?" 화제를 바꾸고 싶은 듯, 그녀가 즉시 묻는다.

"좋아." 내가 웃으며 대답한다. "거의 믿어지지 않을 정도로 좋아."

지금 가이아도 웃고 있는 것으로 보아 내 표정이 환하게 빛나는 게 틀림없다. "너희 둘이 천생연분이라고 내가 항상 말했잖아. 행복해 보여, 엘레. 넌 행복할 자격이 있어, 정말로."

그녀는 나와 레오나르도 사이에 있었던 일을 아는 유일한 친구이고 그와 헤어지고 난 뒤 우리는 훨씬 더 가까워졌다. 고통과 불확실함의 나락에 빠져 있다가 거기서 마침내 벗어난 나의 모습을 보고 그녀가 정말 안도하고 있다는 걸 안다.

"우리 만나러 언제 올 거야?"

"곧, 약속해."

"기다린다. 실망시키면 안 돼, 그런데……" 화면의 시계를 슬쩍 보다가 벌써 8시 30분이 지나버렸다는 사실을 알아차린다. 너무 늦었다. 서둘러야 한다. "이제 가봐야겠네. 필리포가 생일을 축하해준다고 친구 몇 명과 저녁 식사를 하기로 약속해놔서."

"저녁 식사 후에는? 단둘이 계속 파티할 거지?" 가이아가 심술궂은 목소리로 묻는다.

"몰라…… 그런데 그렇게 됐으면 좋겠어." 내가 한쪽 눈으로 윙크를 하며 말한다. "이제, 네가 용서해준다면, 이 늙고 지친 서른 살의 육체를 최대한 꾸며보러 가야겠어!"

"재미있게 보내. 내가 하고 싶은 걸 둘이 전부 다 해봐……. 곧 만나자."

"잘 있어, 가이아."

"차오, 엘레. 잘 있어!"

영상통화를 끝내고 외출 준비를 하러 간다. 가느다란 어깨끈이 달린 미니원피스에 강청색 샌들—굽이 높아 이걸 신으면 1미터 75센티 이상으로 보인다—을 신고 실크 숄을 두른다. 손등에는 클로에 향수를 살짝 뿌린다. 고등학교 때 가이아가 가르쳐준 비법이다. "그렇게 하면, 네가 말할 때 손동작을 많이 하니까 향기가 공기 중으로 퍼지게 돼." 그녀가 학교 복도에서 했던 말이 아직도 내 머릿속에 맴돈다.

그러고 나서 이를 닦으러 욕실로 뛰어간다. 언제나 그렇듯이 늦었다. 가이아에게 배운 대로 화장을 시작한다. 복숭아 빛 분홍색 립스틱을 꼼꼼히 바르고 티슈로 한 번 누른 뒤, 투명한 립글로스로 완성한다. 어두운 아이섀도를 눈가에 발라서 눈을 강조한다(화장이 너무 진한 거 아닐까?). 그런 다음 두 뺨과 이마와 턱에 블러셔를 살짝 두드려준다. 화장을 마무리하고 준비를 마친다. 광대 같아 보이지 않길 바라지만…… 거울로 다시 시선을 돌리자마자 웃음이 나온다. 그래도 꽤 사랑스럽다고 생각한다. 존경해 마지않을 서른 살의 나이가 되었으니 나도 이제 화장술이 좀 늘었는지도 모르지.

방으로 돌아와서 파란 가죽 포셰트(어깨에서 비스듬히 메는 끈이 비교적 긴 조그만 핸드백─옮긴이)를 찾으려고 장롱을 뒤진다. 베네치아에서 미친 가격에 산 핸드백을 오늘 밤 오랜만에 사용하고 싶다. 쌓아둔 『건축 다이제스트』 잡지들에 완전히 깔려 있는 핸드백을 마침내 찾아낸다. 정리를 모르는 필리포에게 욕을 하고 가방을 두어 번 탁탁 쳐서 형태가 원래대로 돌아오게 만든 뒤 아이폰과 립글로스, 작은 거울, 발에 물집이 잡힐 때를 대비한 일회용 반창고(하이힐을 신고 외출할 때는 절대 잊지 않고 챙긴다!), 감초 캔디 한 통(항상 이걸 가지고 다니는데, 내게는 행운의 마스코트다)을 넣는다. 그러고 나서 핸드백을 닫는다.

왼쪽 손목에 우리가 화해한 뒤 필리포가 나에게 선물한 테니스 팔찌를 차고 샌들을 신고 거실로 나간다. 필리포가 여전히 소파에 앉아서 나를 기다리고 있다. 파란 면바지에 하얀 셔츠를 입고 소매를 반쯤 접어 올렸는데, 준비하는 데 시간이 거의 필요하지 않은 사람에게서 보이는 여유가 있다. 얼마나 부러운지. 젤만 발라도 어쨌든 태양처럼 눈부시게 아름다우니.

필리포가 고른 레스토랑을 보자마자 마음에 들었다. 세련되면서도 독특한 분위기로, 유행을 따르느라 특징이 없어진 다른 많은 레스토랑과는 다르다. 실내장식은 리버티 스타일(아르누보를 이탈리아에서는 리버티 스타일이라 칭하는데, 런던의 새로운 백화점 리버티에서 이름을 따온 것이다─옮긴이)이다. 제과실이 그대로 보이고 배경 조명을 설치한 오닉스 카운터에는 백여 병의 포도주가 진열되어 있다. 둥근 천장의 식당은 흰색의 의자와 식탁보로 꾸며졌고 싱싱한 꽃들이 놓여 있다. 3층은 테스타치오의 아름다운 야경을 볼 수 있는 넓은 테라스와 연결된다. 우리는 여기서 식사를 한다.

테이블에 앉은 우리 일행은 느긋하고 평화롭다. 완전히 편안한 기분을 느끼기는 조금 힘들었지만 함께 어울린 사람들은 모두 유쾌하다. 필리포의 동료들을 잘 알고 있고 이미 여러 차례 만나기도 했지만 사실 나는 여전히 낯설게 느껴진다. 알레시오는 서른일곱 살로 약간 살집이 있는데 플라비아와 결혼했다. 금발에 상당히 화려한 플라비아는 지역 텔레비전 방송국에서 일한다. 반면 필리포와 동갑인 조반니는 마르고 약간 대머리인데, 얼마 전 의대를 졸업한 아주 사랑스러운 아가씨 이자벨라와 사귀는 중이다. 보스인 리카르도는 회색 머리에 이미 마흔을 넘겼지만 미혼인 자신의 신분을 포기하지 않기로 확고하게 결심한 노총각이다. 그는 만날 때마다 다른 '여자친구'를 데리고 온다. 오늘 밤에는 말없이 조용한 빨간 머리 아가씨와 함께 왔다. 다리가 너무나 아름다운 아가씨로 광대뼈 수술을 받은 것 같다. 모두 내게 친절하게 대해주는데도—그리고 다들 정말 호감 가고 흥미로운 사람들인데도—나는 이따금 그들과 섞일 수 없을 것 같은 인상을 받는다. 오래전부터 알고 지냈고 그만큼 오랜 시간을 같이한 사람들에게서만 생길 수 있는, 거의 화학 반응 같은 친밀감이 내게는 없기 때문이다. 이럴 때마다 가이아가 더 그리워진다.

포도주와 메뉴를 꼼꼼하게 검토하고 나서 전채 요리를 고른다. 카치오카발로 치즈와 사프란을 넣은 아란치니 디 리조(시칠리아의 전통음식으로 치즈, 라구, 완두콩, 프로슈토와 소스 등으로 속을 채우고 주먹밥처럼 만들어 튀긴 요리. 아란치니는 '작은 오렌지'라는 뜻이다—옮긴이)와 참치알과 레몬, 토마토,

바질을 얹은 크로스토네(토스트한 빵 위에 고기 등을 얹은 것—옮긴이)다. 그러고 나자 필리포가 제일 좋은 샴페인을 주문한다. 하얀 재킷에 검은 실크 나비넥타이를 맨 종업원이 최고의 선택이라고 조그맣게 찬사를 보낸다. 몇 분 뒤 종업원이 접시들과 파이퍼 하이직(Piper-Heidsieck) 빈티지 스파클링을 들고 다시 우리 앞에 나타난다.

알레시오가 샴페인 잔을 채우는 동안 필리포는 의자에 꼿꼿이 앉아 있는데, 그 표정이 거의 엄숙해 보인다. 그가 잔을 높이 들며 확신에 찬 목소리로 소리친다. "사랑하는 내 여자를 위하여." 그러자 모두 같이 축배를 든다.

잠깐 사이에 나는 홍당무처럼 새빨개진다. 한 손으로 얼굴을 살짝 가려야만 한다. 그의 입을 막아버리고 싶은지 키스를 퍼붓고 싶은지 잘 모르겠다. 이런 말은 처음 들어본다. 한 달 반 전부터 그와 같이 살고 있고 우리 관계가 공식적인 것이기는 하지만 그에게서 직접 그런 말을 들으니 약간 당황스럽다.

억지로 미소를 지으며 내 잔을 들고 나도 건배를 한다. 필리포가 내 입술에 키스를 해서 나도 그에 응해준다. 많은 사람들 앞에서 애정 표현을 한다는 게 죽을 만큼 당황스럽기는 해도.

마침내 식사를 시작한다. 하지만 건배를 하고 나서 얼마 되지 않아 나는 뜻밖에도 이상한 우울감에 사로잡힌다. 생일이라는 게 흐르는 시간을 억지로 계산하게 만드니까 그런 기분이 드는 게 당연한지도 모른다. 이곳에서, 내가 잘 모르는 사람들 속에서 왠지 뿌리 내리지 못한 사람 같은 기분이 들어서 그럴지도 모르고. 샴페인이 슬픈 생각들을 불러왔을지도……. 갑자기 오늘 아침 나를 엄습했던 이상한 향수를 다시 느끼게 된다. 마르티노가 바로 알아차렸던 그 향수를. 나는 이곳이 아닌 다른 먼 곳에 있는 기분인데, 이런 일은 정말 오랜만이다. 호르몬 때문이라고, 생리 때가 가까워졌기 때문이라고 나 자신에게 말해보지만 나를 속일 수는 없다. 사실 그 때문만이 아님을 너무나 잘 알고 있다. 오른쪽 왼쪽을 보며 미소를 짓고 있기는 하지만 서른 살이 되었다는 게 씁쓸하다. 귤과 아보카도와 민트를 반죽해 넣은 맛있는 아란치니로도 그 씁쓸함을 지울 수가 없다.

잠시 후 필리포가 나를 위해 주문한 초콜릿과 배로 만든 멋진 케이크가 도착한다. 나는 즐거워하는 사람들 앞에서 초를 끈다. 그렇게 즐거워하긴 해도 모두 어서 이 모임이 끝나기만을 간절히 바라는, 은밀한 소망을 마음속에 키우고 있다.

케이크를 잘라 고상한 접시에 담아 내오도록 다시 그것을 주방으로 보낸다. 종업원이 케이크를 다시 가져왔을 때 나는 뭔가 이상한 것을 발견한다. 꽃 한 송이가 그려진 내 접시에 석류알갱이 몇 개가 놓여 있다.

"정말 아름다운데, 비비!" 내 옆에 앉아 있던 필리포가 말한다. "생일 축하 선물인데."

"그러게…… 아주 사랑스러워." 나는 웃어보려 애쓰지만 내 얼굴이 일그러지고 있다는 걸 안다. 떨리는 손으로 겨우겨우 샴페인 잔을 들어 남은 샴페인을 마셔버린다. 모순된 감정에 사로잡혀 심장이 터질 것 같다. 석류알. 우연일 리가 없다. 이건 그가 보내는 신호이자 메시지다. 안다……. 하지만 믿을 수가 없다.

레오나르도를 내 머릿속에서 몰아내려 애쓰며, 버려진 공원 복구 계획을 열심히 설명하는 알레시오에게 가능한 한 집중해보려 한다. 그렇지만 에코디자인과 바이오건축에 대한 장황한 말들이 내게는 전혀 도움이 되지 않는다. 자제력이 자꾸 사라져 1초도 더 참을 수 없다는 생각이 든다.

알아야만 한다. 지금.

접시에 포크를 올려놓고 벌떡 일어선다.

"잠깐 화장실에 갔다 올게요." 놀란 눈으로 나를 바라보는 일행에게 이렇게 설명한다.

레스토랑 안쪽으로 걸어가서 화장실 문을 지나 흔들림 없이 주방 쪽으로 계속 걸어간다. 땀에 젖은 두 손으로 포셰트를 들고 빠르게 걸으며 초조하게 주위를 둘러본다. 어쩌면 미친 생각일지도, 그냥 착각일지도 모른다. 혹시 내 생각이 사실이라면 난 엄청난 잘못을 저지르고 있는 중이리라. 한밤중에 수상한 소리를 듣게 되지만, 당장 경찰에 전화를 하는 게 아니라 무슨 일인지 확인하기 위해 문을 열기로 결심한 공포 영화 속의 바보 같은 등장인물을 지켜보고 있는 것 같다. 하지만 달리 어찌할 수 있단 말인가? 나는 제정신이 아니다.

빨갛게 달아오른 얼굴로 주방의 작은 창문에 눈을 가까이 대보지만 실내가 잘 보이지 않는다. 잠시 후, 숨을 깊이 내쉬며 술집의 출입문 같은 문을 민다. 바로 그때 김이 모락모락 나는 요리가 담긴 접시 네 개를 들고 나오던 종업원과 부딪힐 뻔했지만 다행히 아슬아슬하게 그를 피해 옆에 선다. 그 안은 깜짝 놀랄 정도로 혼란스럽다. 사람들 목소리와 수증기와 냄새와 달그락거리는 소리 들이 뒤섞여 있다. 가운데에 놓인 조리대와 오븐 주위에 주방 보조들이 진을 치고 있다. 재료를 써는 사람도 있고 분주히 프라이팬을 움직이는 사람, 빵가루를 묻히는 사람, 요리에 곁들일 음식을 장식하고 설탕을 뿌리는 사람도 있다.

"전부 빌어먹게 늦어지고 있다고! 빨리 움직여요, 다들!"

천둥소리 같은 그의 목소리.

그가 보이자 숨이 멎을 것만 같다. 레오나르도. 그는 하얀 조리사 복장에 이마에도 역시 하얀색의 띠를 두르고 있다. 베네치아의 레스토랑 개업식에서 처음 요리하는 모습을 보았을 때처럼. 검은색의 빈틈없고 열정적인 눈, 평상시와 다름없이 며칠째 면도를 하지 않아 수염이 길었고 이마에는 땀방울이 맺혀 있다. 그가 동료들을 향해 돌아서는데, 카리스마가 느껴지고 단호하며 무엇보다 두려움을 안겨준다. 그를 뚫어지게 바라보면서 그의 명령과 눈길이 동료들에게 어떻게 받아들여지는지를 깨닫는다. 하지만 그는 내가 여기, 바로 자기 앞에 서 있다는 사실을 알아차리지 못한다.

"4번 테이블의 바닷가재가 벌써 3분 전에 나와 있어. 어떻게 하고 싶은 거지, 우고? 차게 내가려고? 대체 어디 갔다 온 거지, 미트볼 축제?"

"알겠습니다, 셰프님. 금방 곁들이 준비하겠습니다……. 죄송합니다, 셰프님. 잠깐 방심하고 있었습니다." 대답하는 우고의 이마에서 땀방울이 뚝뚝 떨어진다.

"무슨 소리야, 방심했다고, 응? 신경 쓸 것 없어, 우고. 맥도날드에서는 항상 감자 튀길 청년을 모집하니까……. 참치 카르파치오(소고기를 익히지 않고 날것으로 종잇장처럼 얇게 슬라이스하여 그 위에 소스를 뿌려 먹는 이탈리아의 전통요리로, 훈제한 고기나 생선으로 만들기도 한다—옮긴이) 가지고 움직여, 당장!"

"예, 셰프님. 당장 가겠습니다, 셰프님!"

"거기 알베르토, 가르가넬리(사각형으로 납작하게 반죽해서 파이프 모양으로 만든 파스타의 일종—옮긴이)에 소스 너무 많이 뿌렸어. 더 적게, 더 적게!"

내가 기억하고 있던 바로 그 모습이다. 하지만 왠지 더 자신감이 넘치고 더 당당하다. 머리카락의 색이 조금 더 짙어진 것 같고 턱은 더 강해 보이며 근육도 더 단단해 보인다. 하지만 이 모든 게 순간의 착각일 수 있다. 일종의 환영 같은.

그가 아직 나를 보지 못했기 때문에 나는 안전하다고 느낀다. 하지만 잠시 후 그의 눈과 내 눈이 마주친 순간 다리에 힘이 빠지고 덜덜 떨리기 시작한다. 레오나르도가 미소를 지으며 성큼성큼 걸어온다. 나는 꼼짝도 못하고 서 있다. 움직일 힘이 하나도 없다. 숨을 들이쉬고 내쉬고 다시 들이쉰다.

나는 충격을 받아 당황스러우며 분노가 치민다. 내가 누구인지도 알 수 없다. 내 입에서는 한마디 말도 나오지 않고 숨소리만 날 뿐이다. 잠깐이지만 나는, 최악의 이탈리아식 코미디에서처럼 접시 하나를 그에게 집어던지고 싶다. 그렇게 하고 나서 곧장 이곳을 떠나고 싶다. 그러나 이런 생각을 행동으로 옮기기 전에 레오나르도가 내 앞을 가로막아 서서는 한 손으로 나를 저지한다. 이런 접촉만으로도 내 주위의 현실 세계가 모두 사라져버린다. 그의 손이 얼마나 큰지 잊고 있었다. 항상 따뜻했다는 것도. 그의 손아귀에서 벗어나려 해보지만 할 수가 없다.

"차오." 그가 여전히 뻔뻔하게 웃으며 간단하게 인사한다. 두 눈은 이상한 빛으로 반짝인다. 입가의 잔주름은 여전히 그의 섹시함을, 숨을 멎게 할 정도의 아름다움을 상기시킨다.

"차오." 이 상황이 믿기지 않기도 하고 당황스럽기도 해서 내가 우물거린다. 우리는 세 달 만에 처음 만난다. 그동안 나는 내 인생을 비판적으로 바라보고 하나하나를 다시 만들었다. 그런데 지금 그는 아무렇지도 않게, 이 세상에서 할 수 있는 인사말이라고는 그것밖에 없어 보일 정도로 자연스레 '차오'라고 인사하며 나를 맞고 있다. 갑자기 등줄기가 서늘해지면서 온몸이 굳어버린다. 손바닥이 아플 정도로 주먹을 꽉 쥔다.

"왜 그래, 놀란…… 건가?" 그가 내 얼굴을 자세히 살피면서 묻는다.

"당연히 놀랐지." 내가 턱을 약간 들면서 대답한다.

"아, 나도 그래." 그는 당황하기는커녕 재미있다는 듯 대답한다.

기쁜 듯 미소 짓고 있는 그의 입 가장자리에 살짝 잔주름이 이는 것을 본다. 내가 분노를 터뜨린 것은 바로 그 순간이다. "대체 여기서 뭘 하는 건지, 좀 알 수 있을까?"

"나도 똑같은 질문을 하고 싶은데, 여긴 내 레스토랑이니까." 그가 두 팔을 벌리며 순진무구한 분위기로 대답한다.

나는 아무 말 없이 그를 노려본다. 레오나르도의 레스토랑이 로마에 있으리라는 생각은 꿈에도 해본 적이 없다. 바로 내 생일날 그의 레스토랑에 온다는 것 역시 마찬가지다.

"일을 하러 세계 곳곳을 돌아다니지 않을 때는 여기가

내 베이스캠프지. 혹시 당신에게 말하지 않았을지도 모르지만……."

내 입에서 신음 같은 소리가 새어 나온다. 진정하려고 애쓰며 고개를 젓는다. 하지만 이건 패배한 싸움이다. 반면 그는 기대하지 않은 선물이라도 받은 양 나를 바라본다.

"아까 당신이 들어오는 걸 봤어. 있지, 난 홀이 어떤 상황인지 문가에 서서 지켜보는 걸 좋아하거든……." 주방 보조들이 지나갈 수 있게 그가 내 허리를 잡아 옆으로 비켜서게 만든다. "당신을 그냥 가게 내버려 둘 수 없었어……. 당신이 이곳에 온 건 운명이니까."

"아, 정말? 무슨 이유로? 내게 설명을 좀 해보지." 내 목소리는 딱딱하고 갈라져 있다.

"가서 알아봐." 그가 어깨를 으쓱하며 키득거린다. 나는 조금이지만 아직 자제력이 남아 있다고 착각했는데, 그나마 지금 완전히 잃어가고 있다. "어쩌면 그냥 운명의 장난에 불과할지도 모르지. 그렇지만 운명이란 게 원래 모순적일 수도 있고, 안 그래?"

"맙소사!" 나는 분노에 휩싸여 소리를 지르고 싶다. "뭐가 그리 재미있는 거지?" 나는 더 이상 자제하지 못하고 소리를 지른다. "당신 때문에 내가 얼마나 힘들었는지 알아? 당신을 잊으려고, 다 내 탓이라고 나 자신을 달래느라 얼마나 황폐한 날을 보냈는지 상상이라도 할 수 있어? 그래놓고 이제 와서 나한테 운명이 어떻다고……. 어떤지 알아, 레오나르도? 당신도, 운명도, 이곳도 다 지옥에나 떨어지라고 해, 특히 여기 온 나까지!"

나는 진정할 수가 없다. 폭발한 내 감정을 어떻게 막아야 할지 모르겠고 그러고 싶지도 않다. 내가 소리를 지르자 요리사들이 깜짝 놀라 고개를 들었다. 하지만 그들조차 눈에 들어오지 않는다. 레오나르도가 당황한 듯이 한걸음 뒤로 물러선다. 하지만 곧 내 팔을 잡아 우리의 오른쪽에 열려 있는 작은 문 너머로 끌고 가더니 어둡고 좁은 창고 안으로 나를 민다.

"진정해, 엘레나. 제발." 내 쪽으로 몸을 숙인 그에게서 살 냄새와 브랜디 맛이 나는 숨결이 가까이 느껴진다. "지금 다들 보는 데서 우리 둘 다 구경거리가 되고 있어."

나는 뜨거운 눈으로 그를 쏘아본다. "난 하나도 신경 안 쓰여!"

"조금만 목소리 낮추고 차분하게 말할 수 없을까?"

"아니, 레오나르도. 나는 당신과 말하고 싶은 생각 추호도 없어. 당신이 내게 무슨 할 말이 있는지도 듣고 싶지 않아. 난 아무것도……."

하지만 내가 채 이 말을 마치기도 전에 레오나르도가 내입에 한 손을 댄다. 그러고는 예고도 없이 내 입술에 자기 입술을 댄다. 세상에서 제일 자연스러운 일인 듯 그가 내게 키스를 한다.

나는 완전히 무장해제가 되어버리지만 그래도 아직은 도발적인 그의 입술에서 내 입술을 떼고 소리가 날 정도로 그의 뺨을 때릴 힘은 남아 있다.

레오나르도가 한 손으로 뺨을 쓰다듬으며 빙긋이 웃는다. "당신 그리웠어." 그가 속삭인다. "항상 느낌이 좋아."

나는 아무 말 없이 그를 바라본다. 그가 그리웠나? "난 지금 다른 사람하고 있어." 내가 신랄하면서도 단호하게 말한다.

"유감이야, 엘레나." 그가 말한다.

"뭐가 유감이라는 거지?" 내가 묻는다. 그렇다, 이게 바로 그가 서둘러 문제를 해결해버리는 방식이다. 그는 유감일 뿐인데 나는 눈물로 세 달을 보냈다.

"우리 사이가 이렇게 된 것. 전부 다." 그가 흔들림 없는 솔직한 눈으로 나를 바라본다. 그러더니 갑자기 입을 다문다. 피로가 몰려온다. 아직도 그가 내게 이렇게 영향을 미칠 수 있으리라고는 예상하지 못했다. 필리포에게 선물 받은 내 팔찌에 그의 손이 닿는 게 느껴진다. 목에 뭔가가 걸린 듯 목소리가 크게 나오지 않는다.

"좋아. 당신 사과가 내게는 기대하지 못했던 제일 큰 생일선물이 됐어." 나는 결론을 내리고 돌아보지 않은 채 그 방을 나선다.

누구에게도 털어놓을 수 없는 비밀을 가슴속에 지니고, 얼굴이 하얗게 질린 채 당황한 모습으로 테이블로 돌아온다. 하지만 온 힘을 다해 아무렇지도 않은 척하며 방금 도착한 레몬과 재스민 셔벗에 행복해하는 모습을 보여준다. 내가 너무 오래 자리를 비우자 필리포가 괜찮으냐고 묻는다. 나는 억지로 웃으며 아무 일 없다고, 아주 좋다고 대답한다. 서른 살이 돼서 처음 하는 거짓말이다.

필리포와 함께 택시를 타고 집으로 돌아오면서 나는 쉴 새 없이 이 생각 저 생각에 골몰한다. 지금 운명이 무슨 악마 같은 장난을 치고 있는 걸까? 모든 일이 그렇게 순조로웠는데……. 새로운 삶을 다시 시작하고 진정한 사랑이 뭔지를 알게 된 것 같았다. 그런데 레오나르도는 왜 다시 나타나 내가 정리한 문제를 뒤죽박죽으로 만드는 걸까? 이렇게 어처구니없는 방식으로 다시 나타난 그를 증오한다. 진실을 알고 싶은 유혹에 넘어간 내 자신을 증오한다.

우리가 사는 조용한 가로수 길에 도착해 포셰트에서 집 열쇠를 꺼내 필리포에게 건네는 동안 나는 집 안에 들어가자마자 초를 몇 개 켜고 특별한 포도주도 한 병 따고 머릿속에서 과거의 마지막 흔적을 지워줄 영화 음악을 골라야겠다고 생각한다. 남은 밤은 지금 문을 열고 있는 이 남자와 나만을 위한 시간으로 만들고 싶다. 내가 사랑하는 남자.

내가 마세토 델 오르넬라이아 포도주를 따는 동안 필리포는 셔츠 단추를 풀어놓은 채 소파에 느긋하게 앉아 있다. 포도주 잔 두 개를 들고 그에게로 가서 조그만 테이블에 잔을 내려놓는다. 그를 유혹하는 미소를 지으며 샌들을 벗고 그의 무릎에 살며시 앉아 눈을 똑바로 본다. 나를 위한 남자……. 미나의 목소리가 스테레오에서 나지막이 울려 나온다. 나는 조그맣게 노래를 흥얼거리며 그의 뺨에, 목에, 그리고 마지막으로 가슴에 입을 맞춘다.

필리포가 미소를 지으며 눈을 감고 속삭인다. "으음, 이거 좋아……."

"이것도?" 내가 혀로 그의 귀를 애무하며 말한다. 나는 머리에서 레오나르도의 기억을 지우려 필사적으로 애쓴다. 하지만 언제나 그렇듯이 어떤 생각을 쫓아내려 하면 그 생각은 더욱 집요해진다. 머리를 비우려고 노력한다. 정말 있는 힘을 다해. 다시 필리포에게 키스를 한다. 이번에는 입술이다. 그러자 서서히 레오나르도의 얼굴과 입술이 연기처럼 흩어져버린다.

필리포가 망설임 없이 거칠게 내 옷을 벗기는 동안 나는 그의 셔츠와 바지를 벗긴다. 우리는 살을 맞대고 꼭 껴안는다. 큰 소리로 그의 이름을 부른다. 마침내 레오나르도가 떠오르지 않는다. 사라져버렸다.

"오, 엘레나." 필리포가 두 손으로는 내 등을, 성기로는 내 배를 꽉 누르며 신음한다. 그가 나를 원한다. 팬티를 통해 그걸 알 수 있다. 이럴 때면 필리포는 평상시처럼 별명을 부르지 않고 "엘레나"라고 부른다.

나는 눈을 뜨고 필리포에게 나를 봐달라고 부탁한다.

뜨거운 눈으로 그를 보며 말한다. "사랑해."

"나도 사랑해." 그가 대답한다. 진실하고 행복한 표정이다.

나는 눈을 감는다. 필리포가 나와 살이 닿자 점점 더 흥분하는 게 느껴진다. 나는 그의 위로 올라가서 몸을 움직이며 다시 그의 이름을 조그맣게 부른다. 내가 사랑하는 남자의 이름을. 필리포. 바로 이 순간 내가 누구와 함께 있는지를 정확히 안다. 내가 사랑하는 사람이 누구인지를. 필리포가 나를 우리의 침실로 데려가서 이불을 걷고 푹신한 침대에 살며시 눕혔을 때도 마찬가지다.

이제 우리는 알몸이다. 이 침대는 신성해, 우리의 침대야, 나는 이렇게 생각한다. 레오나르도는 떠났다. 더 이상 이곳에 있지 않다. 이곳에 결코 있지 않았고 앞으로도 그럴 것이다. 빌어먹을, 지옥에나 떨어지라지!

필리포가 내 몸속에서 움직이고 난 그의 몸과 향기와 사랑으로 가득 채워져 편안한 집에 있는 기분이다. 아무도 내게서 빼앗아갈 수 없을 무엇인가가 내게 충만하다.

감초 캔디 통을 찾으려고 작업복 주머니를 뒤진다. 하지만 통을 열어본 순간 믿기지 않는 일이 눈앞에 펼쳐진다. 통이 텅 비어 있다. 빌어먹을. 오후 4시밖에 되지 않았다. 반나절 만에 아마렐리 한 통을 다 먹어버린 것이다. 그 결과 속이 뒤집힐 것 같고 혈압이 높아져서 머리가 빙빙 돈다. 하지만 이건 감초 탓만은 아니다. 어제저녁 모임과 밤새 잠을 자지 못한 탓이다. 레오나르도를 다시 만난 게 쇼크였다. 하지만 따지고 보면 어쨌든 일어날 수 있는 일이었다. 나는 다 괜찮다고, 내게는 필리포밖에 없다고 계속 되뇌지만 나 자신을 속이는 게 별 의미가 없다. 연속해서 세 번째로, 안료 혼합을 잘못해서—파올라를 신나게 만들어줬다—파란색 대신 하얀색을 첨가했다. 다시 배합을 시도해봐야 한다면 이번으로 끝내야 한다. 집중력도 완전히 떨어져버렸다. 대체 무슨 일이 내게 벌어지고 있는 거지? 내 생각은 여기 있는 게 아니라 레오나르도라는 접근금지의 땅을 여행하는 중이다. 나를 보호해야만 하고 나를 사랑해야만 한다. 생각을 돌려야 해.

이것만으로는 부족한 듯, 30분 전부터 예배당 바로 앞에서 큰 소리로 묵주 기도를 하는 두 여자와 카르멜회 수녀님이 나를 완전히 미치게 만든다. 그들이 프랑스어로 웅얼거리는 소리에 관자놀이가 욱신거린다. 작업하는 우리를 배려해서 목소리를 낮출 수도 있을 텐데, 자신들을 둘러싼 세상을 완전히 잊어버릴 정도로 그들은 그렇게 기도에 몰두해 있다. 나는 돌아서서 그들을 보다가 고개를 젓는다. 그러면서 성모마리아의 품에 안겨 있는 아기 예수의 곱슬머리의 명암을 제대로 되살려보려 애쓴다.

오늘은 마르티노가 오지 않았다. 그와 수다라도 떨면서 기분전환을 할 수도 없게 됐다. 마르티노는 이미 내 일상에 변함없이 존재하는 사람이 되었다. 기계에 동전을 집어넣거나 루스리프(바인더에 꿸 수 있도록 용지 왼쪽 끝에 원형의 구멍이 뚫린 종이─옮긴이)에 쉴 새 없이 글을 쓰는 그가 보이지 않자 더욱 외롭다. 다시 나타날지 아니면 무시무시한 본판테 교수의 시험 준비를 위해 집에 틀어박혀 공부하기로 작정했는지 그조차 알 수 없다.

"엘레나, 지금 뭐 하는 거야?" 누군가의 손이 내 손목을 잡더니, 붓을 적시던 통에서 급히 떼어낸다. 파올라다! 빌어먹을! 물통이 아니라 용해제 통에 붓을 적시고 있었던 것이다. "지금 미쳤어?!" 그녀가 소리친다. 목소리가 어찌나 날카롭던지, 게다가 손목을 얼마나 세게 잡았던지 나는 너무 놀라 거의 바닥으로 떨어질 뻔했다.

"죄송해요." 나는 아래를 내려다보며 중얼거리는데 머리부터 발끝까지 빨갛게 달아오르는 기분이다. "오늘 집중이 안 되네요."

"알고 있었어. 이렇게 부주의한 모습은 처음 봐." 그녀가 말한다. 그렇지만 그녀의 목소리는 평상시보다 부드럽게 들리고 너그러움도 약간 묻어난다. "어제저녁에 굉장했나 봐, 맞지?" 그녀가 내 생일파티를 다 지켜본 사람처럼 나를 쳐다본다.

"사실은 좀 늦게 잤어요." 불편할 수 있는 세세한 내용은 말하지 않고 시인한다. "가서 바람을 좀 쐬고 오는 게 좋을지도 모르겠어요."

"가봐, 가봐. 그리고 다시 정신 차려!"

작업복을 입은 채 입구로 간다. 밖으로 나가 성당 앞뜰에서 몇 발짝을 떼어놓는다. 지퍼를 열고 후드티를 벗은 뒤 티셔츠 차림으로 후드티를 허리에 묶는다. 숨을 가슴 가득 들이쉬고 내쉬며 나를 둘러싼 팔라초들을 감탄의 눈으로 바라본다. 하늘에서는 벌써 여름 느낌이 물씬 풍기고 공기는 상쾌하지만 그래도 진정을 할 수가 없다. 담배를 피우지 못하는 게 유감이다. 담배 한 대 피우기에 완벽한 상황인데. 너무 초조하고 당황스러워서 지금 당장이라도 피울 수 있을 것 같다. 내가 알기로는 길모퉁이에 담배 가게가 하나 있다……. 당장 달려가서 가이아가 피는 긴 담배인 보그 라일라(Vogue Lilas) 한 갑을 사올 수도 있다. 하지만 교구에 나눠줄 책자가 잔뜩 든 큰 상자를 가지고 오는 세르주 신부님의 모습이 보이자마자 그런 욕구는 순식간에 사라진다. 신부님은 소매가 긴 회색 리넨 정장을 입고 있다. 더위를 어떻게 견디는지 모르겠다.

"엘레나, 사 바 비엥(ça va bien. '별일 없어요?'라는 뜻의 프랑스 인사―옮긴이)?" 그가 하얀 이를 드러내며 웃는다. 이 시간에 안에서 작업하지 않고 왜 밖에 나와 있는지 묻고 있다는 걸 잘 안다.

"위, 투 바 비엥. 메르시(Oui, tout va bien. Merci. '네, 다 좋아요. 고마워요'라는 뜻―옮긴이)……." 프랑스어로 말해보려하지만 매끄럽지가 않아서 당장 그만두어야겠다는 생각밖에 들지 않는다.

"5분간 휴식이에요." 나는 마치 '신부님도 저 가설물 위에 세 시간 내리 서 있어보세요'라고 말하듯 고통스러운 표정을 드러내며 변명을 한다.

"그렇죠. 가끔 휴식이 필요하죠." 그가 말하면서 그 틈을 이용해 내게 책자를 하나 들려준다. "6월 프로그램입니다. 금방 나온 거죠." 그가 의기양양하게 웃으며 설명한다.

"고맙습니다. 읽어볼게요." 물론 거짓말이다. 하지만 정말 이 책자를 중요하게 생각하는 세르주 신부님을 기쁘게 해 줄 방법은 이것뿐이다.

"좋습니다. 난 가서 미사 준비를 해야겠어요." 그는 인사를 하고 운동선수 같은 걸음걸이로 성당 안으로 들어간다.

"안녕히 가세요. 다음에 봬요."

세르주 신부님은 약간 저돌적이고, 내가 오래전에 종교 생활을 끝내버렸다는 사실을 아직 모르기는 하지만 호감이 가는 분이다. 항상 유쾌한 얼굴이고 아프리카식 프랑스어 억양으로 이탈리아어를 말하면 노래처럼 들린다.

들어갈지 조금 더 있을지 망설이고 있을 때 아이폰이 울리기 시작한다. 화면에 앞 번호 340이 뜬다. 연락처에 없는 번호지만 누구 것인지 알기에 겁이 난다. 번호를 지웠지만 소용이 없다. 안타깝게도 그런 열병을 앓고 난 뒤에도 기억을 하고 있다. 1초가 끝없이 길게 느껴진 그 순간에 전화를 받고 싶지 않다는 마음을 확인한다. 하지만 그런 강한 확신은 딱 1초뿐이다.

다섯 번째 벨 소리에 목청을 가다듬고 힘없이 전화를 받는다. "여보세요?"

"차오!" 레오나르도가 말한다. "나야."

"알아." 내가 대답한다. 나도 모르게 서성이며 신경질적으로 주위를 둘러보기 시작한다.

"기분은 어때?" 그가 묻는다.

"좋아." 나는 서둘러 대답한다. 사실은 모든 게 엉망이다. 되도록이면 전화를 끊고 싶다.

"지금 일하는 중이야?"

"응……." 어쩌면 일한다는 핑계를 대고 얼른 대화를 마쳐 다시 숨을 쉬기 시작해야 할지도—심장박동이 멎어버렸는데 아직 그 사실도 눈치 채지 못했단 말인가?—모른다. 그는 의례적인 말을 한마디도 하지 않고 본론으로 들어간다. "오늘 밤 만날 수 있을까?"

"오늘 밤……?" 내가 잠시 머뭇거린다.

"그래, 오늘 밤." 그가 대꾸한다. 언제나 그랬듯이 그의 말투는 단호하고 자신감이 넘친다.

요약을 해보면 이 남자는 내 마음을 진창으로 만들어놓은 뒤 떠났다가 아무 일도 없었다는 듯 다시 돌아와 자기를 만나고 싶은지 물을 수 있다고 생각한다. 그것도 바로 오늘 밤. 어쩌면 내가 뛸 듯이 기뻐할 거라고 예상하는지도 모른다. "아, 당신이 크게 착각하고 있어." 내 자존심이 이런 대답을 해야 한다고 조언한다. 하지만 바로 그 순간 음흉하고 비굴한 욕망이 내 생각 속으로 슬며시 들어온다. 어쨌든 적어도 한 번 정도는 그를 만날 수 있지 않을까. 그냥 잠깐 이야기만 나누면 어떨까. 어쩌면 우리 관계를 그렇게 끝낸 이유라도 분명히 알 수 있지 않을까. 나쁠 게 전혀 없을지도 몰라…….

"만날 수 있을지 잘 모르겠어." 몇 초 더 생각을 하는데, 자존심과 그를 만나고 싶은 감정이 여전히 다투고 있다.

"엘레나. 돼, 안 돼."

만나야 한다고 생각한다. 아니 적어도 안 된다는 생각보다는 된다는 생각에 더 가까워져 있다. 레오나르도와 거리를 가지고 성숙하게 만날 만큼 내 자신이 충분히 강하다고 생각한다. 어쩌면 그와의 일을 깔끔하게 정리하고 그의 환영에서 완전히 벗어날 수 있는 기회를 주려고 운명이 나와 그를 마주치게 해주었는지도 모른다.

"좋아." 마침내 내가 굴복한다. 감정 1점. 자존심 0점.

"오토바이로 데리러 갈게. 어디 있지?"

오토바이로. 이건 정말 생각도 해보지 않은 일이다. "산 루이지 데이 프란체시 성당에서 일하고 있어. 그렇지만 오토바이로 여기 오려면 좀 복잡할 텐데……."

"아무 문제 없어. 비토리오 대로에서 8시에 기다리고 있어. 산탄드레아 델라 발레 성당 앞에서."

반박을 허용하지 않는 그만의 명령 방식이 다시 등장한다. 몇 달 전의 기억들이 그의 목소리를 타고 되살아난다. "오케이." 내가 대답한다. 그러면서 어느새 후회를 한다.

작업을 하러 다시 들어가기 전에 필리포에게 저녁에 약속이 있다는 걸 알리려고 전화를 한다. 핑계를 궁리하다가 제일 먼저 머리에 떠오른 핑계를 댄다. 여기 로마에서는 아직 만나는 여자 친구들이 없어서 파올라를 끌어들일 수밖에 없다. 그래서 필리포에게 까칠한 여자 동료와 함께 피자를 먹으로 가기로 했다고 말한다. 그녀가 하룻저녁 정도는 핏불테리어의 가면을 벗고 세상에 마음을 열기로 결심했다고도. 필리포는 별로 못마땅해하는 기색은 아니다. 저녁 즐겁게 보내라고 말하더니, 파올라도 나중에 "필요할지도 모르니" 즐겁게 해주라고 한다.

자, 난 벌써 거짓말 전문가가 다 됐다……

"당연하지!" 필리포의 말에 웃으면서 대답하지만 거짓 웃음, 거의 신경질적인 웃음이다. 거짓말하는 게 싫다. 개선의 여지가 조금이라도 있으면 좋겠다. 몇 달 만에 하는 거짓말인데 마지막 거짓말도 레오나르도 때문이었다. 저녁에 한번 만나는 것뿐인데 다시 거짓말이 필요해진다. 이런 생각을 하자 몹시 기분이 안 좋다. 하지만 이번에는, 간단히 말해 다른 때와 마찬가지로 대안이 없다는 생각이 든다. 이 만남을 피해봤자 아무 소용이 없을 게 분명하다. 어쨌든 나는 그를 계속 생각할 테고 내 생각은 좌절된 욕망에 고정되어 있겠지. 나는 다만 알고 싶을 뿐이다. 다른 이유는 전혀 없다. 아니 적어도 나 자신에게 그렇게 말하고 있다. 그러니 괴물과 대면할 만한 가치가 있다고.

산탄드레아 델라 발레 성당 앞 광장에서 몇 분 전부터 레오나르도를 기다리고 있다. 초조하게 분숫가를 걸으며 남의 눈에 띄지 않게 뒤를 돌아본다. 곧 들이닥칠 경찰에게 체포될 범죄자처럼. 이런 초대를 받아들인 게 잘한 일인지 계속 자문해보지만 대답은 한결같다. 받아들여서는 안 되었다. 백일몽 속에서 청바지를 입고 지나가던 필리포가 쇠갈고리처럼 손을 내밀어 나를 끌어당긴다. "이러지 마, 비비! 나에게 와!"

요란한 오토바이 소리에 다시 현실로 돌아온다. 내 앞에 두카티 몬스터를 타고 헬멧으로 얼굴을 완전히 가린 남자가 나타났다. 근육과 금속의 향연이다.

레오나르도가 시동을 끄고 헬멧을 들어 올리자 매혹적인 두 눈이 나타난다. 두 눈도 반짝이는 금속으로 만든 듯하다. 괴물이라고 하기에는 소름끼치게 아름답다. 그가 웃으면서 내게 인사한다. 그러고는 오토바이에서 내리지 않은 채 내게 팔에 걸고 있던 헬멧을 내민다. 나는 정말 오토바이에 대해서는 아무것도 모르지만, 오토바이를 타던 다소 말이 많은 남자와의 여름날의 사랑 덕에, 오토바이에서 눈에 띄는 금속 부분을 은어로 '누드'라고 부른다는 걸 알고 있다. 지금, 나 역시 레오나르도의 매혹적인 눈길 속에서 누드가 되고 갑자기 작아져 무방비 상태가 된 기분이다. 나는 무겁디무거운 헬멧을 쓴다. 그가 턱밑에서 헬멧의 끈을 잠글 수 있게 도와준다.

그런 다음 내가 앉을 수 있게 자리를 만들어준다. 다행히 오늘은 치마가 아닌 청바지를 입고 있다. 작업복은 여성성을 표현할 가능성을 별로 주지 않는다.

페달에 한 발을 올려놓는다. 그런 다음 레오나르도의 어깨를 잡고 다른 쪽 다리를 반쯤 빙 돌린다. 성공, 오토바이 안장에 앉았고 꼴불견은 되지 않았다! 멋진 오토바이기는 하지만 편안하다고 말할 수는 없을 듯하다. 출발하기 전에 벌써 겁이 나서 그를 꽉 껴안는다.

"준비 됐어?"

"어디로 갈 건데?" 내가 묻는다.

"깜짝 놀랄 데."

내 기억이 맞는다면 레오나르도가 이렇게 말할 때는 긴장해야 한다.

"제발 천천히 가줘." 그의 허리를 두 손으로 단단히 잡으며 간청한다. 그의 몸과의 접촉이 분명 어떤 영향을 준다. 몸이 이렇게 단단하니⋯⋯.

"무서워?" 그가 낄낄 웃으면서 안심을 시키려는 듯 내 종아리를 쓰다듬는다.

"조금." 내가 인정한다.

"안심해. 달리지 않을 거야."

레오나르도가 오토바이의 시동을 건다. 요란한 엔진 소리에 충격을 받아 안장 위의 내 몸이 살짝 흔들린다. 순간 두려움이 흥분으로 변한다. 끼이익 소리와 함께 우리는 비토리오 대로를 쏜살같이 달려나간다.

저녁의 시원한 공기가 내 얼굴을 어루만지고 나는 자유를 느낀다. 좀 더 안전을 기하기 위해 내 무릎을 그의 다리에 딱 붙인다. 특히 커브길을 돌 때면 심장이 터질 것만 같다. 그러나 그와 동시에 그가 운전을 하니 안심이 된다. 그의 행동 하나하나가 너무나 자신감이 넘쳐서 완전히 신뢰를 하지 않을 수가 없다. 두카티가 아스팔트를 어루만지며 대담하게 바람을 가르고, 시스토 다리를 지나면서 클랙슨 소리로 테베레 강에 인사한다. 그러고는 자니콜로 언덕으로 올라간다. 넓은 커브길이 연속되더니 마침내 놀랄 만큼 웅장한 분수, 폰타노네가 우리 눈앞에 선명하게 모습을 드러낸다. 레오나르도가 광장에 오토바이를 주차하고 먼저 내린 뒤 내 허리를 잡아 내가 내릴 수 있게 도와준다.

나는 잠시 숨이 멎을 정도의 광경과 입에서 나와 아래로 떨어지는 물소리에 넋을 잃는다. 물속에 들어가고 싶다는 욕망이 생긴다. 로마의 분수들은 왜 이런 무시무시한 매력을 발산하는지 모르겠다. 분수들은 자기 이야기를 들려준다. 거의 내게 뭔가를 속삭이는 듯하다. 하지만 오늘 밤에는 자니콜로의 폰타노네가 무슨 이야기를 하는지 알고 싶지 않다.

"이 언덕, 너무 아름다워." 내가 주위를 둘러보며 말한다. 헬멧을 벗고 머리카락이 보기 흉하게 짓눌렸으리라 생각하며 잘 매만져보려 한다.

"여기 와본 적 없어?" 레오나르도가 내 헬멧과 자신의 헬멧을 연결해서 오토바이 위에 올려놓는다.

"없어……. 로마에 산 지 두 달밖에 안 됐거든." 언짢은 생각을 당장 몰아내야 한다. 필리포는 왜 날 이곳에 데려오지 않았을까?

"그러니까 제일 멋진 곳을 지금까지 못 봤단 말이군." 그가 웃으면서 검고 불가사의한 그 눈으로 나를 바라본다. "벨베데레(서양 근세의 저택이나 궁전의 옥상에 만들어진 세 방면에 벽이 없는 전망용 구축물. 전망대─옮긴이)까지 조금 걸어볼까, 어때?"

"오케이." 그와 마주친 눈길을 서둘러 다른 곳으로 돌리면서 내가 대답한다.

우리는 벽의 표시를 따라 걸어간다. 이 시간에 전망대에 오르는 건 즐거운 일이다. 해가 거의 지평선 너머로 사라지며 하늘에 붉은 띠를 남긴다. 우리는 서로 적당히 거리를 둔 채 느릿느릿 산책을 한다. 내 눈은 걸음을 옮겨놓을 때마다 나타나는 놀랄 만큼 아름다운 광경에 빠져든다.

정상에 도착해 벨베데레 디 몬테베르데에서 몇 분 동안 서 있다. 이곳에서 보는 광경은 특별하다. 눈 깜짝할 사이에 온 로마를 포옹하는 기분이다. 나는 할 말을 잃는다. 도시가 잠들어가고 있고 전등이 켜지기 시작한다. 로마에 오고 나서 처음으로 로마를 바라본다. 그리고 이제 로마를 이해할 수 있을 것 같다. 위에서 내려다보니 내가 알고 있는 복잡하고 혼돈 그 자체인 대도시가 훨씬 덜 위협적으로, 뭐든 모르는 게 없다는 듯이 내 발밑에 펼쳐져 있다.

"이런 로마의 모습 처음 봐……." 내가 레오나르도에게 말한다. "여기 데려와줘서 고마워."

그가 미소를 지으며 허락을 구하지도 않고 내 마음속으로 들어온다. 석양 녘의 이런 장소에서 이런 식으로 미소를 지을 수 있는 사람은 아마 이 세상에 그 말고는 아무도 없으리라.

우리는 조금 더 걷다가 벤치에 앉는다. 초저녁 별들이 하나둘 나타나고 바다에서 서풍이 살짝 불어와 가볍게 일렁이는 따뜻한 파도처럼 우리 얼굴을 어루만진다.

우리는 각자의 일들을 이야기하며 안전한 항구로 항해 중이다. 좀 더 자세히 알고 싶은 어떤 사람을 처음으로 만났거나 오랜만에 만난 친구 사이에 오고갈 만한 대화다. 우리의 이야기는 표면에 머물러 있어서, 가끔 짧은 침묵으로 대화가 중단되기는 해도 질문과 대답이 막힘없이 자연스럽다.

"지금 행복하지?" 그가 느닷없이 묻는다. 그러더니 곧 다시 말한다. "당신 남자친구 똑똑해 보이더군."

이 말을 통해 그가 주방에서 우리를 지켜본 게 틀림없다는 걸 확인한다. "그래, 맞아." 내가 대답한다. 그리고 필리포와 우리 사이에 대한 이야기를 시작한다.

레오나르도는 대신 내게 자신이 오래전부터 로마에 살고 있으며 동업자와 함께 레스토랑을 열었고 대부분의 시간을 이 레스토랑에서 보낸다고 얘기해준다. 그러나 가끔 직업적으로 자극이 되는 도전을 찾아서 혹은 단순히 분위기 전환으로 '미션'을 수행하러 떠나기도 한다고 말한다. 베네치아의 경우가 바로 그랬다.

"나한테는 한 번도 말하지 않았잖아……." 내가 말한다. 이상하다. 그렇게 친밀한 사이였으면서도 그의 삶의 세세한 부분을 전혀 알지 못한다.

"당신이 나한테 물어보지 않았으니까." 그가 어깨를 으쓱하며 말한다.

"당신이 너무 폐쇄적이어서 어느 순간 질문을 포기하게 됐어." 내가 시인한다.

"어쩌면 당신 말이 맞을지도 모르지. 약간은 내 책임이기도 해." 그가 다시 미소를 짓지만 씁쓸한 표정이다. "있지, 당신과 헤어지고 몇 달 동안 당신 생각 많이 했어." 그가 기억을 더듬기라도 하듯 잠시 시선을 떨군다. 그러더니 턱을 쓰다듬으면서 덧붙인다. "수천 번 당신에게 전화하고 싶었다고."

"그런데 왜 하지 않았지?" 원하지도 않았는데 이런 말이 거의 비명처럼 내 입에서 튀어나온다. 그의 전화를 부질없이 얼마나 많이 기다렸나, 그런데 이제야 그 역시 내 목소리를 듣고 싶어 했다는 말을 듣고 있다.

"당신에게 전화해서 무슨 말을 할 수 있을지를 생각해 볼 때마다 어차피 몇 달 전 벌써 했던 이야기와 그다지 달라질 게 없다는 걸 깨닫곤 했으니까." 그가 벤치 등받이에 등을 기댄다. 그리고 잠시 말이 없다. "당신이 다시 실망할 테니까. 이런 생각을 하면 기분이 좋지 않았어."

"그러니까 내 행복을 위해 날 찾지 않았다는 거야? 지금 당신이 말하려는 게 이거야?" 저질 최루성 영화 대본 같다. 마음속에서 본능적인 분노가 치민다. 분노하는 게 더 이상 의미 없기 때문에 애써 누르려 하지만 안타깝게도 알고 싶다. 최소한 이것만이라도. 그리고 그는 내게 설명을 해줄 의무가 있다.

"아니야, 엘레나. 내 행복을 위해 그렇게 했어."

나는 고개를 젓는다. 이제 아무것도 이해할 수가 없다.

"난 당신을 잊고 싶었어. 이런 감정에 휩싸여 있고 싶지 않았고 당신 역시 나처럼 되는 걸 원치 않았어. 조만간 나는 다시 떠나야 할 거고 어쨌든 우린 다시 헤어져야 하니까. 당신과 계속 만날 수 없으니 유일한 해결책은 단호하게 관계를 끝내버리는 것뿐이었지." 그가 한숨을 쉰다. "내 인생은 복잡해, 엘레나. 난 유목민같이 항상 이 도시 저 도시를 떠돌고 있어. 그렇지만 내가 벗어날 수 없는, 그리고 벗어나고 싶지 않은 책임과 연결되어 있지……." 그는 뭔가 다른 말을 덧붙이려는 듯이 보이지만 결국 시선을 떨구며 입을 다문다.

"지금 말하는 책임이라는 게 뭐야?" 너무 궁금해서 내가 묻는다.

그는 대답해줘야 할지 말지 고민하며 지평선을 뚫어지게 바라본다. 잠시 후 그가 상대를 무장해제시키는 예의 그미소를 지으며 나를 뚫어지게 본다. "그만하지. 이제 와서 이런 얘기가 무슨 의미가 있겠어?"

"아니, 내게는 의미가 있을 거야." 나를 궁지로 몰아넣지 않기로 결심하고 고집스레 말한다. "난 당신 결정에 무조건 따랐어……. 어쩌면 내게 몇 마디 설명이라도 해줄 의무가 당신에게 있을지도 몰라."

나는 준엄한 어조로 말해보려 애쓰지만 그에게는 그렇게 할 수가 없다. 레오나르도가 약간 놀란 듯이 나를 보더니, 마치 투정하는 어린아이에게 하듯이 내 뺨을 쓰다듬는다. "설명을 한다 해도 이 상황이 나아지지는 않아, 엘레나. 아니 모든 게 훨씬 슬퍼질 거야."

크고 따뜻한 그의 손안에 있는 내 얼굴은 정말 어린아이의 얼굴 같다. 정신이 아득하다. 이 남자는 자신이 진짜 어떤 사람인지를 내게 말하고 싶어 하지 않는다. 됐다. 더 이상 우기지 않는다. 그래봤자 아무 소용이 없다는 걸 알고 있으니까. 그리고 그에게 너무 휘둘리고 싶지도 않다.

"어젯밤 당신을 다시 만나서 정말 기뻤어." 그가 눈썹을 치켜세우며 말한다.

"비현실적이었지, 레오나르도. 난 기분이 안 좋았어." 내가 말한다. 서른 번째 생일날을 영원히 잊지 못할 거라는 생각을 한다.

"그래도 받아들여야 해, 엘레나. 우리가 많은 계획을 세울 수 있고, 많은 결정을 할 수 있다고 착각하기 때문에 그런 기분이 드는 거지. 그건 다 운명의 문제일 뿐이야. 우리가 할 수 있는 건 아무것도 없어."

"진짜 거지 같은 일이지." 이 말을 하면서 저절로 한숨이 나온다.

"아니 어쩌면 진짜 행운일지도 몰라." 그가 생각에 잠겨 반박한다.

우리는 잠시 아무 말 없이 어두워져가는 우리 앞의 하늘을 바라본다. 다른 사람의 눈에는 우리가 중요한 이야기를 나누고 있고, 서로에게 상처를 주고 있지만 어쨌든 아직은 서로의 이야기를 들어줄 의향이 있는 친구 사이로 보일지도 모른다. 어쩌면 이게 우리 만남의 마지막 장(章)일지도 모르고 이렇게 씁쓸한 연민은 몇 달 전 뜨겁게 달아올랐던 열정의 찌꺼기일지도 모른다.

그러나 내 마음속의 불길은 아직도 층층이 쌓인 이성과 생존본능 밑에 숨어서 불타고 있다. 그래서 우리의 몸이 살짝 스치기만 해도, 내 어깨가 그의 어깨에 닿기만 해도 다시 그 불길이 활활 타오를 수 있다. 나는 레오나르도를 바라본다. 선명한 윤곽과 불가사의한 눈과 꽉 다문 턱. 그는 감정이 없는 조각상 같아서 지금 그의 기분이 어떤지를 알 수 있다면 세상에서 가장 소중한 무엇이라도 줄 수 있을 것 같다.

나는 잠시 눈을 감는다. 그와의 신체 접촉을 즐긴다. 팔을 떼라고 나 자신에게 명령한다. 나는 애인이 있는 여자다. 필리포를 사랑한다. 여러 생각들이 내 머릿속에서 소리친다. 하지만 아무 소용이 없다. 여기서 움직일 수가 없다.

우리의 새끼손가락이 살짝 스쳤다가 가볍게 겹쳐진다. 강물이 서로를 향해 우리를 떠밀기라도 하듯이. 하지만 그것도 순간일 뿐이다. 레오나르도가 벌떡 일어난다.

"갈까?" 그가 내 눈을 보지 않은 채 가죽점퍼의 매무새를 다듬는다.

나도 당장 일어난다.

우리는 폰타노네 쪽으로 간다. 잠시 후 그의 오토바이를 타고 그가 나를 지하철역까지 데려다줄 테고 거기서 그와 영원히 작별을 하겠지. 한 시간이 채 되기 전에 다시 집에 도착해서 따스했던 그의 손과 에너지가 넘치던 그의 눈과 그의 피부에서 나던 향기를 잊어버리겠지.

이 장이 영원히 끝나길 간절히 바라는 마음으로 그보다 앞서 걸어가며 이런 생각을 하는 중이다. 그러다가 갑자기 내 어깨에서 그의 손이 느껴진다. 그리고 그 사실을 알아차리기도 전에 벌써 레오나르도가 나를 돌려세워 자신에게로 끌어당긴다. 그가 격렬하게 나를 껴안더니 내 입술 사이로 혀를 밀어 넣는다. 나는 아무 저항도 하지 않은 채 그가 하는 대로 내버려 둔다. 그러고는 나도 뜨겁게 키스를 한다. 지난 몇 달 동안, 그리고 그를 다시 만난 순간부터 이를 간절히 원하기라도 했던 사람처럼.

"오, 엘레나……." 그가 탄식한다. 그러더니 뜨거운 눈으로 나를 보며 그 열기를 쏟아 붓는다. "당신은 내게 너무나 강한 유혹이야." 그가 속삭인다. "저항하려 해봤지만 어떻게 해야 할지 모르겠어."

정신을 잃을 것 같고 혼란스럽다. 길가에 선 채, 두려움과 욕망으로 죽을 것만 같다. 다리가 떨리고 배꼽 아래쪽이 온통 수축된다. 어리석지만 몸이 아플 정도로 그렇게 그를 원한다.

"당신이 느껴져, 엘레나……." 그가 내 손목을 잡으며 말한다. 나를 자신의 품에 안은 채 거기서 조금 더 떨어진 곳으로, 길가에 닿아 있는 풀밭으로 데려간다. "지금 내 여자가 되어야 해."

레오나르도가 나무를 향해 나를 밀고 내 점퍼의 지퍼를 내려 가슴 사이로 한 손을 밀어 넣는다. 그의 호흡은 나에 비해 빠르다.

조금 전까지 우리가 나눴던 모든 말들이 이제 아무 의미가 없다. 우리는 의도와 금지 그 너머로, 일관성과 존중 그 너머로 서로를 끌어당기는 두 개의 자석이다. 이 남자에 대한 욕망이 내 피를 뜨겁게 불태운다. 그에게, 내 눈 속에서 뜨겁게 타오르는 그의 검은 눈에, 희미한 가로등 불 밑에서 빛나는 그의 수염에 투영되는 나의 반응들을 본다. 지금 잘못을 저지르려 한다. 어마어마하고 무시무시한 잘못을.

"이럴 수 없어, 레오." 내가 몸부림을 치며 벗어나려고 애쓰는 동안 필리포가 우리 사이의 공간에 고통스럽게 끼어든다. "이럴 수는 없어." 나는 신음을 참으며 같은 말을 되풀이한다.

레오나르도가 잠시 동작을 멈추고 나를 보더니 자신의 이마를 내 이마에 댄다. 하지만 그의 입이 너무나 가까이 있고 그의 냄새가 너무 좋다. 그가 혀를 깨문다. 열정이 이성보다 훨씬 강하다. 그래서 우리는 다시 키스를 한다. 우리가 할 수 있는 유일한 일이기에, 이 순간 내가 원하는 단 한 가지 일이기에. 어둠이 내 죄의식을 덜어주길, 지금 일어나는 일을 좀 더 비현실적으로 만들어주길 바란다. 하지만 정반대의 효과를 낸다. 모든 게 더 사실적이고 더 강렬해 보인다. 우리 주변에 늘어선 해안송(海岸松)의 그림자들은 급격하게 흥분한 우리를 호기심 많은 사람들의 눈으로부터 보호해주기만 할 뿐이다.

레오나르도가 내 한쪽 다리를 들어 자신의 다리를 감싼

다. 단단하고 힘센 그의 성기가 느껴지고 익숙한 그의 손길이 다시 내 가슴을 찾는다.

우리는 땅으로, 축축한 풀 위로 쓰러진다. 레오나르도는 내가 등을 대고 누울 수 있게 가죽점퍼를 벗어 풀밭에 깔아준다. 그가 격렬하게 키스를 하며 내 위로 올라온다. 그의 손가락이 내 머리카락 속으로 들어왔다가 급히 얼굴로 내려오더니 다시 티셔츠 속으로 살그머니 들어가서 가슴을 애무한다. 그의 목을 잡는다. 내 입술을 빨고 깨물어 흥분의 신음소리를 만들어내는 그의 입술을 느껴야 할 필요가 있다.

"당신 가슴은, 엘레나……" 그가 숨을 몰아쉬며 중얼거린다. "내가 기억하고 있던 대로 놀라워. 애무해주고 싶어. 당신 몸을 전부 다 애무해주고 싶어."

레오나르도가 내 청바지 지퍼를 열더니 단호하게 한 손을 팬티 속으로 집어넣어 촉촉해진 내 성기 속으로 밀고 들어온다. 따뜻한 그 부분에서 잠시 멈춰 손가락을 움직이면서 자신의 혀로 내 혀를 찾는다. 내 입속에서 그의 숨결이 점점 더 가빠지고 강렬해진다. 그러더니 거의 폭력적이라 할 만한 동작으로 내 바지와 팬티, 신발을 모두 벗겨내 허리 아래가 알몸으로 드러난다. 그 역시 청바지의 지퍼를 열어 발기한 성기를 해방시킨다.

그가 나를 보며 내 다리를 벌린다. 내 눈에서 눈을 떼지 않으며 단 한 번의 동작으로 내 안으로 들어온다. 나는 그의 목을 잡고 눈을 감으며 그 충만함을, 그에게 소유당하고 있다는 어리석은 기분을 즐긴다. 내 몸 안에서 박동하는 그를 느낀다. 그의 몸 구석구석에서 나는 소리를 듣는다. 그가 천천히 안과 밖으로 들어갔다 나온다. 움직일 때마다 신음을 한다. 내 안에서 불길이 뜨겁게 타오른다. 오, 이 모든 걸 얼마나 그리워했던가…….

오래 버틸 수 없음을 안다. 레오나르도는 우리가 떨어져 있던 그 시간을 모두 되찾기라도 할 것처럼 속도를 빠르게 한다. 그의 몸 아래 있는 내 다리가 긴장을 한다. 나의 호흡이 가빠진다.

이제 나는 체념을 한다. 지금 이 순간 외에, 둥지처럼 우리를 받아준 이 좁은 땅, 다시 만나 미친 듯 움직이는 우리의 몸 이외에는 그 어떤 것도 중요하지 않다. 지금 이 관계 이외에는. 그만이 내게 줄 수 있는 쾌락 이외에는.

나의 오르가슴은 강력하고 절망적이고 분노에 차 있다. 레오나르도가 곧 절정에 이르더니 내게서 급히 빠져나가 내 배 위에 따뜻한 정액을 쏟는다. 그러더니 내 목에 머리를 기댄 채 쓰러진다.

처음 그와 사랑을 나누고 난 뒤와 같은 기분이라는 걸 깨닫자 가슴이 답답해진다. 그때도 바닥에, 먼지와 물감으로 지저분한 현관 바닥에 누워 있었다. 그의 옆에 꼼짝하지 않고 누워 있던 내 모습이 선명하게 떠오른다. "그럼 이제?"

이 생각 하나뿐이었다.

지금 똑같은 질문을 한다. 그런데 대답은 아주 다르다. 이건 시작이 아니라 끝이다. 레오나르도의 손을 놓고 그에게 작별 인사를 해야 할 순간이다. 영원히. 이건 일탈이고, 필리포 이전에 나 자신에 대한 배신이다. 하지만 처음이자 마지막이야, 나는 맹세한다.

서두르지 않고 다시 옷을 입는다. 그는 아직 내 옆에 있다. 어쩌면 내가 동요하고 있는 걸 직감하는지도 모른다. 그가 내 목에 여러 차례 입을 맞춘다. 다행히 그는 아무 말도 하지 않는다. 그가 무슨 말을 하더라도 내 기분이 나아지지는 않으리라.

우리는 일어서서 오토바이 쪽으로 간다. 레오나르도가 집까지 바래다주겠다고 제안한다.

나는 그를 본다. 울고 싶지만 잘 참아낸다. "고맙지만 택시를 불러서 혼자 돌아가고 싶어." 이렇게 말할 때 뭔가가 목을 할퀸다.

"하고 싶은 대로 해." 그가 대답한다. "그렇지만 같이 택시 기다릴게."

이 말에는 반대할 수 없다는 걸 안다.

레오나르도가 나를 위해 콜택시를 부르고 우리는 폰타노네 가장자리로 가까이 가서 택시를 기다린다. 택시를 기다리는 이 짧은 시간이 내게는 한없이 길게만 느껴진다. 우리 주위는 고요해서 죄책감을 가중시킨다. 분수에서 떨어져 셀 수 없이 많은 원으로 퍼지는 물소리만이 그런 침묵을 깬다. 그는 상당히 침착해 보인다. 한 손가락으로 내 어깨를 살짝 건드린다. 그는 그런 단순한 접촉조차 내게는 독이 된다는 걸 모른다. 나는 입술을 깨물고 눈을 감는다. 눈썹 사이에 눈물이 한 방울 맺힌다. 레오나르도가 내 어깨를 잡더니 자신의 입으로 그 눈물을 받는다.

"당신이 슬퍼지는 것 원하지 않아, 엘레나. 한 번도 그걸 바란 적 없었어."

그러더니 나를 꽉 껴안는다. 나는 한없이 행복하기도 하고 동시에 절망하기도 하며 그에게 몸을 맡긴다.

마침내 택시가 도착한다. 레오나르도가 내 이마에 부드럽게 입을 맞추더니 나를 보내준다. 나는 뒤돌아보지 않고 택시에 오른다.

자니콜로 언덕에서 에우르로 가는 동안 흥분과 고통스러운 우울이 교차한다. 집으로 가는 1미터 1미터가 속죄와 후회를 향해 가는 길과 같다. 필리포를 생각한다. 지금 이 순간의 우리 아파트 안을 상상해본다. 거실 말고는 다 불이 꺼졌을 테고 침실은 고요에 잠겨 있겠지. 그는 하얀 티셔츠를 입고 우리 침대에 웅크린 채 잠들어 있을 거야.

양심의 가책이 나를 따라온다. 모두 레오나르도 때문이다. 아니 어쩌면 내 책임도 조금 있을지 모른다……. 하지만 나와 내가 진심으로 사랑하는 사람 사이에 얇은 벽을 세우며 나를 막다른 골목으로 몰아넣은 건 레오나르도였다. 나는 필리포를 사랑하고 있다. 그러니 방금 일어났던 일은 길을 가다 당한 어리석은 사고일 뿐이다.

아파트 문을 열자 예상했던 대로 필리포는 자고 있었다. 소파에서 나를 기다리다가 잠이 든 모양이어서 내 죄책감은 마침내 완벽한 형태를 갖추었다. 하지만 이런 찜찜한 기분이 거의 위안이 되다시피 한다. 내가 완전히 이성을 잃은 건 아니라는 증거니까.

"아, 비비." 필리포가 뭔지 모를 어떤 꿈에서 깨어나며 중얼거린다. 그가 일어나 앉으며 소파에 등을 기댄다. 잠에 취한 그의 초록색 눈이 나를 보고 미소를 짓는다. "어떻게 됐어? 파올라와는 재미있었어?" 그의 목소리가 약간 쉰 듯하다.

"응. 밖에서 만나니까 딴사람 같던데." 나는 거짓이 담긴 애매모호한 미소를 짓는다. "기다릴 필요 없었는데……."

그가 어린아이처럼 손가락으로 눈을 비빈다. "텔레비전을 조금 보고 있었는데, 수면제 같은 그런 프로그램 말이야. 보다가 잠들어버렸나 봐." 그가 하품을 참으며 말한다.

나는 다시 미소를 짓는다. 이번에는 진심을 담은 미소

다. 그의 표정을 보니 죽을 것만 같다. 필리포 없이는 이제 하루도 살 수 없다. "이리 와." 내가 다정하게 그에게 한 손을 내민다. "자러 가자."

이불 속으로 들어가 아무 일도 없었던 척하기가 고통스럽지만 오늘 밤 일은 어리석은 만남의 마지막 장이었을 뿐이라고 나 자신을 위로한다.

이제 앞으로 레오나르도 없이 내 삶을 살아가리라.

그 뒤 며칠 동안 올바른 길로 가기 위해 최선을 다하고 있다. 매일 아침 눈을 뜨면 미래의 멋진 계획들을 다시 생각하며, "지나간 일은 지나간 일일 뿐이야"라거나 "식은 수프는 구역질 나" 같은 말을 주문처럼 혼자 되뇐다. 간단히 말해 정말로 원할 때만 레오나르도를 영원히 잊을 수 있을 것이다.

하지만 별 소용이 없다. 훌륭한 계획과 열의를 가지고 있는데도 난 점점 더 혼란스럽고 공중에 팽팽하게 드리워진 줄 위에 서 있는 듯하다. 내 자신이 자니콜로의 그 풀밭에 정말 있었다는 게, 예전에 그랬던 것보다 훨씬 더 화가 난다. 하지만 그날 밤의 일은 실수였다는 것도 잘 안다. 제때 막지 않으면 위험한 부작용을 연쇄적으로 초래할 수 있는 그런 실수라는 걸. 마음에 나쁜 영향을 미치고 과거를 생각나게 하며 현재의 삶을 피폐하게 만드는 실수라는 걸.

요즘 필리포는 더없이 행복해하고 있어서 나는 더 소외

감을 느낀다. 그는 자신의 일에, 이런 생활에, 우리 관계에 열광하는 듯이 보인다. 루치오 바티스터부터 블랙 아이드 피스까지 평상시보다 노래를 훨씬 더 많이 흥얼거린다. 집에서도 계단에서도 흥얼거린다. 밖에 나가 직장에 갈 때나 친구들과 축구를 할 때도 노래를 흥얼거린다. 이렇게 행복해하는 그가 거의 짜증이 날 정도다. 하지만 이건 제어하지 못한 불순한 생각 때문으로, 이런 생각이 떠오르자마자 서둘러 쫓아버린다.

단 한 가지 안심이 되는 일이 있다. 그날 밤 이후로 사방에서 레오나르도의 향기가 계속 느껴지기는 하지만 적어도 그가 실제로 내 앞에 다시 나타나지는 않는다. 애인과 행복하게 지내는 현재의 내 상황을 고려해서, 아마 그 역시 다시 다가오는 게 아무 의무도 없다고 생각하고 있을지 모른다.

내 생각이 완벽한 진실이라고 스스로 믿으려 애쓰면서 성모마리아의 망토에 마지막으로 파란색을 다시 칠한다. 거의 9시 반이 다 되어가는데 파올라는 아직 출근하지 않았다. 그녀가 오지 않을까 봐 걱정된다. 전화를 해서 지각 이유를 물어보지 않으려고 자제한다. 여기 오지 않는다면 다 그만한 이유가 있을 게 분명하다. 파올라는 단순한 두통으로 결근을 하는 그런 여자가 아니다. 좋아, 필요할 때 전화해보지 뭐. 오늘은 내 일거수일투족을 지켜보는 눈길 없이 마음 편히 작업할 수 있다는 뜻이기도 하니까.

하지만 내 계획들은 물거품이 될 운명이었다. 새로운 안료 배합을 준비하다가 눈을 들자 나를 향해 걸어오는 레오나르도가 보인다. 청바지에 카키색 티셔츠를 입은 그는 평상시와 다름없이 자신 있는 태도로 나를 보며 악령처럼 미소를 짓는다.

"차오." 그가 말한다.

"차오…… 여긴 대체 무슨 일이지?" 나는 놀라움을 숨기려고 애쓴다. 그리고 컵 안의 안료를 충동적으로 휘저으며 초조하게 묻는다.

"오늘 쉬는 날이어서 당신하고 드라이브라도 하면 어떨까 혼자 생각해봤지." 그가 자연스럽게 대답한다.

"지금 일하는 중이야." 보여주는 것만으로는 충분하지 않은 듯, 내가 그에게 강조한다.

레오나르도는 청바지 주머니에 두 손을 집어넣은 채 한걸음 다가온다. "가자…… 여기 틀어박혀 있기에는 날씨가 너무 좋아!"

"안타깝지만 난 선택의 여지가 없어." 그에게서 피하려고 애쓰면서 벽 쪽으로 돌아선다. 일이 유일한 핑계라는 것을 우리 둘 다 잘 알고 있다. 사실 그는 여기 있어서는 안 되고 나는 위에 통증을 느끼면 안 된다.

다시 물감에 집중한다. 아니 적어도 그런 척해본다. 하지만 내게 위협적으로 다가오는 그의 존재를 느낀다. 그가 내게 다가와서 돌체 앤 가바나 로고가 검게 인쇄된 하얀 봉투를 내민다. 나는 다시 그를 향해 돌아선다.

"이게 뭐지?"

"열어봐."

봉투 안에는 놀랄 만큼 근사한 검은색 비키니가 들어 있다. 나는 고개를 젓는다. "이게 무슨 뜻이야?"

"바다에 가자." 그가 차분하게, 그리고 자신 있게 말한다.

"미쳤어?" 신경질적인 웃음이 내 입에서 새어 나온다. 나는 몇 발짝 뒤로 물러서서 사다리에 봉투를 올려놓는다.

레오나르도가 도전적인 분위기로, 그만이 만들어낼 수 있는 엄숙한 표정으로 내 앞을 가로막는다. "제발, 가자⋯⋯. 반나절이면 충분해. 이맘때 해안이 얼마나 눈부신데." 이런 말을 하는 그의 입술은 참을 수 없게 육감적이다.

"당신도 알잖아, 안 가는 게 나아." 나는 그를 진지하게 바라보며 대꾸한다. 그리고 정면으로 그에게 대응하기로 결심한다. "시간문제가 아니야. 우리 두 사람은 다시 만나면 안 돼, 이게 전부야."

"엘레나." 그가 방금 한 내 말을 완전히 무시한 채 내 귀에 자기 입술을 가까이 댄다. 그의 향기가 나를 스친다. "같이 가자. 딱 한 번만."

나는 배 속의 요동을 느끼고 싶지 않다. 그의 따귀를 때리고 내게서 멀리 밀어내버리고 싶다. 그러다가 다시 그가 나를 끌고 가주길 바란다.

있는 힘을 다해 그에게서 벗어나 내 자리에 흔들림 없이 서 있으려고 애쓴다.

"잘 들어, 난 싫어."

"가고 싶을걸." 레오나르도가 마치 내 거짓말을 알아차리기라도 한 듯 날 보고 미소를 짓는다. 그런 다음 나에게 다가오더니 나를 훑어보면서 천천히 내 작업복의 지퍼를 연다.

"빨리, 이거 벗어." 그가 계속 말한다. "내가 강제로 이 옷을 벗기게 되면 날 막지 못할걸⋯⋯."

그가 나를 보고 내가 그를 본다. 나도 모르게 웃음이 난다. 나는 망설인다. 그리고 그는 그 사실을 너무나 잘 안다. 나는 깊게 한숨을 쉬며 고개를 젓는다. 지퍼를 잡은 그의 손을 치우고 단숨에 내 스스로 지퍼를 완전히 내린다. 나는 포기했고 그는 기뻐서 고개를 끄덕인다. 레오나르도가 작업복 밖으로 빠져나오는 나를 지켜본다. 나는 무기력하게, 체념을 하고 그에게 나를 맡긴다. 그가 다시 이겼다, 빌어먹을⋯⋯.

"그렇지만 7시 전에 돌아온다고 약속해줘!" 내 물건을 주섬주섬 챙기면서 말한다.

"당연하지, 당신이 원하는 대로 다 해줄게." 내 말을 제대로 듣지도 않고 그가 서둘러 약속한다. 그러고는 내 손을 잡더니 입구로 가기 위해 신도석 쪽으로 끌고 간다. 가슴이 미친 듯이 뛴다. 미친 짓을 하고 있다, 안다. 그러나 잠시 나는 열다섯 살짜리 소녀로 돌아간다. 교실로 들어가기 바로 전 가이아가 수업을 빼먹자고 나를 꾀던 그때로. 그 당시와 똑같이 해방된 느낌, 그 당시와 똑같은 흥분을 다시 생생하게 느낀다. 의무를 벗어버린 그 시간 때문에, 무슨 일이든 일어날 수 있을 듯했던, 기대에 찬 그 몇 시간 때문에 느꼈던 기분을 말이다.

성당 입구의 앞뜰에서 마르티노와 마주친다. 그는 여느 때와 마찬가지로 겨드랑이에 파일을 끼고 벨트에 가죽가방을 매단 채 숨을 헐떡이며 성당에 막 도착하는 참이다. 그가 내 옆에 있는 레오나르도를 보더니 내게로 눈을 돌린다. 두 눈에 비쳤던 놀라움이 금방 실망으로 바뀐다.

"차오, 마르티노." 내가 인사를 하며 레오나르도 곁에서 떨어져서 그에게로 간다.

"벌써 가는 거예요?" 그가 묻는다. 조금이라도 더 나와 함께 있고 싶어 하는 바람이 실망한 그 목소리에서 묻어난다.

"그래요." 내가 변명하듯 두 팔을 벌린다. "오늘 하루 휴가."

"아." 그의 입이 아래로 축 처진다. 그러면서 레오나르도를 유심히 살핀다. 그런 다음 마치 설명이라도 구하려는 듯이 다시 나를 본다. 하지만 그에게 뭐라 말해야 할지 알 수가 없어 미안한 표정으로 미소를 지으며 어깨를 으쓱한다.

마르티노가 다 알았다는 듯이 고개를 끄덕인다. "알았

어요. 난 마테오 성인에게 가볼게요……." 그가 가볍게 목례를 하고 다시 돌아보지 않은 채 안으로 들어간다.

"그럼 다음에 봐요!" 내가 멀리서 외치지만 그는 곧장 앞으로 간다.

"누구야?" 레오나르도가 다시 내 손을 잡으며 묻는다.

"카라바조 그림 때문에 여기 오는 미술 아카데미 학생이야."

"당신에게 정신없이 빠져 있는데, 알아, 맞지?"

"무슨 소리야……." 손짓으로 그 문제를 더 이상 거론하지 못하게 한다. "이제 겨우 스무 살인걸."

"맞다니까." 그가 자신 있는 어투로 반박한다.

나는 미소를 지으며 고개를 젓는다. 사실 지금까지 그 생각을 깊이 하지 않았으나 조금 전 나를 바라보는 마르티노의 눈을 보자 터무니없는 추측은 아니라는 걸 알게 되었다. 그가 너무 상심하지 않기를.

두카티에 올라 레오나르도의 허리를 붙잡자 모든 생각들이 사라진다. 그의 등에 꼭 달라붙으니 자유롭고 안전한 기분이다. 우리는 부드러운 바닷바람을 맞으며 해변을 향해 달린다. 바람은 우리의 얼굴과 구름 한 점 없이 새파란 하늘을 간질인다. 이 오토바이를 타고 있는 게 좋다. 그와 함께 있는 게 좋다. 지금은 다른 어느 곳에도 있고 싶지 않다는 걸 깨닫는다. 우리는 어느새 폰티나를 가로지르고 있다. 공기에서 벌써 소금, 해초, 소나무 냄새가 난다. 바다 냄새도.

대기 중에 떠 있는 분위기의 사바우디아(이탈리아 라치오주 라티나 현에 위치한 코무네로 로마에서 90킬로가량 떨어져 있다─옮긴이)가 우리 눈앞에 선명하게 모습을 드러낸다. 데 키리코(조르조 데 키리코. 1888~1978. 이탈리아의 형이상학적인 화가. 음울하고 몽환적인 초기 작품들은 막스 에른스트, 살바도르 달리, 르네 마그리트 같은 초현실주의 화가들에게 많은 영향을 미쳤다─옮긴이)의 그림에서 튀어나온 것 같다. 이제야 로마의 지식인들이 1950년대에 이곳을 여름 휴양지로 선택했던 이유가 이해된다. 이곳에는 마법적인 뭔가가 있다. 바다, 호수, 늪, 숲과 사막이 뒤섞인 매력적인 뭔가가. 두카티가 해변의 아스팔트 위를 달린다. 지중해의 관목에 뒤덮인 모래언덕들이 몇 킬로가량 이어지다가 치르체오 산에 이른다. 그곳에서 황금빛으로 반짝이는 하얀 모래사장은 초록으로 덮인 바위에 자리를 양보한다.

레오나르도가 오토바이를 길 가장자리의 공터에 주차한다. 거기서 내려서 해변으로 이어지는 나무 계단을 걸어 내려간다. 가끔 그가 친절하게 한 손을 뻗어 내가 안전하게 내려갈 수 있도록 도와준다. 그는 주의가 깊어서 보호받고 있다는 기분을 느끼게 해준다. 그의 곁에 있으면 아무것도 필요한 게 없다. 잔인한 말이지만 필리포조차 생각나지 않는다.

"세상에, 이 모래언덕들 너무 아름다워!" 감탄의 눈으로 내가 외친다. 바람이 하얀 모래 위에 예술작품 같은 그림과 아라베스크를 그려놓는다. 숨을 깊이 들이마시자 소금기가 폐까지 깊숙이 파고든다.

"와볼 만하다고 했잖아……." 레오나르도가 다정한 눈으로 나를 바라보며 대답한다.

내게는 교외의 공기와 햇빛이 필요했다. 나는 내 일을 사랑하지만 눅눅한 공기 탓에 부풀어 오른 벽이나 용해제, 먼지, 작업용 가설물, 물감이 묻은 붓들 때문에 눈과 피부가 지쳐가는 중이었다……. 큰 목소리로 잔소리를 해대는 파올라도 한몫하고. 나는 정말 교외로 나가고 싶었다. 이곳은 가꾸지 않은 자연과 맑은 물로 이루어진 천국이다.

5월부터 피부가 검게 그은 것 같고 머리는 햇빛에 바랜 해수욕장 직원 청년이 우리에게로 온다. 바닷가의 해변침대 두 개로 우리를 안내하고 마실 게 필요한지 묻는다. 프로세코 포도주 두 잔을 주문하자 그가 멀어져간다. 우리 주위에는 사람들이 별로 없다. 어린 아기 둘과 함께 온 엄마와 피부가 발갛게 익은 노부부가 보이는데 아마 독일인일 것이다.

레오나르도가 셔츠의 단추를 풀고 바닷물로 다가간다. 바지를 걷어 올리더니 물의 온도를 확인해보려고 두 발을 담근다. 그는 바다의 일부분처럼 보인다. 잘 다듬지 않은 수염과 구릿빛으로 그은 피부 때문에 꼭 뱃사람 같다. 그가 나를 돌아본다.

"정말 그 수영복 안 입어보고 싶어?"

"당신은?"

"벌써 바지 속에 입었어."

나는 가방을 들고 수영복을 갈아입으러 탈의실로 간다. 레오나르도의 취향이 훌륭하다는 걸 인정하지 않을 수 없다. 이 비키니는 놀랄 만큼 멋지다. 상의는 목 뒤로 끈을 묶을 수 있게 되어 있는데 내가 제일 좋아하는 스타일이다. 실제로 내가 팔과 함께 내 신체에서 가장 사랑하는 단 한 곳인 어깨를 강조한다. 상체를 긴장시킨 채 가설물과 사다리에 오랜 시간 걸터앉아 있기 때문에 어깨가 수영선수처럼 변해버리긴 했지만!

좋아, 준비 완료. 이제 저쪽으로 돌아가서 저 해변침대에 누워 느긋이 휴식을 즐기기만 하면 돼. 잠시 내 눈앞에 웃고 있는 필리포가 나타난다. 보조개와 맑은 초록색 눈과 갑자기 얼음처럼 차가워지는 그의 표정이. 그러나 탈의실 문을 열자 햇빛이 나를 현혹하며 그런 환영을 순식간에 완전히 지워버린다.

레오나르도가 선글라스를 끼고 한 손에 잔을 든 채 옆 침대에서 나를 기다리고 있다. 그 역시 옷을 벗고 수영복 차림이다. 건장하고 완벽한 몸매에 놀랄 만큼 섹시하다. 소름이 끼칠 정도로 섹시하다. 잘 만들어진 근육에 나무랄 데 하나 없이 매끈하게 빠진 몸매는 아니다. 그의 근육은 오랜 시간 체육관에서 다져진 게 아니라 야외 활동을 통해 자연스레 만들어진 듯하다. 배 근육이 조금 더 발달했는데 요리사로서, 또 삶을 즐길 줄 안다고 할 만한 그의 성격에 맞는 듯하다. 그리고 어깨의 그 문신이 그를 더할 나위 없이 매력적으로 보이게 만든다. 그에게서 눈을 뗄 수가 없다.

나는 작은 테이블의 땅콩 그릇 옆에 놓인 내 잔을 든다.

레오나르도가 흐뭇한 얼굴로 나를 바라본다. 그런데 갑자기 내 몸이 이렇게 금방 수영복을 입을 상태가 아니라는 사실을 깨닫는다. 최근 몇 달 동안 필리포라는 든든한 존재의 공범자가 되어 그다지 활동적이지 않은 생활에 익숙해져 있었으니까……

"이 비키니 잘 어울려." 그가 말한다. 그러더니 그의 시선이 내 가슴에 머문다. 사실 이 수영복은 정말 기적과 같아서 내 가슴을 한 사이즈 크게 만들어놓았다. 그것과는 별개로 이유는 알 수 없지만 레오나르도와 관계를 하고 난 뒤 가슴이 반 사이즈 정도 커졌다는 것도 알게 되었다.

그러나 내 약점, 날 절망하게 만드는 신체부위는 엉덩이다. 내 바람대로 처지지 않고 탄력을 유지하고 있을 리가 없다. 그리고 허벅지 뒤에는 끔찍한 셀룰라이트가 있다. 이건 눈에 띄지 않을지도 모르지만 스스로 약점으로 느끼고 있고 불편하다. 가이아가 충고해준 대로 값도 어마어마하고 짜증스럽기가 이루 말할 수 없는, 스파에서 사용하는 치료제를 사용해봤지만 없어질 기미는 보이지 않는다. 물론 내가 좀 더 꾸준히 사용을 했어야 했겠지. 세 번을 해봤는데 잠옷과 침대가 더러워지는 게 짜증나고 온몸이 끈적끈적한 채 잠에서 깨는 게 싫어서 포기했다.

하지만 레오나르도가 내게 던지는 시선으로 미루어보아 그는 내 몸의 구석구석을 즐기는 듯하다. 기쁘고 만족스럽다. 내 욕망의 대상인 남자가 나를 좋아한다는 사실보다 더 기쁜 일은 이 세상에 없으리라.

"가자." 그가 갑자기 내 허리를 잡고 물 쪽으로 나를 밀면서 말한다.

우리는 초록빛이 도는 미지근한 티레네 해의 물속에 함께 뛰어든다. 레오나르도가 나를 따라와서 두 손에 바닷물을 잔뜩 담아 내게 뿌린다. 나는 생생하게 살아 있으며 한없이 가벼워진 듯하고 딴 여자가 된 기분이 든다. 잠시 후 우리는 물속에서 서로를 찾는다. 우리의 팔과 다리가 촉수라도 되는 양 서로 연결된다. 그의 얼굴에 달라붙은 젖은 머리를 쓸어 올려주며 그의 입술에 키스한다. 이제 입술에서 소금기가 느껴진다. 그가 내 허벅지를 잡으며 자신의 딱딱해진 성기를 내가 느낄 수 있게 한다. 그러다가 내 수영복을 들추고 유두를 자극하기 시작한다. 다른 손으로는 엉덩이를 쓰다듬는다.

　우리 둘 다 흥분해서 그 이상으로 진도를 나가려는 순간 두 아이와 아기 엄마가 다가와 우리의 모든 환상을 포기해야만 한다. 우리는 나머지를 다음 기회로 미룬 채 웃으면서 물에서 나온다.

　나는 머리에서 물을 짜내고 내 침대에 누우려고 한다.

　"이쪽으로 와." 레오나르도가 자기 옆에 자리를 만들며 말한다.

　그가 한 손을 내 어깨에 두르고 나는 그의 뜨거운 몸을 꼭 껴안는다. 그와 나는 파도 소리와 우리의 숨소리를 들으며 조용히 서로를 껴안는다. 나는 한 발로 곱디고운 모래를 헤집다가 작은 구멍을 판다. 리도 해안에서 온몸이 모래투성이가 될 때까지 놀아서 엄마를 걱정시키던 어린 시절이 생각난다. 지금처럼 가끔 부모님이 그립다. 지금 두 분은 뭘 하고 계실까? 엄마는 별미를 만드느라 부엌에 있거나 장을 보고 계시겠지. 아버지는 아마 절친한 친구이자 역시 전직 해병인 안토니오 아저씨네 집에서 민방위대에 새롭게 지원한 자원자 목록을 작성하고 계실지도 모른다. 내가 알기로 아버지는 요즘 자원봉사 활동에 적극적이시다(자질구레한 만들기 작업보다 훨씬 낫다!). 부모님은 최근 몇 달 동안 내게 어떤 일이 일어났는지 전혀 모르신다. 그리고 지금 내가 필리포와 함께 안전한 바다를 순항 중이라고 생각할 것이다. 그런데 나는 지금 여기, 찬란한 바다를 보며, 말 그대로 내 존재를 뒤흔드는 남자의 품에 안겨 있다. 부정을 해도 소용없다. 레오나르도는 여전히 나의 일부분이고 지금은 모래알처럼 내게 달라붙어 있다.

"기분 어때?" 갑자기 그가 묻는다. 여전히 두 눈은 수평선을 바라보고 있다.

그의 질문이 너무나 애매해서 혼란스럽다. 그가 정말 뭘 알고 싶어 하는지 나 자신에게 물어보지 않을 수가 없다.

"지금 기분이 어떻냐는 거야?"

"그래, 그런데 꼭 그것만은 아니야." 그가 대답하더니 내 마음을 읽고 싶은 듯이 내 쪽으로 눈을 돌린다. "지금 기분이 어떤지, 그날 밤 이후 전반적으로 기분이 어떤지."

내가 피하고 싶었던 바로 그 질문이다. 대답을 하려면 며칠 전부터 내 마음을 뒤흔드는 혼란스러운 생각과 감정을 조금이라도 정리해야만 하리라. 그렇게 해본다. 그러자 뜻밖에도 이상한 행복감이 밀려든다. 죄책감과 배신의 무게가 있기는 하지만 이렇게 강렬한 순간을 경험한 것은 오랜만이다. 어쩌면 레오나르도와 헤어지고 나서 처음일 수도 있다.

"당신과 같이 있으면 좋아." 내가 대답한다. "다만 당신 이외에 다른 생각을 하지 않을 때 말이지."

그가 고개를 끄덕인다. 어쩌면 그도 똑같은 마음일지도.

"당신은?" 내가 마치 내 생각을 확인이라도 하려는 듯이 묻는다.

"나는 이런 생활에서 최선을 끌어내려고 애쓰고 있어, 엘레나. 난 늘 그래. 적어도 오늘은 성공했다고 생각해."

그의 긴 속눈썹 밑으로 잠시 어두운 그늘이 짙어진다. 그러다가 그가 웃자 그늘은 사라져버린다.

"자, 좀 걷지." 레오나르도가 다시 옷을 입으면서 말한다.

우리는 밀려오는 파도가 우리를 스치게 내버려 둔 채 해안가를 잠시 걷는다. 내가 어린아이처럼 행복한 눈으로 축축한 모래에 남아 있던 우리의 발자국이 사라지는 것을 바라보는 동안 레오나르도가 내 손을 잡는다. 마치 정해져 있는 어떤 곳으로 나를 데려가고 싶다는 듯이.

사바우디아 해변의 분위기는 한적하다. 사람이 별로 없어 마주치는 눈길도 없고 목소리도 듣기 힘들다. 한쪽에는 바다가, 다른 한쪽에는 모래언덕과 호화로운 별장들이 늘어서 있다. 부유한 로마 사람들의 피서지인 별장은 지금은 비어 있다.

멀리, 우리 앞쪽 해안에 작은 고무보트 하나가 정박해 있다. 보트가 있는 곳에 도착하자 레오나르도가 주위를 둘러본다. 그러고는 보트에 아무 문제가 없다는 것을 확인하려는 듯 꼼꼼하게 살펴본다.

"보트 탈까, 어때?" 그가 묻는다. 저항할 수 없는 유혹이다.

"그런데 이거 주인이 있지 않을까?" 당장 항복하지 않으려 애쓰며 내가 대답한다.

"저 레스토랑 주인 사포레티 거야." 그러더니 그가 우리와 백여 미터 정도 떨어진 해안의 작은 집을 가리킨다. 잠시 후 한 남자가 베란다에 나와서 우리에게 손을 흔들어 인사하는 게 보인다. 내 짐작에 그가 레스토랑 주인이자 보트 주인인 것 같다. "친구야." 레오나르도가 내게 설명한다. "소개해줄게."

사포레티가 우리에게 다가와서 로마 억양이 아닌 라치오 지방 억양이 담긴 말투로 다정하게 인사를 한다. 예순 살가량 되어 보이고, 햇볕에 그을린 피부에 머리는 완전히 백발이다. 사람들을 상대하는 데에 익숙하고 은퇴 후에도 사람들과 만나는 걸 좋아하는 부류처럼 빈틈없이, 거리낌 없이 행동한다. 그와 레오나르도는 오래전부터 알던 사이인 것 같은데, 말하는 투로 봐서는 1년 이상 함께 지낸 적도 있는 듯하다.

"보트 타고 나가봐, 두말할 필요도 없이 타도 되지." 사포레티가 보트를 가리키며 우리를 부추긴다. "바다 한 바퀴 돌아보고 와. 단, 그리고 나서 점심때 우리 집에 들러 스파게티 알로 스콜리오를 먹어야 해……. 그 스파게티에 대해 뭔가 알고 있지, 레오나."

"됐어요, 그만 말해요." 레오나르도가 두 손을 들며 항복한다.

사포레티는 조금 있다가 만나기로 약속하고 우리에게 인사를 한다. 레오나르도는 보트의 밧줄을 풀어 바다를 향해 민다. 나는 그의 힘센 팔뚝에 강한 인상을 받는다. 그런 팔은 생전 처음 보는 듯하다. 근육이 밖으로 튀어나올 것만 같다.

레오나르도는 내가 보트에 오를 수 있게 도와준 뒤 자기도 훌쩍 안으로 뛰어올라 내 옆에 자리를 만든다. 그러더니 엔진을 켜고 항해를 시작한다.

거의 정오가 가까워졌지만 태양은 그다지 강렬하지 않고, 치르체오 산에서 불어오는 상쾌한 바람이 햇볕을 기분 좋게 만든다. 파도가 보트에 부딪혀 산산이 부서지고, 계속되는 물보라가 얼굴을 적신다. 나는 이런 자유로운 분위기를 호흡할 수 있어 행복하며 물보라의 애무를 그대로 받는다. 원래는 지금 파올라의 준엄한 눈초리 속에서 일을 하고 있어야 할 때라고 생각하자 갑자기 온몸이 떨린다. 이건 사소하지만 그렇다고 내 책임이 없다고 할 수도 없는 일탈이다. 그러니 난 즐겨야만 한다.

몇 분 만에 우리는 탑이 있는 곳 아래쪽의 작은 만에 도착한다. 여기서 산은 바닷속으로 잠겨버려 흙과 물의 특이한 만남이 이루어진다. 이런 원시적이고 원초적인 자연은 순수한 에너지 그 자체다. 그래서 나는 다시 힘을 얻는다.

레오나르도가 엔진을 끈다. 우리는 다시 옷을 벗고 파도가 일렁이는 대로 좌우로 흔들리는 보트에 잠시 가만히 머문다. 나는 보트 가장자리에 머리를 기대고 한 팔로 눈을 가린 채 태양의 열기를 그대로 받는다. 잠시 후 레오나르도가 내 턱을 잡더니 뜨거운 혀를 내 입에 넣으며 격정적으로 키스한다. 그러고는 아직 젖어 있는 내 앞머리를 자기 앞으로 잡아당긴다. 열정적이고 성급한 키스로 내 몸을 달아오르게 한다. 나는 말 그대로 숨도 쉴 수가 없다. 잠시 후 그가 일어나서 불타오르는 눈으로 나를 보더니 바다에 뛰어든다.

아마 초대일 것이다. 그 눈과 그 키스는 "따라와, 뭐 하고 있어?"라는 말일지도 모른다. 나는 셔츠의 단추를 풀고 물에 뛰어들어 햇빛이 반사된 바닷물을 헤치고 그가 있는 곳까지 헤엄쳐서 간다. 레오나르도가 힘센 두 팔로 나를 감싼다. 이 순간 그냥 나를 버리고, 물과 태양만이 우리를 감싸는 여기 이 바다 한가운데에서 그와 하나가 되고 싶은 기분이다. 살과 살이, 지금은 맑고 따뜻한 파도와도 같은 살이 맞닿는다.

우리는 장난을 치고 유혹을 한다. 뜨겁고 열정적이다. 레오나르도가 두어 번 나를 물속에 밀어 넣고는, 다시 물 위로 솟구쳐 발버둥치는 나를 보고 웃는다. 그러다가 나를 자기 쪽으로 끌어당긴다. 뒤에서 나를 들어 올리는 그의 손과 내 엉덩이를 스치는 그의 성기를 느낄 수 있다. 그가 내 목에 격렬하게 키스를 하고 살짝 깨물자 온몸에 전기가 통하는 것 같다. 그가 무릎으로 내 다리를 애무한다. 물에 젖은 내 성기에 불이 붙은 듯하고 배에서부터 머리까지 서서히 떨려오더니 곧 온몸이 떨린다.

나를 맡겨버린 건 바로 그 순간이다. 그가 탑 아래쪽에 있는 절벽까지 수영을 시작한다. 나도 그를 따라간다. 그는 바위에 고정시킨 밧줄의 도움을 받아 절벽 위로 기어 올라가 매끈하고 넓은 돌 위에 도착한다. 그런 다음 내게 한 팔을 내밀어 올라갈 수 있게 도와준 뒤 나를 꼭 껴안고 거칠게 키스를 시작한다. 내 비키니 상의를 풀고 자신 있는 손놀림으로 하의도 벗긴다.

나는 그 앞에 나체로 서 있다. 태양보다 더 뜨겁게 타오르는 그의 시선에 내 몸이 달아오른다. 그가 평생소원을 성취한 사람처럼 나를 뚫어지게 본다. "하루 종일 당신만 바라보고 있으면 좋겠어, 엘레나." 그가 말한다. 그러더니 내 한 손을 잡고 자신의 성기를 누르게 해서 수영복을 사이에 두고 그가 얼마나 나를 원하는지를 느끼게 만든다. 나는 그의 수영복을 벗기고 내 비키니 위에 던진다. 그리고 내 몸으로 그의 알몸을 누른다. 그의 몸에 나의, 내 욕망의 흔적을 남겨야만 한다. 그는 놀라울 정도로 섹시하고 젊고 유쾌하다. 젖은 피부에서 나는 그의 향기는 어느 때보다 더 정신을 아득하게 한다. 그가 검은 눈으로 나를 보며 미소 짓는다. 항상 나의 이성을 잃게 했던, 입가의 잔주름들도 웃는다.

레오나르도가 부드럽게 땅에, 그러니까 햇볕에 달구어진 매끄러운 절벽 바위에 나를 눕힌다. 바위는 뜨겁지만 이미 달아오를 대로 달아오른 내 몸만큼은 아니다. 그가 내 위에서 내 팔을 머리 위로 고정시키고 자신의 무릎으로 내 허벅지를 조인다.

"당신을 보면 어떤 느낌인지 알아?" 그가 숨을 내쉬며 중얼거린다.

"아니." 나는 숨을 헐떡이며 몸을 뻗는다.

레오나르도가 웃는다. "아니 당신은 알고 있을걸." 그는 내 다리 사이로 두 손가락이 미끄러져 들어가게 하면서 다른 한 손으로는 내 입을 누른다.

능숙한 그의 손가락이 깊숙이 들어와 움직이자 나는 신음하기 시작한다. 그는 삽입 없이 그렇게 나를 흥분시키고 싶어 하는 듯하다. 나는 벌써 자제력을 잃고 있다. 이런 식으로 흥분하고 싶지 않았는데도 말이다. 그를 원한다. 내 안에서 발기한 그를 느끼고 싶다.

거의 절정에 오르려 할 때 레오나르도가 내 옆에 눕더니 물에 젖은 뜨거운 자신의 성기로 나를 가득 채운다. 내 머리 주위로 한 손을 살그머니 가져간 다음 등 아래쪽에 손을 받치고 자신의 몸으로 나를 감싼 채 힘차게 내 안으로 자신을 밀어 넣는다. 감동적일 만큼 리듬 있게 동작을 한다. 그의 호흡과 내 호흡이 하나가 되고 점점 더 거칠어지며 더 많이 끊어진다. 내 배를 타고 올라오는 친숙한 온기를 느낀다. 몸이 팽팽하게 긴장하고 정신을 잃을 것만 같다. 내 몸 밖에서 일어나는 일은 다 지워진다.

이게 레오나르도가 내게 행동하는 방식이다. 그는 허락을 구하지도 않고 알려주지도, 이해시키지도 않으면서 나를 이용한다. 아무런 저항도 하지 못하게 하며 나를 자신의 것으로 만든다. 이제 아무 생각도 할 수 없다. 이 외진 세상의 한구석에, 햇볕에 달구어진 이 바위 위에, 열정적으로 사랑을 나누는 우리를 구경하며 파도로 격려하는 듯한 바다 앞에 그와 나만이 존재할 뿐이다.

그의 리듬에 맞춰서 나도 움직인다. 나는 점점 더 흥분한다. 이제 곧 도달하게 될 오르가슴을 재촉한다.

"계속해, 제발, 멈추지 마, 계속해줘." 그의 귀에 대고 속삭인다.

잠시 후 그가 갑자기 내 몸을 돌려서 나는 엎드린 자세가 된다. 레오나르도가 그의 몸으로, 힘으로 나를 거의 짓누르다시피 한다. 뒤에서 나를 소유하지만 피할 방법이 없다. 나는 그의 욕망의 포로다. 거친 그가 지금은 이렇게 나를 원한다.

우리 둘 다 쾌락에 취할 때까지 완전히 나를 맡긴다.

"세상에, 엘레나." 그가 내 어깨에 짧게 입을 맞추며 중얼거린다. "당신은 마약 같아. 당신 때문에 자제력을 잃게 돼. 이런 일은 생전 처음이야. 여러 가지 생각이 떠오르지만…… 당신에게 저항할 수가 없어."

나는 그를 본다. 셋을 세며 침묵하다가 해서는 안 될 말을 한다. "저항하려 하지 마."

우리는 다시, 이번에는 알몸으로 바다에 뛰어든다. 이제 내게는 금지된 게 아무것도 없어 보인다. 그와 함께하는 일이라면, 그로 인한 일이라면, 그를 위해서라면 무슨 일이든 할 수 있다. 우리는 다시 물 위로 나와 바위에 누워 햇볕에 물기를 말린다. 그리고 다시 보트로 돌아가서 약속했던 대로 사포레티의 레스토랑에 들러 점심을 먹는다.

레오나르도는 모래사장에 나무로 지은 이 작은 집이 역사적인 장소라고 이야기해준다. 파솔리니와 모라비아 같은 작가, 그리고 영화감독 펠리니와 베르톨루치가 방문했었다고 한다. 들어가면서 마치 과거로 거슬러 올라가는 기분이 든다. 하얀색에 파란 체크무늬 식탁보와 등나무 줄기로 만든 스탠드, 페인트를 칠한 나무 의자 때문에 마치 1960년대 이탈리아로 돌아간 것 같다.

사포레티는 따뜻한 미소로 우리를 맞이하고는 주문을 기다리지도 않은 채 우리가 먹을 스파게티를 준비 중이라고 알려준다. 제일 자신 있는 요리 같다. 레오나르도가 믿어도 된다고 말했으니……. 레오나르도의 요리는, 내가 아는 건 별로 없지만, 굉장히 섬세하며 연구를 많이 하고 실험적이다. 말하자면 사포레티의 요리는 전통적이고 레오나르도의 요리는 혁신적이다.

스파게티를 기다리는 동안 치르체오의 맛좋은 백포도 주를 맛본다.

"이상해." 레오나르도가 말한다. 자신의 생각을 소리 내어 말하는 듯하다. "지금 당신이 내가 알던 그 엘레나인지 잘 모르겠어. 내 눈에는…… 다른 사람 같아. 이유는 설명할 수가 없고 그냥 강렬하게 느껴져."

"무슨 말이야?"

"더 여자다워졌다고 할까. 불과 몇 달 만에 훨씬 여성스럽고 성숙해진 것 같아……. 아, 이런 말 하면 당신이 웃을 거 다 알아."

포도주를 한 모금 마시는 그를 보다가 갑자기 그의 눈에 비친 나를 본다. 그와 처음 만났을 때의 내 모습과 지금의 나를. 일곱 달 전의 엘레나는 그저 우유부단한 아가씨였다면 지금의 엘레나는 애인이 있는 행복한 여자이고 좀 더 자신감이 생겼다. 하지만 한 가지 면에서는 두 엘레나가 무서우리만큼 똑같다. 이 남자의 저항할 수 없는 불건전한 매력에 빠져 있다는 점에서.

"그래, 어쩌면 변했는지도 모르지. 좋든 싫든 당신과 관련이 있어." 내가 결국 시인을 한다. 그사이 우리가 만나던 때의 몇몇 이미지들, 내가 지워버렸거나 그냥 스스로 잊힌 세세한 일들이 떠오른다.

잠시 침묵이 흐른다.

곧 레오나르도가 침묵을 깬다.

"아직도 날 증오하나?"

"물론 증오하지. 하지만 다시 그때로 돌아간다 해도 똑같이 했을 거야. 후회하지 않아." 이제 예전의 내가 아닌 듯, 자신 있게 그의 눈을 똑바로 보며 말한다.

그에게 품어왔던 분노가 서서히 마법처럼, 그와 헤어졌을 때의 익히 아는 상실감에 자리를 내주며 다리가 살짝 떨린다. 하지만 이제 더 이상 두렵지 않다.

"드디어 나왔네!" 사포레티의 등장으로 분위기가 바뀐다. 그로 인해 우리의 관심은 지중해의 온갖 해물들이 멋지게 제 모습을 자랑하는 놀라운 파스타로 옮겨간다.

"배고팠어?" 끝없이 뒤얽힌 스파게티를 포크로 정신없이 돌돌 마는 나를 보며 레오나르도가 묻는다.

"바닷바람이 식욕을 돋우는 거 몰라?" 내가 웃으면서 대답한다.

3시경에 우리는 로마로 돌아간다. 나는 레오나르도의 집에 잠깐 들를 수밖에 없었다. 다른 선택의 여지가 없다. 집에 돌아가 필리포의 의심을 사지 않으려면 샤워를 하고 머리를 완전히 다시 손질해야 한다. 지금 내 모습을 보면 내가 일을 하지 않았다는 걸 한눈에 알 수 있다. 모래와 소금기와 햇빛의 흔적만이 문제가 아니라 배신의 주홍글씨가 피부에 달라붙어 있다. 레오나르도의 냄새, 그의 땀이. 아직도 내 몸에서 느껴지는 그의 손길이.

레오나르도의 아파트는 트라스테베레의 트릴루사 광장에서 얼마 떨어지지 않은 곳에 있다. 승강기가 없는 건물의 4층으로 테베레 강을 마주보고 있다. 건물 맨 위층의, 빛이 환히 들고 로마 시내가 보이는 전망 좋은 아파트로 리모델링을 한 지 그리 오래되지 않았는데 인테리어가 고급스럽다. 바닥은 시트론 나무쪽으로 모자이크를 했고 부엌에는 카라라에서 생산된 하얀 대리석 선반들이 달려 있으며 붉은색으로 칠한 복이층의 한가운데에는 킹사이즈 침대가 자리 잡고 있다.

"뭐 마실 것 좀 줄까?" 소파에 앉으라고 권한 뒤 레오나르도가 묻는다.

"응. 물 한 잔만 줘, 고마워." 오늘 하루가 행복하게 끝나간다.

"너무 예의 차리는 거 아냐, 혹시?" 그가 키득거리며 말한다. 분위기를 좀 가볍게 해보려고 애쓰고 있다는 생각이 든다.

나도 알 것 같은 여름 노래를 휘파람으로 불며 레오나르도가 냉장고를 열고 차가운 필리코 킹(일본 고베 로코산의 물로 만든 광천수. 체스 킹과 퀸 모양의 병은 스와로브스키 엘리먼츠가 디자인했다. 금관 모양의 뚜껑과 병에 스와로브스키 크리스탈이 장식되어 있다. 한 병에 약 22만 원가량이다—옮긴이) 생수 한 병을 꺼낸다. 마시는 물조차도 다른 사람과 완전히 달라야 하는 걸까? 그가 잔을 두 개 가지고 온다. 나는 단숨에 물 한 잔을 다 마신다. 그러고는 너무 늦어지기 전에 서둘러 욕실로 들어간다.

베네치아 스투코(벽돌이나 목조 건축물 벽면에 바르는 미장 재료—옮긴이)로 테두리를 한 거울에 비친 내 모습을 보니 볼이 토마토처럼 빨갛게 익어버렸다. 이게 얼마나 지속될지 알 수 없지만 집으로 돌아가기 전에 완전히 사라지길 바란다. 샤워기에서 쏟아지는 물을 좀 맞아볼 생각으로 수도꼭지를 돌린다.

브래지어를 막 벗었을 때 레오나르도가 욕실 문에 나타나는 게 거울로 보인다. 그는 타락한 사람 같은 분위기에 탐욕스러운 미소를 슬며시 지으며 나를 본다.

의아한 눈으로 그를 쳐다보지만 나는 그가 원하는 게 뭔지 너무나 잘 안다. 욕망이 가득 담긴 그 눈이, 내 목에 닿는 그의 입김과 유두를 스치는 그의 손가락이 그걸 말해준다. 내가 무슨 말을 하기도 전에 그가 나를 잡아 벽으로 민다.

그의 손이 아직도 태양의 열기가 남아 있는 내 살 위에 다시 닿는다. 우리는 두 개의 자석, 두 개의 전극, 서로를 좇는 두 개의 음표다. 만족할 줄 모르는 그의 입이 나를 찾는다.

그 순간 그를 막는다. 이번에는 내가 상황을 주도하고 싶다는 생각이 든다. 그를 내 것으로 만들 필요가 있다.

내 손이 재빠르게 그의 엉덩이로 향하고 본능적으로 내 골반으로 그를 누른다. 레오나르도는 나를 원한다. 나는 그걸 느낀다. 그의 성기가 바지 밑에서 초조하게 떨린다. 나는 정신을 잃을 정도로 흥분한 상태에서 절박한 그의 욕망을 알아차린다. 그를 내 몸에 밀착시키기 위해 손가락을 그의 머리카락 속으로 집어넣어 힘껏 잡아당긴다.

"어떻게 이렇게 계속 당신을 원할 수 있지?" 내가 그의 얼굴에 대고 숨을 헐떡인다.

그도 마찬가지라는 걸 안다. 내 피가 혈관 속에서 뜨겁게 타오르는 동안 눈으로도 그에게 말한다. 나는 그의 청바지 지퍼를 내리고 단단하고 뜨거운 그의 성기를 찾는다. 그가 고개를 뒤로 젖히는 게 보인다. 반면 두 손은 내 뒤의 벽을 짚고 있다. 나는 천천히 타일에 등을 댄 채 아래로 미끄러져 내려와 그의 앞에 웅크리고 앉는다. 그런 다음 혀로 성기의 끝을 살짝 건드린다. 입술 사이로 성기가 들어오게 내버려 두면서 소금기와 뒤섞인 그것의 맛을 즐긴다. 레오나르도가 쾌감으로 떠는 것을 느끼며 그의 다리를 쓰다듬고 엉덩이를 꽉 쥔 채 그것을 천천히 빤다. 그를 떨리게 했다는 게 기쁘다. 그가 내 머리를 쓰다듬더니 아플 정도로 자기 쪽으로 잡아당긴다. 그는 그것을 즐기고 싶어 한다. 거의 절정에 이르렀을 때 그가 부드럽게 내게서 떨어지더니 나에게 키스를 한다. 그는 여전히 내 머리카락을 잡은 채 자신이 느낀 쾌락을, 자신의 맛을 입으로 전한다. 잠시 후 그가 내 머리를 움직여 위협적이면서 동시에 체념한 듯한 눈으로 내 눈을 본다. "날 미치게 해."

그러더니 나를 잡아당겨 목을 이로 깨문다. "안 돼…… 제발!" 그 순간 믿을 수 없을 정도로 정신이 또렷해져 애원한다. "표시는 남기지 마!"

잠시 후 레오나르도가 내 팔을 잡아 계속 물이 떨어지고 있는 샤워실 안으로 밀어 넣는다. 그런 다음 내 얼굴을 벽에 갖다 대더니 거의 동물적인 욕정에 사로잡혀 내 엉덩이를 잡는다. 나는 어쩔 수 없이 등을 구부린다. 그가 전희 없이 거칠게, 난폭하게 그리고 무시무시하게 자극적으로 내 안에 들어온다. 내 골반에 자신의 하체를 대고 내 등에 가슴을 댄 채 숨을 헐떡이며 내 안에서 움직인다. 그사이 물이 계속 우리에게로 쏟아져 내리지만 우리 안의 불길을 끌 수는 없다.

그의 손가락이 내 입술을 찾자 입술이 고분고분 벌어지며 손가락과 내 혀가 장난을 친다. 입에서 이상한 소리가 새어 나오는데 지금까지 내가 그런 소리를 낼 수 있다는 것조차 몰랐다.

"어서 더, 엘레나!" 그가 내 귀에 대고 소리친다. "소리 지르는 것 듣고 싶어!"

그러자 그의 명령에 순종하는 도구처럼 내 몸은 충격적인 오르가슴에 도달한다. 극도의 흥분이 내 영혼을 가득 채우고 목이 쉰 듯한 나지막한 비명이 터져 나온다.

레오나르도, 난 완전히 당신에게 미쳐버렸어.

우리가 다시 옷을 입고 있던 바로 그 순간에 문자메시지가 도착한다. 세면대 선반에 놓여 있던 내 아이폰이 초록색으로 환히 빛난다. 이 시간에 메시지를 보내는 사람이 누구인지는 충분히 짐작할 수 있다. 그래도 마음속으로는 내 생각이 틀렸기를 바란다. 하지만 불행히도 내 직감이 맞았다.

비비, 별일 없어?
저녁은 집에서 아니면 외식?
키스.

가슴이 아프다. 나는 나쁜 년이다. 배신자. 브래지어 끈을 올리면서 내 고통을 드러내지 않으려 필사적으로 싸운다. 하지만 레오나르도가 즉시 눈치 챈 것으로 보아 내 싸움은 패배다.

"남자친구야?" 그가 별로 당황해하지 않으며 묻는다.

"응." 대답을 하며 필리포에게 오늘 밤에는 집에 있고 싶다고 답장을 한다.

레오나르도가 아무 말 없이 내 이마에 입을 맞추더니 욕실에서 나가 옷을 마저 입으러 자기 방으로 간다.

나는 고개를 저으며 욕실 문을 닫고 거울을 본다. 평상시와 다름없는 얼굴이다. 내 몸 어디에도 파렴치한 행동의 흔적은 남아 있지 않다. 하지만 비밀스러운 오늘 하루의 무게가 어깨를 짓누른다.

내가 정말 필리포를 사랑하는 건지 자문해본다.

그렇다, 빌어먹게도 그를 사랑한다고 확신한다.

그러면 왜 레오나르도를 갈망하는 거지?

어느 책에선가 대개 사람들은 사랑하는 것을 갈망하지 않고 존중받는 것들 역시 마찬가지라는 글을 읽었다. 특히 자신과 닮은 것을 갈망하지 않는다. 어쩌면 사실일지 모르나 지금은 그걸 생각할 때가 아니다. 집으로 돌아가야 한다.

넓고 환한 자신의 방에 있는 레오나르도에게로 간다. 그가 나를 문까지 배웅한다. 그는 옷을 갈아입었고 그에게서는 이제 바디샴푸 냄새가 난다. 레오나르도가 내 턱을 어루만지더니 문설주에 몸을 기댄다. 그러고는 헤어지기 싫은 사람처럼 나를 바라본다.

"언제 다시 만날까?" 그가 묻는다.

"모르겠어……." 휴대전화를 가방에 넣으며 시선을 떨군다.

그가 다시 내 얼굴을 들어 올리며 내 눈을 보려 한다.

"이런…… 나하고 같이한 행동을 후회하지 않는다고 했잖아. 이제 다시 후회 시작하지 마, 오케이?"

"오케이." 내가 자신 없이 한숨을 쉰다. 가벼운 키스로 인사를 하고 계단을 달려 내려가 차들로 꽉 막힌 룽고테베레(테베레 강가의 길—옮긴이)로 뛰어든다.

버스정류장까지 걸어가는 동안 조만간 뭔가를 틀림없이 후회할 것이라는 이상한 예감이 든다. 그게 정확히 뭔지 알 수는 없지만.

거의 여름 같은 일요일 밤이다. 공기는 뜨겁고 하늘은 아직도 깜깜해지지 않았다. 사람들의 얼굴에는 나른한 행복 감이 묻어 있다. 필리포와 내가 영화관의 출입문 쪽으로 걸어가는 동안 그의 손이 가볍게 내 옷을 스치더니 허리 위에 놓인다. 알베르토 소르디를 추모하는 영화제가 열려 트레비 영화관에서 그의 영화 「내 사랑 도와줘」가 상영 중이다. 난 별 기대를 하지 않았는데 영화관에는 빈자리가 없을 정도로 사람들이 많았다. 곧 대학 시절의 우리 영화동아리가 떠올랐다. 때때로 영화를 상영할 때면 필리포와 나를 포함해서 서너 명이 모이곤 했다.

"영화를 다시 보게 돼서 정말 좋아." 필리포가 만족스럽게 웃으면서 말한다. "특별하고 특이한 영화잖아."

"맞아. 고전적인 이탈리아식 코미디가 아니야." 나는 적절한 말을 찾으려고 위를 올려다본다. "뭔가 씁쓸한 맛이 남잖아." 코를 움직이며 내가 덧붙인다.

"어떤 장면에서는 웃어야 할지 울어야 할지 모르겠더라. 그리고 모니카 비티 연기가 환상적이었어, 정말."

"맞아."

고개를 끄덕이며 나도 그와 똑같이 생각한다는 걸 보여준다. 하지만 정확히 말하자면 그렇지 않다. 내 마음속에서는 여러 감정들이 소용돌이치고 있다. 필리포가 눈치 채지 못하게 숨기려 필사적으로 노력하지만 두 뺨이 불이라도 난 듯 빨갛게 달아오르는 것으로 보아 성공한 건지 아닌지 모르겠다.

영화를 보던 중에 그 일이 일어났다. 나는 평화롭고 차분했다. 나의 남자에게 몸을 기대고 그의 머리에 내 머리를 댄 채 손을 잡고 영화를 즐겼다. 모든 게 완벽했다. 그 장면이 나올 때까지는. 해안가에서 자동차가 고장 나고 아내는 남편에게 다른 남자를 사랑한다고 고백한다. 격렬한 말다툼 끝에 남편은 아내를 쫓아 달리고 폭력을 휘둘러 그녀의 생각을 바꾸려 한다. 항상 이 장면에서 웃곤 했는데 오늘 밤에는 아니다. 일주일 전의 기억이 돌연 떠올라 갑자기 잡고 있던 필리포의 손을 놓았다. 일주일 전에 나도 같은 장소에 있었다. 그때의 일이 눈앞에 영화처럼 지나갔다. 영화에 등장하는 그곳이 어딘지 안다. 사바우디아 해변이다. 거짓말쟁이에 바람이 난 나 역시 저곳에 레오나르도와 함께 있었지만 나의 경우는 영화가 아니다.

그날 이후로 레오나르도에게서는 전화가 없다. 일주일 전부터 소식을 끊어버려서 내 머리에서 그의 기억을 지우려 애썼다. 사실 별 소용이 없었다. 모든 게 그를 생각할 핑곗거리가 되어주었다.

필리포와 나는 시내를 천천히 걸어서 벌써 불이 환하게 켜진 트레비 분수에 도착한다. 내 아이폰이 진동해서 보니 새 음성메시지가 도착해 있다. 가이아일 거라고 생각하고 플레이 버튼을 눌렀는데, 잠시 후 그녀가 아니라 레오나르도에게서 온 메시지라는 것을 알고는 흥분과 두려움을 동시에 느낀다. 행복한지 절망적인지 잘 모르겠다. 아마 둘 다일지 모른다. 레오나르도는 나타났다가 사라지고 다시 나타났다. 왜 날 가만히 내버려 두지 않는 걸까? 모든 게 이렇게 복잡해지다니!

나는 당황해서 필리포를 흘깃 본다. 그는 딴생각 중인 듯하다. 그가 눈치 채지 못하게 하면서 메시지를 들을 수 있다. 그렇게 하고 싶은 강렬한 바람이 내 죄책감을 점차 누른다. 하지만 그 바람이 지나친 기대로 나가지는 않게 만든다. "엘레나, 레오나르도야." 됐다. 필리포가 있는 데서 더 이상의 이야기를 듣고 싶지 않다. 그의 옆에서 말이다.

"누구하고 통화하고 있어?" 전화기를 귀에 대고 있는 나를 보고 필리포가 묻는다.

"음성메시지가 와 있어서." 내가 무심하게 대답한다. 그러고는 서둘러 가방 안에 아이폰을 집어넣는다.

"누구한테?" 그가 궁금해하며 묻는다.

누구한테? 내 머리가 급히 돌아간다. "파올라." 즉시 대답한다.

"일요일에도 괴롭힌단 말이야?" 문제 인물인 동료의 이름을 듣자 흥분한 필리포의 눈이 휘둥그레진다.

"내일 좀 일찍 와달라는데."

"진짜 짜증나네!"

"그러게 말이야⋯⋯."

조금 더 걷다가 우리는 식사를 하러 피에트라 광장의 레스토랑인 살로토 42에 들른다. 이곳은 특히 밤이면 숨이 멎을 정도로 아름답다. 하드리아누스 신전의 기둥들이 놀라운 광경을 만들어낸다. 어느새 기분이 좋아지고 있다. 기념품과 디자인 잡지와 사진들, 도서와 레코드판 들에 둘러싸인 1950년대의 빈티지한 소파에 앉으니 불안감이 사라지고 달아오르던 얼굴도 진정된다. 레오나르도를 생각해서는 안 된다. 메시지에서 무슨 말을 하는지 궁금해하지 말고 필리포에게 집중해야 한다. 나는 지금 여기, 필리포와 함께하는 이 시간에 머물러야 한다.

이 레스토랑은 우리에게 특히 의미 있는 곳이다. 내가 미친 듯이 로마로 내려오고 난 뒤 우리가 처음으로 사랑을 나

눈 밤에 저녁 식사를 했던 곳이다. 오늘 밤은 더 멋져 보인다. 감미로운 재즈 음악이 잔잔하게 들려와서 우리를 한층 더 행복하게 만들어준다. 그 순간 나는 우리가 그날 저녁과 똑같은 자리에 앉았다는 사실을 깨닫는다.

내가 윗눈썹을 치켜세우며 말한다. "우연의 일치일까?"

"누가 알겠어……." 필리포가 흡족하게 웃으며 어깨를 으쓱한다. 몇 분 뒤 우리가 주문한 아페리티프와 맛있는 퓨전 요리가 나오자 필리포가 내 일에 관해 묻는다. "그래, 언제쯤 끝날 것 같아?"

"예배당 전부 말이야, 아니면 지금 내가 복원하는 프레스코 벽화 말이야?"

"전부."

나 역시 최근 며칠 동안 나 자신에게 같은 질문을 수도 없이 던졌다. "여름이 끝날 때쯤으로 생각하고 있어. 그렇긴 해도 정확히 언제 끝날지는 모르겠어."

종업원이 잠시 우리 테이블로 와서 시식용 로푸드(raw food)를 내려놓는다. 필리포가 빈 초밥 접시 하나를 가리키며 더 먹지 않겠느냐고 묻는다. 나는 고개를 끄덕이며—구태여 말을 사용하지 않고 이렇게 자연스럽게 의사소통하는 게 아주 좋다—그에게 주문을 맡긴다.

캘리포니아 마키가 나오길 기다리는 동안 필리포가 자세를 똑바로 고쳐 앉는데, 그의 표정이 평상시와 달리 진지하다.

"자, 이제 너와 하고 싶은 이야기가 있어." 그가 말을 꺼낸다.

필리포가 혹시 두카티를 타고 로마 시내를 달리던 나를 본 게 아닐까, 아니면 어디선가 레오나르도에 대해 알게 된 게 아닐까 생각하자 잠시 공황상태에 빠진다. 그러나 곧 필리포가 이렇게 덧붙인다. "중요한 뉴스가 있어."

"뭔데?" 내가 조바심을 내며 묻는다.

필리포가 냅킨을 만지작거리며 잠시 머뭇하더니 한숨을 내쉰다. 그가 여자고 내가 남자라면 그의 입에서 곧 나올 말은 이것밖에 없다. "나 임신했어. 우리 아기가 태어날 거야." 그는 진지하고 불안해 보이는 동시에 들떠 보이기도 한다. 마침내 그가 자랑스레 말한다. "정확히 한 달 후에 렌초 피아노와의 일을 끝낼 거야. 이미 결정했어."

나는 그가 말을 계속하기를 기다린다. 지금까지는 새로운 뉴스가 없으니까. 조만간 그의 공동 작업이 끝난다는 건 알고 있다. 그러니까 이번에는 다른 일이 있는 게 틀림없다. "그래서?" 내가 그의 말을 재촉한다.

필리포가 잠시 주위를 둘러보더니 마티니를 길게 마신다. 그런 다음 입술을 오므리고 단호하게 말한다. "음, 그 후에도 건축일을 계속하고 싶어……. 하지만 내 환경에서. 내 사무실을 열고 싶어."

그가 무슨 말을 할까 궁금하지만 직접 말할 때를 기다린다.

"······베네치아에서." 드디어 그가 말한다.

나도 마티니를 한 모금 마신다. 심장이 수천 갈래의 다양한 감정 때문에 쿵쿵 뛴다. 나는 잠시 아무 말도 하지 않다가 그에게 물어본다. "그러니까 로마가 벌써 지겨운 거야?"

"모르겠어." 그가 한숨을 쉰다. "내 생각에는 이곳이 일하기가 훨씬 어려워. 특히 내 분야 같은 경우는. 베네치아에는 좋은 인맥도 아직 그대로 있고······." 그가 초조하게 머리를 긁적인다. 그러다가 내 눈을 똑바로 보더니 계속 말한다. "네 생각은 어때? 뭐 할 말 없어?"

그래, 내 생각이 어떠냐고? 그가 무슨 말을 하려는지 나는 너무나 잘 안다. 비록 지금 그 말을 하지 않기를 온 힘을 다해 바라긴 하지만.

"네 개인 사무실을 여는 문제 말이야?" 나는 시간을 끈다. 사실 그가 이보다 훨씬 더 중요한 뭔가를 묻고 있다는 걸 너무나 잘 안다.

"아니, 베네치아 문제." 그가 나를 뚫어지게 보며 대답한다. "함께 베네치아에 가서 사는 것. 이런저런 걸 다 떠나서, 베네치아는 우리가 살던 도시니까······."

자, 이제 도망칠 방법이 없다.

물론 필리포와 나는 이전에도 이 문제에 대해 벌써 이야기를 나눠봤지만 이번 경우는 다르다. 이번에는 구체적이고 곧 실현될 가능성이 있다.

"내 아파트 임대료를 같이 나눠 낼 수 있을 거야." 나는 아래를 내려다본다. 마치 방금 한 말을 잠시 생각해보려는 듯이. "조금 작기는 하지만 적응하면……"

"비비, 난 네게 그보다 더한 걸 주고 싶어."

나는 필리포의 흥분한 초록색 눈을 뚫어지게 바라본다. 로마로 오기 전에 그는 부모님 집에서 살았다. 편리함 때문만은 아니었다. 오히려 공부나 일 때문에 늘 도시를 떠나 있었고 그로 인해 자신만의 공간이 필요하지 않아서였다.

'더한 걸이라는 게 무슨 뜻이야?'라고 묻듯 내가 고개를 좌우로 흔든다.

바로 그때 필리포가 정리는 안 됐지만 진심에서 우러나오는 듯한 말을 하기 시작한다. 적당한 말을 찾기가 어려워 보인다. 그에게 중요한 것은 말의 내용이다. "무엇보다 나 때문에 네가 로마로 옮긴 거 잘 알아. 그런데 지금 내가 다시 또 베네치아로 돌아가자고 하고 있고. 내가 하고 싶은 말은, 내가 로마를 끔찍하게 싫어하거나 떠나고 싶어 안달이 난 게 아니라는 거야. 절대 그런 게 아니야. 그렇지만 최근 베네치아에 갔다 온 뒤로, 집들을 좀 둘러봤는데, 내가 십여 년 동안 떠돌이로 살았다는 생각이 들고, 부모님은 점점 연로해지시고, 나머지 일들도…… 잘 모르겠어. 지금 나는 정말 변할 준비가 되어 있어. 좀 더 평온한 생활을 위한 변화지. 아니 적어도 지금과는 다른 생활을 위한."

그가 고심해서 이런 말을 하는 동안 나는 고개를 끄덕인다. 필리포가 지금 하는 말은 놀라울 게 전혀 없다. 사실이다. 우리는 벌써 이 문제를 의논했었다. 그런데도 어쨌든 이렇게 급히 로마를 떠나야 한다고 생각하니 당황스럽다. 로마에서 가봐야 할 장소들과 아직 시간이 없어서 못 했지만 하고 싶은 일들이 한둘이 아니다. 뿐만 아니라 지금 이유를 알 수 없게 점점 더 선명해지는 고정된 한 사람, 레오나르도의 이미지도 한몫하고 있다.

"왜 아무 말도 하지 않아? 내 말이 너무 놀라워서 할 말을 잃은 거야?" 필리포가 손톱을 물어뜯으며 대답을 재촉한다. 초조하거나 어떤 문제가 그에게 정말 중요할 때만 나오는 버릇이다. 나도 안다. 그가 지금 청혼을 하는 건 아니지만 어떤 의미에서 보면 그보다 훨씬 중요한 변화일 수 있다. 그와 함께 베네치아에 돌아가서 사는 것. 영원히.

나는 그의 손을 잡아 내 손으로 감싼다. 그를 기쁘게 해주고 싶지만 그와 나 자신에게도 정직해지고 싶다. "정말 멋진 일일 수 있다고 생각해." 실제보다 덜 망설이는 듯이 보이려고 애쓰며 말한다. 그리고 대화를 진행시켜서, 어쩌면 지금은 시기상조일 수 있고, 좀 더 생각해보는 게 좋을 수 있다고, 서두를 필요가 전혀 없다고 말하고 싶다. 하지만 내가 망설이는 사이 필리포가 슬그머니 말한다. "알아. 그래도 나를 믿어주면 좋겠어. 널 곤란하게 만들려고 이러는 게 아냐. 그리고…… 이걸 보여주고 싶었어." 그가 내게서 손을 빼더니 스포티한 재킷 주머니에서 접힌 종이 한 장을 꺼낸다. "바로 이거야."

내가 종이를 펼친다. 대운하가 보이는, 리모델링한 멋진 아파트 사진이다.

"마음에 들어?" 그가 보통 때와 달리 눈을 반짝이며 묻는다. 어떤 대답을 기다리는지 너무나, 너무나 명백하다.

"당연하지……. 너무 멋져." 나는 밑에 적힌 설명을 훑어보며 대답한다. 설명에 따르면 침실 세 개, 욕실 두 개, 지붕이 있는 넓은 테라스와 주랑, 개인 보트 정박지까지 갖추어져 있단다. 어떻게 마음에 들지 않겠는가? 나는 사진에서 눈을 들고 감탄한다. "정말 굉장해, 필. 뭐라 할 말이 없어." 나는 한숨을 쉬며 침을 삼킨다. "그래도 벌써 생각하기에는 이른 거 아냐, 안 그래?"

자, 드디어 내가 말을 꺼냈다.

"물론이지, 지금은 그냥 생각뿐이야." 그가 서둘러 말한다. "내 친구가 리모델링을 했는데 누군가가 낚아채 가기 전에 너한테 보여주고 싶었던 것뿐이야!"

나는 다시 사진을 본다. 이번에는 아래쪽에 조그맣게 인쇄된 가격도 본다. "그렇지만 이건 상당히 비싼데……." 내가 중얼거린다.

필리포가 미소를 감추며 고개를 끄덕인다.

"우리가 얻을 수 있어?" 내가 묻는다.

그가 눈을 내리깔며 고개를 젓는다. 하지만 다시 나를 똑바로 보며 진지하게 말한다. "어쩌면 가능할지도. 어쨌든 꿈은 꿔보자. 그다음에는, 누가 알아……."

잠시 후 다행히 긴장이 풀리고 우리 사이의 분위기는 다시 가벼워진다. 평소보다 더 많이 웃고 짓궂은 농담도 하고 토스카나에서 보내게 될 우리의 주말을 상상해보기도 한다. 그렇지만 어쨌든 결론을 내지 않고 중단한 대화의 무게에서 자유로울 수 없다. 아까보다 더 걷잡을 수 없게 레오나르도가 떠오른다. 그가 나와 필리포 사이에 앉아 있기라도 한 듯, 계속 곁에 앉아 우리가 미래를 이야기하는 동안 우리 이야기를 듣기라도 한 듯이 생생하게, 실제로 그의 존재를 느낀다.

우리는 잘 준비를 한다. 필리포는 욕실에 있다. 씻는 데 시간이 많이 걸리지 않고 다행히 나처럼 토닝 크림을 바르지 않아도 돼서 항상 그가 먼저 욕실을 사용한다. 며칠 전, 정확하게 짜인 계획에서 벗어나 바다로 여행한 그날부터 난 그 크림을 다시 바르기 시작했다.

내 아이폰은 침대 옆 협탁 위에 있다. 천진난만하게 조용히 놓여 있어서 아무런 의심도 불러일으키지 않는다. 하지만 그 안에는 금방이라도 폭발할 폭탄이 들어 있다. 내가 아직 듣지 않은 레오나르도의 메시지다. 위험한 약탈자라도 되듯 아이폰을 바라보다가 한 손을 뻗어 그것을 집어 든다. 지금 듣지 않으면 아마 밤새 잠을 이루지 못할 것이다. 간단히 말해 마음의 평화를 얻지 못할 것이다.

메시지를 듣기로 결심하지만 필리포 앞에서는 안 된다. 욕실에서 아름다움을 위한 쓸데없는 의식을 치르고 난 뒤에 들어야 한다. 몇 초 뒤 필리포가 이를 닦고 나와서 내 차례가 된다. 나는 문을 잠그고 세면대의 수도를 틀어 물이 최대한 많이 쏟아져 나오게 한다. 바보같이 경계를 하는 중이라는 걸 안다. 내가 조금 더 제정신이라면 이런 나를 비웃었을 테지만 지금은 그럴 수가 없다.

전화기를 잡고 거울에 비친 나를 보지 않으려 조심하면서 음성메시지를 듣기 위해 전화기를 귀에 가져간다.

"엘레나, 레오나르도야. 지금 시칠리아에서 돌아왔어. 내일 오후에 시간 비워놔. 당신을 데려가고 싶은 곳이 있어. 핑계 대지 마. 받아들이지 않을 테니."

오 세상에. 불과 10초 정도밖에 안 되는, 이렇게 간단한 메시지가 어떻게 순식간에 내 얼굴을 달아오르게 만들 수 있단 말인가? 한편으로는 호기심이 생긴다. 날 어디로 데려가려는 걸까? 하지만 또 다른 한편으로는 혼란스럽기도 하고 약간 짜증이 나기도 한다. 세면대 앞에 선 채로 몇 분 동안 허공만 응시하다가 내가 들은 메시지가 전부인지 확인하기 위해 다시 들어본다. 물론 당연히 전부다. 그냥 다시 들어보려는 핑계일 뿐이다. 그러고 나서 메시지를 지우며 다른 누구에게가 아니라 나 자신에게 중얼거린다. "잊을 수 있어."

분노한 채 이를 닦고 클렌징밀크로 세안을 한 뒤 중요한 부위에 토닝 크림을 바른다. 방으로 돌아가기 전에 복도에서 잠시 필리포를 바라보는데 그 순간이 한없이 길게만 느껴진다. 필리포는 아이패드로 뭔가를 보고 있다. 아마 그가 즐겨 보는 디자인 잡지 중 하나일 것이다. 나는 입을 열었다가 다시 닫는다. 뭐라고 말하고 싶지만 그냥 아무 말 없이 다시 욕실로 들어간다.

"안 잘 거야, 비비?" 방에서 투덜거리는 소리가 들린다.

"곧 갈게." 가능한 한 부드러운 목소리로 대답한다.

레오나르도의 메시지에 답을 해야만 한다. 결심했다. 메시지를 무시하는 게 전략이 될 수 있다. 하지만 아니다. 나는 정확하고 분명하게, 단호하게 거절하고 싶다. 짧은 문자메시지로 그에게 알리려 한다. 그가 너무나 잘 알다시피 나는 애인과 행복하게 지내고 있으니 나를 찾는 일을 그만둘 수도 있다.

꼭 필요하지만 너무나 쓴 약을 삼킬 때와 똑같이 결단력 있게 행동하려 애쓴다. 이런 결정을 지속적으로 붙들고 있기가 너무나 힘들다. 계속 내게서 달아나고 미꾸라지처럼 빠져나간다. 잠시 후 깊은 한숨을 내쉬고 빠르게 문자메시지를 쓰기 시작한다. 발송 버튼을 누르는 동안 등줄기에 서늘한 전율이 흐른다. 내 손가락이 머리에서 내리는 명령이 아니라 배에서 시작된 살인적인 충동을 따랐다는 걸 알아차렸지만 이미 너무 늦었다.

차오. 메시지 들었어.
내일 좋아. 나 어디 있는지 알지.

내가 보낸 문자다. 눈을 감고 고개를 젓는다. 나는 희망이 없는 여자다. 이중인격자일 뿐이다……. 엉망진창이다!
나는 죄책감과 안도감을 동시에 느낀다. 알코올 중독자가 오랫동안 금주를 하다가 보드카를 처음으로 한 모금 마셨을 때 이런 기분일 게 틀림없다는 생각이 든다. 몇 초 뒤, 내 휴대전화가 환하게 밝아지더니 레오나르도가 보낸 문자가 나타나자 여러 감정들이 증폭된다. 메시지를 봐야 할지 아직 결정하지 못했다. 결심을 하는 데는 큰 노력이 필요치 않다. 때마침 나는 욕실 입구에서 걸음을 멈췄다. 대개 그는 메시지에 답장을 하지 않는다. 그런데 이번에는 답장이 왔다.

같은 장소, 4시에.
잘 자.
레오.

특별할 것 없는 몇 마디 말일 뿐인데 왜 특별하게 생각되는 걸까? 이제 됐다. 있는 힘을 다 모아서 방으로 돌아가야 한다. 필리포는 침대 옆에 스탠드를 켜놓은 채 나를 기다리고 있다. 별로 잠을 청하고 싶은 생각이 없어 보인다. 당장은. 나와 같이 자기 전에는.

방으로 돌아오자 내 생각이 맞았다는 걸 알게 된다. 그의 눈에 욕망이, 심지어 헌신적인 애정까지 담겨 있고, 그가 나를 간절히 필요로 한다. 내가 그의 혀를 찾는다. 곧 그의 티셔츠를 벗겨 상체를 알몸으로 만든다. 그러자 그가 내 엉덩이를 잡았고, 나는 그의 성기 쪽으로 손을 움직여 사각팬티 위로 그것을 애무한다. 그가 내 팬티 고무줄 밑으로 손가락을 집어넣어 음모 속으로 들어간다. 나는 그의 성기를 꽉 쥔다. 그가 동물같이 신음한다. 순식간에 그의 속옷이 벗겨진다.

필리포가 내 슬립을 벗기고 혀로 목에서 어깨까지 애무를 하더니 내 다리 사이로 몸을 숙여 촉촉해진 외음부에 입을 맞춘다. 지금 이 순간 내 욕망은 불확실하고 혼란스럽기는 하지만 그를 원한다. 그래서 그와 눈을 맞추려 애쓴다.

그렇지만 나를 행복하게 해주는 필리포의 눈에 레오나르도의 눈이 겹쳐져서 잠시 내 몸이 얼어붙는다. 그러다가 내 등이 활처럼 휘어지며 절정에 오른다. 다른 남자에게 메시지를 보내긴 했지만 내 모든 것을 바쳐서 필리포를 원한다.

그가 나를 원하니까. 그가 나를 사랑하니까. 그래서 나도 그를 사랑한다.

필리포가 내 위로 올라와 내 속으로 들어와서 움직이기 시작하자, 나도 그의 리듬에 맞춰 함께 움직이며 그를 껴안는다. 나는 그의 것이다. 적어도 여기서, 적어도 지금은.

다음 날은 성당에서 똑같은 일상이 되풀이된다. 우리 작업이 계획보다 늦어지고 있다고 화가 나서 투덜거리는 파올라의 잔소리를 참고 들어야 한다. 그녀는 물감이 살짝 번지기만 해도 그때마다 나를 부른다. 오늘 오후에 일찍 가봐야 한다는 말을 어떻게 해야 할지 정말 난감하다. 오늘은 분위기를 좀 더 부드럽게 해줄 마르티노조차 보이지 않는다. 레오나르도와 함께 성당에서 나가다가 만난 그날 이후로 마르티노를 본 적이 없다. 아직도 그의 기분이 안 좋은 건지, 나를 그냥 친구로 보지 않은 건 아닌지 이따금 의심이 생기곤 한다. 이 때문에 그를 만나지 말아야 한다고 생각하면 정말 유감스럽다. 그가 이곳에 있으면 작업도 훨씬 잘 돼서, 그림 이야기만이 아니라 다른 이야기도 그에게 몇 시간이고 할 수 있을 것 같다.

수첩에 열심히 기록을 하다가 파올라에게 마르티노 소식을 물어봐야겠다는 생각이 문득 들었다. 어쩌면 그녀는 뭔가 알고 있을지도 모르니.

"있잖아요, 요새 마르티노 본 적 있어요?"

"그 청년?" 연두색 테의 안경을 밑으로 내려 쓰며 그녀가 거의 비웃는 표정으로 나를 자세히 본다. "네가 모르는데 내가 어떻게……."

그녀가 무슨 말을 하고 싶어 하는지 벌써 충분히 알았기 때문에 나는 고개를 젓는다.

"쳇, 둔한 척하지 마." 그녀가 빨간 물감통에 붓을 적시며 계속 말한다. "그 청년이 카라바조 그림을 보러 여기 왔겠어, 아마 널 보러 왔을걸."

"아니…… 무슨 소리예요!" 나는 수첩을 덮고 물감을 섞는다. "마르티노는 시험을 봐야 해요. 아마 공부하느라 집에 있을지도 모르죠."

"엘레나, 순진한 척하지 마, 제발. 그 애는 너한테 아주 정신이 나가 있었어." 대답하는 그녀의 말에 로마 사투리가 심하게 섞여 있다.

나는 대꾸하지 않는다. 사실 파올라 말이 맞을까 봐 두렵다. 오케이, 이제 알려야 할 순간이 왔다. 숨을 깊이 들이마시고 목소리를 가다듬은 뒤 말한다. "어쨌든 저는 오늘 4시에 퇴근해야 한다고 말씀드리려고요."

"뭐라고? 지금 뭐라고 했어?" 그녀가 작업용 가설물이 흔들릴 정도로 소리를 지른다.

"4시에 가야 한다고요." 나는 침착하고 전문가다운 목소리를 유지하려 애쓰며 대답한다.

"너 하고 싶은 대로 해." 파올라는 더 이상 아무 말도 하지 않지만 짜증을 내는 게 한눈에 보인다.

"중요한 약속이 있어서 그래요." 변명을 해보려 한다. "취소할 수가 없어요."

"알았어." 그녀가 이해한다는 듯이 보이려 애쓰며 우물거린다. "나중에 네 작업이 늦어져도 불평만 하지 않으면 돼." 왠지 위협적인 말투로 그녀가 말을 마친다.

적어도 파올라에 대해서만은 죄책감을 가질 필요가 없는데도 그런 감정을 느낀다. 이 순간 그녀는 내 양심을 반영하며 위험한 쾌락을 좇아 달려가지 말고 내 자리에 있으라고 말하고 있다. 하지만 지금 나는 안타깝게도 양심의 소리를 들을 생각이 추호도 없다. 양심 문제라면 이미 지난밤에 결심했다. 필리포에 대한 사랑을 포기하지 않았고 앞으로도 마찬가지일 테지만 나를 향한 레오나르도의 유혹은 너무나 강렬해서 저항할 수가 없다.

가설물에서 내려와 성당을 나갈 준비를 한다.

정각 4시에 산탄드레아 광장에 서 있다. 짧은 원피스에 레이스업 샌들을 신었다. 보통 출근할 때는 바지를 입고 오지만 오늘은 갈아입을 옷을 준비해 와 성구보관실에서 재빨리 갈아입었다. 레오나르도와 약속하면 언제나 처음 만나러 가는 기분이 든다. 여성스러운 느낌을 드러내지 않으려 하는 게 아무 의미도 없다.

레오나르도가 오토바이를 타고 정각에 도착했다. 헬멧을 건네주고 내가 탈 수 있는 자리를 만들어준다. 나는 주저하지 않고 발판을 밟아 올라탄 뒤 그의 허리를 꽉 잡는다. 준비됐다. 그가 가고 싶어 하는 곳이면 어디든 갈 준비가 되어 있다.

꽉 막힌 도로 한가운데로 20여 분간 이리저리 빠져나온 뒤 우리가 도착한 곳은 로마의 동쪽 변두리이다. 한 번도 와본 적 없는 모르는 지역이다. 예전에 공장지역이었던 듯 창고와 큰 건물들이 늘어서 있는데 지금은 주택으로 사용되고 있다. 오토바이가 베드로 성당 광장 바닥처럼 포장된 공터 한가운데, 지금은 사용하지 않는 공장 같은 분위기의 큰 건물 앞에 선다. 건물 뒤로 작은 강이 언뜻 보인다. 아마 아니에네 강이나 테베레 강의 지류일 것이다.

"이리 와, 들어가자." 레오나르도가 내게 손을 내밀며 권한다.

"저 안으로?" 나는 약간 머뭇거리며 묻는다. 그가 나를 왜 여기까지 데려왔는지 아직 알 수 없지만 그는 언제나처럼 내 의심 따위는 대수롭지 않게 생각하며 주저 없이 앞장선다.

"왜 그래? 납치될까 봐 겁나?" 그가 자극적으로 슬쩍 웃으면서 묻는다.

나는 미소를 짓는다. 납치당한다고 생각해보았는데 완전히 싫지만도 않을 것 같다.

레오나르도가 건물 정면에 걸린 칠이 벗겨진 간판을 가리킨다. "비스킷 공장이었어." 그가 설명한다. "문 닫은 지 오래됐지만." 그러고는 힘껏 철문을 밀어서 열더니 먼저 안으로 들어간다.

닫혀 있던 실내의 냄새가 지독하다. 거대한 창고 같은 실내는 먼지와 거미줄투성이다. 작동이 잘 되는지 모르겠는 기계 몇 대와 중앙의 벨트 컨베이어를 제외하고는 아무것도 없다. 끝쪽으로 철제 창틀의 넓은 유리창들이 바로 강을 향해 나 있다. 낭만적이면서도 퇴폐적인 매력 같은 게 돋보이는 실내다.

"그래, 당신 보기에는 어때?"

"당신이 이런 곳에서 뭘 하고 싶은지에 따라. 내 말은 납치 이외에 말이야."

그가 내 어깨에 한 팔을 두른다. "동업자와 함께 이 건물을 사고 싶어." 그가 자랑스레 설명한다. "여기에 레스토랑을 열고 싶거든."

"와, 정말 굉장할 것 같아!"

"당신이 좋아하니 기쁜데." 그가 나를 본다. 그러더니 방 한가운데로 한 발짝 나가서 주위를 둘러본다. "이곳엔 영혼이 있어, 그게 느껴져. 얼마나 많은 사람들이 오갔고, 얼마나 많은 이야기가 이곳에서 펼쳐졌을지 상상해봐. 난 그것들에게 두 번째 삶을 선사하고 싶어."

자신의 일과 열정을 이야기할 때면 레오나르도는 다른 면을 드러낸다. 여전히 다혈질이고 본능적이지만 굉장히 섬세한 감성을 보여주기도 한다.

갑자기 그가 다시 돌아서더니 나에게로 돌아와서 내 얼굴의 머리를 쓸어 넘긴다. "나도 다른 인생을 살 수 있다면." 그가 우울한 목소리로 말한다. 하지만 곧 내 입술을 느끼기 위해 말을 중단한다.

"다른 인생을 산다면 어떻게 할 건데?" 나는 믿을 수 없을 정도로, 있는 힘을 다해 그 키스를 중단시키면서 그를 다그친다.

그가 빙긋 웃으며 내 허리를 쓰다듬더니 손이 엉덩이로 내려가서 원피스를 들춘다.

"당신이 무슨 일을 해야 하든, 어디 있든 조만간 당신을 데리러 갈 거야. 그리고 여기로 데려와서 사랑을 나누는 거지."

그가 내 엉덩이를 꽉 잡더니 그의 성기가 내 배를 누를 정도로 잡아당긴다. 레오나르도의 눈은 원하는 것을 손에 넣으려는 사람같이 뜨겁게 달아올랐다. 그리고 내가 그를 원하고 있다는 걸 그도 안다.

나는 벌써 그를 받아들일 준비가 되어 있지만 쾌락의 순간을 조금 미루고 그에게도 기쁨을 조금 선물하기로 한다.

그래서 무릎을 꿇고 그의 바지 지퍼를 열어 바지가 팬티와 함께 바닥에 떨어지게 만든다. 두 손으로 발기한 그의 성기를 잡고 바라본다. 발기된 성기는 그와 내게 쾌락을 선물할 준비가 되어 있다. 그걸 바라보는 것만으로도 온몸이 떨린다. 더 이상 참을 수가 없어 그것을 혀로 애무하기 시작한다. 그러자 레오나르도가 그것을 내 입에 더 밀어 넣으려는 듯 내 머리카락을 붙잡는다. 하지만 그 맛을 잠시 느끼게 해주었을 뿐이다. 곧이어 그가 난폭하게 내 입에서 빠져나가더니 나를 일으켜 세운다.

그런 다음 살짝 무릎을 구부려 내 다리를 자신의 몸에 감더니 나를 안아 올려 내 가슴에 얼굴을 묻는다. 원피스 위로 가슴을 깨물더니 몇 발짝 걸어가서 나를 벨트 컨베이어에 앉힌다.

나는 약간 머뭇거리며 주위를 둘러본다. 그사이 그가 내 옷을 들어 올린다. 미처 알아차리기도 전에 그가 팬티를 양손에 잡더니 세게 잡아당겨 찢어버린다. 곧이어 그의 혀가, 쾌락의 물결처럼 내 성기에 닿는 게 느껴진다. 깜짝 놀라 나도 모르게 내 입에서 조그맣게 신음이 새어 나온다. 레오나르도는 내 애액을 빨면서 가슴을 애무하고 하트 모양의 검은 점을 간질인다. 그의 혀가 허벅지에서 클리토리스에 이르기까지 구석구석을 탐험하는 사이, 손가락으로는 브래지어를 벗겨서 유두를 드러내놓는다.

이제 손과 입술이 자리를 바꾼다. 나는 눈을 감고 그의 머리를 가슴에 끌어안으며 그의 손가락이 내 몸으로 들어오게 내버려 둔다. 잠시 후 발작이라도 일어난 듯 레오나르도가 갑자기 내 몸에서 떨어지더니 급히 내 다리를 들어 올려 나는 어쩔 수 없이 벨트 컨베이어에 등을 대고 눕는다.

숨을 쉴 수가 없다. 은밀히 퍼져가는 어두운 욕망이 내 혈관을 타고 흘러 몸이 전율한다. 그를 가져야만 한다. 그가 내 몸속으로 들어와야만 한다.

레오나르도가 내 몸 위에 있다. 그는 여전히 거친 동작으로 내 원피스의 가느다란 벨트를 잡더니 고리에서 떼어내 버린다. 그 바람에 실크 원피스가 찢어졌다.

그가 기계 주위를 반 바퀴 정도 돌더니 내 팔을 잡아 머리 위로 올린다. 저항하고 싶지만 그럴 수가 없다. 그의 동작은 단호하고 절대적이다. 내 손목을 모아서 원피스 벨트로 꽉 묶고는 그 끝을 벨트 컨베이어의 바닥에 있는 금속 고리에 건다. 그리고 나를 본다. "납치도 그리 나쁜 생각은 아니었던 것 같은데." 레오나르도가 사악하게 웃으며 농담을 한다. "영원히 널 여기 가둬놓고서 내가 원할 때마다 널 이용하는 거지."

그가 있다. 강하고 고압적이며 무대를 장악하는 그가 다시 여기 있다. 나는 본능적으로 거기서 벗어나보려 애쓰지만 그러면 그럴수록 손목이 더 조여든다. 그가 손을 쫙 펴서 내 얼굴에 올려놓더니 목을 따라 그 손을 움직인다. 그러고는 내 가슴을 잡고 옷을 쫙 벌려서 가슴이 더 노출되게 만든다. 그가 내 유두를 깨물고 엄지와 검지로 꼭 쥐자 아찔할 정도의 쾌감이 폭발해서 소리를 지르지 않으려고 입술을 깨물 수밖에 없다.

레오나르도가 몸을 숙이고 재빨리 키스를 하더니 나의 맛을 입안에 간직하려는 듯 혀로 이를 훑는다. 그가 다시 일어나서 티셔츠를 벗는다. 내 허벅지를 잡아 벌리면서 나를 자기 쪽으로 끌어당긴다. 원피스가 벨트 컨베이어 위로 미끄러져 가고 그가 나를 꽉 잡아서 이제 꼼짝도 할 수 없다. 나는 완전히 그의 수중에 있다.

돌처럼 단단한 그의 성기가 내 성기에 닿자 나는 흠칫한다. 내 몸은 욕망으로 뜨겁게 달아올랐고 등이 활처럼 휘어진다. 나는 그를 받아들일 준비가 되어 있다. 지금이 그 순간이다.

하지만 레오나르도는 이걸 알고 기다리게 한다. 다시. 당장 삽입을 하지 않고 가혹할 정도로 애만 태우며 내 몸에 마찰시킨다. 한 손으로 자신의 성기를 잡고 그것으로 내 입술을 괴롭히다가, 입술을 벌리게 하고 탐험하고 애무하지만 절대 끝까지 도달하지는 않는다. 미칠 것만 같아 거의 절망적으로 신음한다. 반항을 하듯 두 다리를 버둥거리자 그가 가학적으로 웃는다.

"초조해하지 마, 엘레나."

그렇게 말하면서 그가 갑자기 내 안으로 밀고 들어오지만 순간일 뿐이다. 그 순간 그가 나를 거부하고 있다는 걸 직감한다. 그가 다시 나가버려 어리둥절하고 갈증이 난다.

레오나르도는 두 번 더 이런 고문을 계속한다. 내 안에 들어왔다가 금방 나가버리는 것이다. 내가 다시 분노로 신음하자 그가 웃는다. 크게. 참지 않고.

그때 그가 다시 아까보다 훨씬 난폭하게 밀고 들어온다. 다시, 그리고 다시 한 번 더. 점점 더 깊이 들어온다. 나는 소리를 지른다. 그가 원하는 게 바로 이것이기에, 마침내 내가 절망적일 정도로 갈망하던 쾌락에 흠뻑 젖었기 때문에. 레오나르도는 이제 웃지 않는다. 그의 눈은 활활 타오르는 불길 같고 입술은 일그러져 희고 잔인한 이가 언뜻 보일 정도다. 목 혈관이 붉거졌고 몸은 긴장으로 팽팽해진 근육 다발이다. 내 몸에 대고, 내 몸 안에서 진동하는 그가 느껴진다. 그의 욕망과 내 욕망이 뒤섞인다.

오르가슴에 도달하기도 전에 우리는 이미 강렬한 쾌감으로 온몸이 갈기갈기 찢긴다. 그 순간 폭풍같이 거세게 살아난 감각들이 내 머리에서부터 발끝까지 나를 뒤흔들어 외마디 비명이 터져 나온다.

잠시 후 그가 내 뒤를 따라 절정에 올랐다가 힘없이 쓰러지며 내 가슴에 얼굴을 묻는다. 그러면서 땀과 정액으로 몸에 남은 내 옷을 적신다.

몇 분의 시간이 무한하게만 느껴진다. 영원의 무게를 지닌 몇 분. 이 몇 분의 시간이 앞으로 다가올 시간들, 다가올 날들을 다시 욕망으로 물들일 것임을 나는 이미 알고 있다.

레오나르도가 내 손목을 풀어주고 나서 나는 벨트 컨베이어에 앉아 손목을 마사지하고 엉망이 되어버린 옷을 입는다. 팬티는 내가 예상했던 대로 아무리 애를 써봐도 이제는 입을 수가 없다. 내 옆의 기계에 기대고 있는 그는 지쳤으나 기분은 좋아 보인다. 나는 그의 어깨에 머리를 기댄다. 위험하게도 행복과 비슷한 만족감이 내 몸에 스며든다. 하지만 이러한 행복감은 일시적인 것이어서 그 순간이 지나자 곧 의심의 바다에, 죄의식이라는 시커먼 파도에 그 자리를 넘겨주고 만다.

"당신에게 내가 뭘 기대하는지 모르겠어." 나는 침묵을 깨고 말을 시작한다. "떠났다가 돌아오고, 사라졌다가 다시 나타나고."

레오나르도가 내 앞에 서서 내 목 뒤에 두 손을 올려놓는다. 아마 이 문제에 대한 대화가 내게 중요하다는 걸 직감했겠지. 그는 말할 준비가 된 듯이 보인다.

"그게 짜증나고 고통스러운가?"

"꼭 그렇지는 않아." 나는 아래를 내려다본다. "불안하다고 할까, 잘 모르겠어. 매번 당신을 다시 못 만날 수도 있다고 생각하는 데 익숙해지고 있어, 맞아."

사실이기 때문에 이렇게 말한다. 그가 나를 찾는 방식이라든가 나와 섹스할 때 그가 나를 원한다는 걸 분명히 알고 있기는 하지만 말이다. 그래도 레오나르도가 어느 정도까지 나를 좋아하는지는 알지 못한다. 그리고 그가 자신의 깊은 속내를 계속 드러내지 않으리라는 건 명백하다. 갑자기 그의 어깨에 새겨진 문신, 의미를 파악할 수 없는 그 이상한 기호가 다시 떠오른다. 하지만 나는 아무 말도 하지 않는다. 문신에 관해서는 벌써 물어보았지만 침묵의 벽만 마주했을 뿐이었던 기억이 또렷하다. 그래서 좀 더 대담하게 대화를 끌고 나가, 이 남자의 미스터리에 조그만 틈이라도 내보려 시도한다.

"당신이 무슨 생각을 하는지 정도라도 알고 싶어, 레오. 우리 사이가 어떻게 될지, 어떤 식으로 계속할 수 있을지는 모르더라도 말이야."

나는 더 이상 말을 하지 않으려고 혀를 깨문다. 이미 막다른 골목에 들어섰는데 그걸 알아차렸을 때는 너무 늦어버렸다. 지금 나는 애매모호한 남자에게 정확한 설명을 요구하고 있다. 이런 대화는 어떤 결론에도 이르지 못하리라는 걸 너무나 잘 안다.

"내일 무슨 일이 일어날지, 한 달 후 아니면 1년 후에 무슨 일이 일어날지 난 관심 없어, 엘레나." 그가 내 눈을 피하지 않으면서 대답한다. "난 계획이 아니라 내 본능에 따라 움직이거든. 우리 둘 다 원해서 여기 있는 거야. 이게 전부야. 당신도 이 정도로 만족해야만 하고."

그가 내게서 떨어져 한 발짝 뒤로 물러선다.

"난 당신이 베네치아에서 만났던 바로 그 남자야. 그때와 똑같은 한계를 가지고 있다. 난 약속을 해줄 수도 없고 요구를 할 수도 없어. 당신에게 아무것도 요구할 권리가 없다고. 그 요구 대신 줄 수 있는 게 전혀 없으니까."

"아니 이건 그냥 말하기 좋은 핑계일지 모르지." 침을 삼키면서 내가 중얼거린다. 그를 자극하기로 결심했다. "당신 말은 한결같은데 정반대로 행동하잖아. 특히 육체로." 게임이 진지해져 간다.

그가 고개를 젓는다. 전부 다 부정하고 싶어 하는 듯하다. 나는 두 손으로 그의 손을 가만히 붙잡는다. 그의 눈 깊은 곳에서 뭔가를, 나를 향해 뜨겁게 타오르는 뭔가를 분명 본 듯하다.

"육체적인 관계가 전부는 아니야, 레오나르도. 우리 둘 다 잘 알고 있어." 나도 모르게 이런 단호한 말을 내뱉는다. 어디서 이런 용기가 났는지 모른다. 내 마음속 어디에선가 이런 말들이 저절로 튀어나와 멈출 수가 없다.

그가 내 어깨를 잡더니 눈을 똑바로 쳐다본다. "나한테 듣고 싶은 말이 뭔데, 엘레나? 널 원한다는 말? 그래, 널 원해, 아주 많이. 이건 우리가 서로 동의한 단 한 가지 사실 아니가? 그래, 난 내가 생각했던 것보다 훨씬 자제력이 없어. 하지만 이건 중요하지 않아. 난 네가 원하는 걸 너한테 말해줄 수 없으니까. 난 절대 너에게 네 남자친구와 헤어지고 날 위해서 네 인생을 바꾸라고 요구하지 않을 테니까. 그건 그냥 우리가 함께 지내는 데 맞지 않는 사람들이기 때문이야."

우리가 함께 지내보지 않는 한 그건 절대 모르는 일이라고 소리치고 싶다. 안타깝게도 그럴 힘이 없다. 반박할 수도 없다. 그의 고집스러운 의지, 내 눈에는 보이지 않는 그의 어두운 면과 맞서 싸울 수도 없다. 내 앞의 레오나르도 뒤에 다른 레오나르도가 있다고 확신한다. 그 때문에 나는 두려워지기 시작한다. 하지만 진실이든 거짓이든 그의 말은 내게 상처를 주고, 난 어떤 식으로든 방어를 해야만 한다.

"좋아, 당신 원하는 대로 해." 나는 벨트 컨베이어에서 뛰어내리며 가라앉은 목소리로 말한다. "어쨌든 집에 데려다줘, 제발."

레오나르도는 바닥을 내려다보다가 일순간 눈을 든다. 뭔가 말하려는 듯하다가 참아버리고 만다. 나는 더 이상 버틸 수 없을 것 같다. 그래서 우리는 숨이 막힐 것 같은 침묵 속에서 출구 쪽으로 걸어간다.

갑자기 나 자신이 실망스럽고, 피폐해지고 누더기가 된 기분이다. 불그레한 다리에 찢겨진 원피스를 입고 화장은 지저분하게 번진 채 머리는 헝클어진 나 자신을 본다. 패배한 여전사. 터무니없는 열정의 흔적, 내가 결코 이길 수 없는 전투의 흔적들이다.

밖에는 해가 아직 높이 떠 있으나 덥지는 않다. 오토바이가 로마의 거리를 달리는 동안 내 마음속에 새로운 확신이 싹트기 시작한다. 지금 선택을 하지 않으면 레오나르도는 다시 내게 상처를 줄 게 틀림없다. 그의 과거가 상처였고 거기서 여전히 피가 흘러나오고 있으니. 그리고 어쩌면 그 누구도 그 상처를 치유해줄 수 없을 테니까.

오늘 저녁은 내가 요리해서 식사를 준비하기로 했다. 필리포를 위해 감자케이크와 닭가슴살 스테이크를 준비했다. 유일하게 가장 자신 있게 만들 수 있는 조합의 요리다. 필리포가 접시를 금방 깨끗이 비우는 것으로 보아 음식이 입에 맞았나 보다. "맛있어." 그가 음식을 다 먹고 입술을 핥으며 말했다. 그의 평가로 인해 어쩌면 내가 생각보다 요리사로서 그리 나쁘지 않을지도 모른다는 자신감이 생겼다.

지금은 함께 부엌을 정리하는 중이다. 내가 접시를 씻고 그가 물기를 닦는다. 내일 드디어 토스카나로 주말을 보내러 떠나기 때문에 그릇들을 사흘 동안이나 식기세척기에 넣어두고 싶지 않다. 필리포는 마팔다 캐릭터가 인쇄된 내 파란색 앞치마를 허리에 두르고—그런 차림으로 나를 웃길 수 있다는 것을 알기 때문에—접시와 컵을 행주로 닦는다. 이 임무에 인류의 운명이 걸려 있기라도 한 듯 심각하게 말이다. 가끔 필리포는 이렇게 재미있다! 이런 면 때문에 그를 더욱 사랑하는지도 모른다.

　레오나르도는 며칠 전부터 다시 사라졌다. 다시 나타나지 않았고 나는 숨이 멎을 정도로 그렇게 강렬한 유혹에 시달릴 때도 그를 찾지 않았다. 마침내 결심했다. 어쩌면 머릿속으로만 그럴지도 모르지만 어쨌든 그렇게 했다. 우리 사이는 끝났다. 나의 일부분은 벌써 착각을 일으키기 시작했지만 다행히 그가 마지막 만났을 때 했던 말, "우리는 함께 지내는 데 맞지 않는다"라는 그 말이 충격적이었지만 정신을 확 들게 하는 유익한 효과가 있었다. 곰곰이 생각해보니 결국 그의 말이 틀렸다고도 할 수 없다. 나는 자기가 원할 때 자기 좋을 대로 나를 만났다가 떠나는 남자를 원치 않는다. 하루가 멀다 하고 나를 찾다가 갑자기 말없이, 수수께끼처럼 사라져 나를 당황스럽게 만들고 자신의 일부분만을 내게 허용하는 그런 남자를 원치 않는다. 레오나르도와의 만남은 흥미 있는 모험이었지만 이제 진실한 일상, 지금 필리포와 함께하는 일상으로 돌아올 때다.

　그래서 양심의 가책을 조금 느끼며, 머릿속에 선명하게 각인된 죄의 영상들을 가진 채 필리포에게 돌아왔고 우리의 사랑에 열중했다. 나는 가능한 한 필리포와 많은 시간을 보내고 싶다. 출근할 때나 쇼핑할 때 같이 가줄 수 있느냐고 그에게 물었다. 점심을 같이 먹고 함께 시간을 보내려고 매일 그의 사무실 앞으로 갔다. 저녁 식사 계획을 세워서 결과가 의심되기는 했지만, 시험 삼아 다양한 요리들을 해보았다. 심지어 그와 함께 체육관에 다니기로 결심하기까지 했다. 밤에 우리의 침실에서나 낮에 여러 사람들 속에서도 작은 몸짓을 통해 그와 되도록 신체접촉을 많이 하려 애썼다. 그에게 사랑한다고 자주 말했는데, 습관적으로 그런 게 아니라 '사랑한다'는 동사의 깊은 의미에 집중해서 말했다. 책임감, 공유와 몰두가 나의 암호가 되었다.

할 수 있으리라고 나는 확신한다. 배신의 기억을 완전히 지울 수는 없겠지만 곧 모든 게 정상으로, 적어도 내 생일 이전으로 돌아갈 것이다. 빨리 내일이 돼서 평화로운 토스카나의 언덕을 즐길 준비를 하며 시에나로 가는 기차에 오르고 싶다.

거품에 뒤덮인 뜨거운 물에 손을 담그고 이런 생각을 한다. 지금 이 순간 내가 얼마나 운이 좋은지 알고 있다. 나는 작은 일탈을 했고 우리 관계를 떠나 잠시 휴가를 다녀왔지만 지금은 다시 집에 돌아와 있다. 내가 계속 있고 싶은 곳은 바로 여기다.

"여행가방 다 챙겼어?" 필리포가 나를 찌른다. 그는 나를 잘 알고 있다. 내가 꼭 필요한 물건만이 아니라 이것저것 다 챙겨간다는 것을.

"아직 다 안 쌌는데. 시간이 없었어."

"비비, 우린 토스카나에 가는 거야. 사막에 야영을 가는 게 아니라고!" 그가 내 불안감을 모두 다 이해할 수 있다는 듯, 너그러운 분위기로 나를 본다. "혹시 빠진 게 있으면 거기서도 살 수 있어."

"최선을 다해보겠지만 확실하게 말할 수는 없어." 여행을 갈 때마다 짐을 반으로 줄이겠다고 다짐하지만 정말 실현 가능성 없는 계획이 되고 만다. 캐리어를 닫기 전에 항상 비어 있는 한 귀퉁이에 집어넣어야 할 뭔가를, 그 순간 정말 중요한 것처럼 보이는 뭔가를 발견하게 되니까.

"책만이라도, 제발 책만이라도 가져가지 마!"

"오케이, 필. 네가 아이패드를 놓고 간다면 나도 집에 책 두고 갈게." 그에게 제안한다.

"좋아." 그가 웃으면서 내 뒤로 다가와 엉덩이를 살짝 꼬집는다. "독서를 하는 것보다 움직이는 게 더 좋을 거야."

필리포가 내 목덜미에 살짝 키스를 하고 코와 입술을 댄다. 이 달콤하고 친숙한 접촉을 즐기기 위해 그의 머리 쪽으로 내 머리를 기울인다.

"산책도 하고 박물관도 가보자는 말이지, 맞지?" 내가 놀린다. 그가 웃음을 터뜨리자 따뜻한 그의 입김이 내 피부에 와 닿는다.

"같이 이야기 좀 해보자." 그가 뒤에서 내 가슴을 꽉 쥐면서 속삭인다.

나는 서두르지 않고 개수대의 마개를 빼서 거품 물을 내려보내고 난 뒤 손을 닦고 이 문제를 분명히 하려고 그를 향해 돌아선다. 그런데 바로 그 순간 소파에 던져둔 가방에서 휴대전화 소리가 약하게 들린다. 마지못해 필리포의 품에서 벗어나 자동응답 메시지가 작동하기 전에 전화를 받으러 달려간다. 이 시간에 대체 누구 전화일까. 가이아와 엄마와는 저녁 식사 전에 벌써 통화를 했기 때문에 둘 중 한 사람일 리가 없다는 생각이 든다. 또 다른 의심이 슬그머니 고개를 들기 시작하는데……. 아이폰을 꺼낸다. 화면에 나타난 그 전화번호를 보자 심장이 평상시보다 빠르게 뛰기 시작하며 식은땀이 등줄기로 흘러내린다.

레오나르도. 지금 또 뭘 어쩌자는 거지? 알고 싶지도 않고 전화를 받을 생각도 전혀 없다.

"전화 안 받아?" 부엌에서 필리포가 소리친다.

나는 서둘러 통화를 거부한다. "안 받는 게 좋겠어. 파올라야." 목청을 가다듬으며 내가 설명한다. "문자메시지 보낼래."

불쌍한 파올라! 부정한 내 거짓말의 주인공은 늘 당신이야. 당신은 모르지만 당신이 내 인생을 구해주고 있다고. 어느 날 감사 인사를 전할지도 모르겠어.

재빨리 진심에서 나오는 문자메시지를 적는다.

난 선택했어.

조금이라도 날 생각한다면 더 이상 연락하지 마.

내가 쓴 문자를 후회하기 전에 발송 버튼을 누른다. 이번에는 또다시 같은 일을 되풀이하지 않으리라는 걸 안다. 이번에는 정말 끝났다. 내가 그러기를 원하니까.

부엌에 있는 필리포에게로 가서 빨개진 얼굴을 숨기고 갑자기 부지런한 가정주부에 빙의라도 된 듯이 싱크대의 대리석 상판과 가스레인지를 닦고 접시들을 그릇장에 정리한다.

필리포가 다시 다가와서 정신없이 움직이는 내 손을 가로막는다.

"잠깐……" 그가 나를 자기 쪽으로 돌려세우며 허리를 껴안는다. "우리 하다 만 이야기가 있는 것 같은데, 안 그래?"

대답 대신 그의 가슴에 머리를 기대고 그를 다시 놔주기 싫은 사람처럼 그의 팔을 잡는다. 필리포가 나를 꽉 끌어안고 입을 맞춘다. 그는 지금 나와 자고 싶어 하고 나 역시 그를 느끼고 싶다.

토요일 오후 5시에 우리는 그림엽서 같은 풍경 속으로 들어가서 평화로운 토스카나 들판을 달린다. 올리브 나무들과 포도밭과 밀밭, 그리고 눈길이 닿는 곳까지 넓게 펼쳐진 해바라기밭이 보인다.

택시가 하얀 철책문을 넘어서자마자 우리가 묵을 호텔로 이어지는, 사이프러스 나무가 양쪽에 늘어선 좁은 길을 느릿느릿 달린다. 감동적이다. 내 몸의 세포 하나하나가 순수한 행복을 맛본다. 필리포의 손을 꼭 잡은 채 차창 밖으로 스쳐 지나가는 이 환상의 장소를 구석구석 사진처럼 또렷이 기억해두려고 애쓴다. 그러다가 그의 귀에 대고 키스와 애무를 하듯 "고마워"라고 속삭인다.

오래된 농가주택을 고친 리조트는 입구를 장식한 장미 덩굴부터 주랑 밑에 나란히 놓인, 빨간 제라늄에 뒤덮인 테라코타 꽃병에 이르기까지 숨이 멎을 정도로 아름답다.

택시 운전기사에게 택시비를 지불한 뒤 홀로 들어간다. 필리포는 어깨에 스포티한 가방을 메고 두 손가락으로 믿기 어려울 정도로 불룩하고 무거운 내 캐리어를 끈다. 예상대로 이번에도 여행용 가방을 화물차로 만들어버리고 말았다.

호텔의 실내는 아주 아늑하다. 역사가 가득 담긴 팔라초는 단순하고도 깨끗한 매력과 우아함까지 갖추고 있었다. 바닥은 테라코타 타일에 수공예 카펫이 깔려 있고, 고전적 디자인의 전등과 가구들에, 벽에는 유명 작가의 판화가, 고급 목재 책장에는 고전들이 꽂혀 있다. 그리고 세련된 도자기 꽃병들에는 각기 색감이 다른 흰색의 신선한 꽃다발이 눈부시게 꽂혀 있었다.

"뭐라 표현할 말이 없어." 돌과 대리석으로 된 거대한 벽난로를 보며 내가 감탄한다. "여긴 동화 속 세상 같아."

필리포가 절망적으로 내 여행용 가방을 가리킨다. "그런 식으로라도 네 공주용 캐리어를 변명해야겠지."

"그런데 백마 탄 왕자님은 어디 계실까?" 내가 현실로 돌아와서 묻는다. 그가 수고양이처럼 내 목덜미를 잡고 벌의 의미로 입술에 키스를 한다. 그를 보자 자랑스러운 기분이 든다. 오늘 그는 줄무늬 폴로셔츠에 카키색 반바지, 가죽 로퍼를 신어 휴고 보스 광고에 등장하는 약간 프레피(preppie)한 스타일의 모델 같다.

접수처로 가자 목이 깊이 파인 옷을 입은 갈색 머리의 아가씨가 우리를 반갑게 맞아준다. 가슴에 단 명찰에 바네사라는 이름이 적혀 있다.

"예약하셨습니까?" 순수한 토스카나 억양을 자랑하면서 그녀가 묻는다.

필리포가 그녀를 보는 순간, 그의 내면에 있던 교양 있는 청년은 그 순간까지 그의 머릿속 어느 구석에 웅크리고 있던 능력 있는 세련된 남자에게 자리를 양보한다. "네, 예약했습니다." 대답을 하는 동안 그의 시선이 바네사의 섹시한 몸매로 향한다.

"성함이?" 그녀가 숱이 많은 속눈썹을 깜빡이며 묻는다.

"데 나르디." 나는 가능한 한 또박또박 대답하며 필리포 옆으로 다가간다. 갑자기 밀려든 거센 질투의 물결을 물리치기 위해 내 영역을 표시할 필요를 느낀다. 나는 그제야 알아차렸는데, 필리포 때문에 누군가를 질투하는 게 이번이 처음이다. 이게 걱정해야 할 일인지 안도해야 할 일인지 잘 모르겠다.

어쨌든 소리 없는 내 경고가 제 기능을 한 것 같다. 바네사가 웃으면서 고개를 끄덕이더니 자판을 두드리고 이렇게 말한다. "여기 있네요, 2인 2박." 그러더니 체크인을 해주고 우리에게 리조트에 관한 몇 가지 정보를 알려준 뒤 필리포에게 방 열쇠를 건네주며 머무는 동안 즐거운 시간 보내라고 인사한다.

바네사에게 감사 인사를 하고 몇 분 뒤 우리는 시에나의 완만한 언덕이 보이는 자주색의 세련된 스위트룸에 들어간다. 실내는 아늑하고 편안하며 가구들은 세련되었고 두말할 필요도 없이 값비싸 보인다. 홀처럼 여기에도 돌로 된 벽난로가 있다. 외부 기온이 30도여서 불을 피울 수 없다는 게 안타까울 따름이다! 벽에 붙여놓은 고급 대리석 받침대에는 뱅앤올룹슨의 최신 텔레비전이 놓여 있다. 오래된 잉크병이 놓인 반대쪽의 고전적인 책상과 거의 대조를 이룬다. 하지만 더 감동적인 것은 벽면의 벽감이다. 그 안에는 크리스털 포도주 잔두 개와 아직도 물방울이 맺혀 있는 딸기 한 컵, 그리고 마지막으로 얼음통에 시에나 언덕에서 생산된 스파클링 포도주한 병이 담겨 있다. 정말 없어서는 안 될 것들이다!

필리포가 손가락으로 포도주 잔을 잡는다. "아페리티프 한 잔 어떠신지요, 아가씨?" 그가 고급 레스토랑의 종업원처럼 정중하게 묻는다.

나도 장난을 친다. "좋습니다, 무슈(monsieur)." 나는 고개를 살짝 숙이고 미소를 지으며 대답한다.

순간 한없이 행복하다.

"저 경치 좀 봐!" 창문을 열고 바깥 풍경을 보며 내가 감탄한다.

"모두 우리를 위한 거야, 비비." 맑고 향긋한 공기를 마시며 필리포가 말한다. 그러더니 내 어깨에 한 팔을 두르고 가까이 다가와서 속삭인다. "나한테 상대도 안 된다고 그 빌어먹을 백마 탄 왕자에게 말해야 해." 이렇게 말하며 그가 내귀를 혀로 간질인다.

나는 웃으면서 필리포에게서 빠져나오고 그사이 그는 방 한가운데로 가서 자신의 가방을 연다.

"저녁 먹기 전에 수영장에 갈까?" 그가 이렇게 말하며 수영복을 찾는다. 그러더니 옷을 벗으며 그가 즐겨 부르는 루치오 바티스티의 노래 중, 고전인 〈벚나무 언덕〉을 풍부한 감정을 실어 큰 소리로 부르기 시작한다.

나는 내 캐리어를 열고 옷을 갈아입는다. 이유는 알 수 없지만 셔츠를 벗다가 거울에 비친 탄력 없는 내 가슴을 보니 바네사의 매력적인 몸매가 머릿속에 떠오른다.

"접수처 아가씨 멋지던데." 나는 수영복 상의의 끈을 묶으면서 무심하게 말한다.

"맞아, 상당히." 그가 완전히 걸려든다.

"그러니까 고백하는 거야?" 우리 엄마가 야단을 칠 때면 늘 그랬듯이 나는 허리춤에 양손을 얹고 그를 노려본다.

"뭘 고백해?"

"눈으로 아주 그 아가씨를 집어삼킬 것 같던데, 짜증나는 바람둥이." 이렇게 말하면서 주먹으로 그의 팔을 마구 두드려대는데 장난 반 진심 반이다.

필리포가 내 주먹을 피하다가 재미있다는 듯이 그냥 맞아준다. 그러다가 내 손목을 잡고 나를 제지한다.

"이제 다 끝났어?" 그가 아주 차분하게 묻는다.

"나쁜 놈!" 나는 다시 한 번 더 소리를 지르며 그에게서 벗어나려고 한다.

"좋아, 내가 나쁜 놈이야." 그가 내 목에 키스를 하며 부드럽고도 관능적인 목소리로 말한다. "그렇지만 내겐 내 애인밖에 없어, 맹세해."

근육이 단단하고 십대처럼 털이 없는 그의 가슴으로 시선을 돌린다. 그 순간 저항할 수 없을 만큼 서로에게 끌리고 있음을 느낀다. 그의 눈은 강렬한 녹색으로 빛나고 있다. 마치 욕망이 새로운 빛을 선물해주기라도 한 듯. 그가 몸을 숙여 내 어깨와 귓불 밑에 코를 대고 손가락을 머리카락 속에 넣어 쓰다듬는다.

"수영장에 가야 하는 거 아니었어?" 내가 속삭인다.

"나중에." 그가 내 귓불에 키스를 하며 머리카락을 세게 움켜쥔다. 머리를 부드럽게 뒤로 젖혀 목에 자신의 입술을 댄다. 입술이 빠르게 얼굴로 올라온다.

잠깐 생각이 났는데, 많은 여자들의 불만은 자신의 남자가 관계를 시작할 때 전희를 생략하는 것이란다. 필리포는 그렇지 않다. 그는 키스를 절대 잊지 않는다.

이제 그는 내 뒤에, 한 면이 거울인 벽 앞에 선다. 그러고는 부드럽게 내 수영복 상의를 벗긴다. 순간 내 살 위로 거미줄 같은 전율이 확 번져가고 유두는 뾰족한 다이아몬드처럼 단단해진다. 필리포가 내 짧은 반바지의 단추를 열고 지퍼를 내린다. 계속 내 목에 키스를 하며 엄지손가락을 반바지 주머니에 넣어 팬티와 함께 밑으로 부드럽게 내린다.

이제 나는 거울 앞에 알몸으로 서 있고 그는 내 뒤에 무릎을 꿇고 두 팔로 내 무릎을 감싼다. 혀로 다리를 애무하며 올라오다가 엉덩이를 부드럽게 깨물어 나를 떨리게 만든다. 내 얼굴에 자신의 얼굴을 가까이 대며 거울에 비친 우리의 모습을 바라보다가 뜨거운 손을 내 배에 올려놓는다.

"너 정말 아름다워." 그가 내 어깨를 살짝 깨물며 소곤거린다.

"너도." 나는 그가 나보다 훨씬 아름답다고 생각한다.

필리포가 내 손을 잡아 자신의 손으로 내 손등을 덮는다. 그러고는 손을 내 배 위에 올려놓았다가 천천히 가슴 쪽으로 움직인다. 이중의 마사지다. 내 살 위에 그의 보호를 받은 내 살이 닿는다. 반쯤 다문 입에서 신음소리가 나올 정도로 관능적이다. 내 숨소리가 점점 가빠지자 그가 내 다리 사이에 자기 다리를 넣어 벌린다. 그런 다음 욕망에 젖은 내 성기 위로 우리의 손이 지나가게 한다. 내 등을 누르는 그에게서 욕망을 느끼고 그사이 내 몸은 뜨겁게 달아오른다.

필리포가 재빨리 팬티를 벗더니 나를 침대로 민다. 우리는 언제나 변함없이 똑같은 욕망으로 서로를 찾지만 지금 우리 몸을 관통하는 에너지는 평상시와 다르다. 이런 곳에 있어서 모든 게 새로워진 것마냥. 그가 내게 키스를 하며, 이미 그를 맞을 준비가 된 내 자궁으로 천천히 들어와 나를 꽉 채워준다. 그는 자신 있는 움직임으로 잘 알고 있는 세계를 탐험하고 그가 새롭게 자극을 가할 때마다 나는 기쁨으로 온몸을 떤다. 그의 몸은 친숙하고 그의 호흡, 그의 움직임, 그의 살은 흔들림 없는 확신을 주어 마음을 편안하게 해준다. 그와의 관계는 하나의 의식이고 우리 사랑을 생생하게 축하하는 행위다. 그가 점점 더 깊이 들어오며 움직임이 점점 더 빨라지다가 기쁨에 젖은 우리 두 사람의 신음소리가 비명으로 변하고 우리 몸이 동시에 격렬한 오르가슴을 경험한다.

"사랑해." 그의 목소리는 바람 같다. 그는 내가 좋아하는 대로, 나를 힘껏 품에 안는다.

"나도." 사랑해, 필. 나도. 또다시 그 말을 하고 싶어. 네 눈을 정신없이 바라보며 이렇게 진실하고 튼튼한 네 품에 안겨 영원히 이곳에 있고 싶어.

우리가 함께한 이후로 처음 경험한 진짜 강력한 오르가 슴이다. 이제 둘 다 기운이 하나도 없다. 우리 두 사람의 심장이 한 소리로 박동한다. 우리의 숨결이 쉬지 않고 서로를 찾는다.

필리포가 조용히 일어나 욕실로 가서 자쿠지(기포가 나오는 욕조를 생산하는 미국의 브랜드—옮긴이) 욕조의 수도꼭지를 연다. 잠시 후 나도 그를 따라간다. 원형의 욕조에 천천히 물이 채워진다. 기포가 거품 위로 올라가 붉은색에서 파란색까지 다양한 색깔들로 빛난다. 공기 중에는 성욕을 자극하는 장미와 바닐라향이 감돈다. 오늘 밤에는 수영장에 가지 않을 것이다. 우리들 사랑의 보금자리에는 은밀함과 열정만이 있을 뿐이다.

나는 집게핀으로 머리를 목덜미 부근에서 고정시키고 필리포와 함께 거품 속으로 들어가 비누방울들 사이로 숨는다. 필리포가 양손으로 내 얼굴을 잡아 뜨겁게 키스한다. 나도 그를 꼭 잡고 마찬가지로 열정적으로 그 키스에 답한다. 그를 사랑한다. 이 사실을 지금처럼 이렇게 분명히 인식하긴 처음이다. 나는 그 어느 때보다 행복하다. 그가 올바른 남자라는 걸, 사랑할 만하고 사랑받을 만한 남자라는 걸 잘 안다. 필리포가 나의 바위이고 안전한 항구라면 레오나르도는 위험하고 고통스러운 모험에 불과했을 뿐이다. 끝난 모험. 이제 그 불길은 재밖에 남지 않았다.

오늘 우리는 굉장히 일찍 일어났다. 어제저녁 촛불 아래에서 발 도르차 지역의 특별요리와 브루넬로 디 몬탈치노 포도주를 마시며 즐겼지만 아침에도 우리의 식욕은 사라지지 않았다. 아침 식사 때 뷔페에 정신없이 달려들어 홈메이드 아몬드 쿠키와 달콤한 시리얼, 신선한 빵과 잼을 먹어치운 걸 보면 오히려 식욕이 더 왕성해졌나 보다.

오전에는 말을 타고 언덕들 사이로 난 비포장도로를 산책했다. 오염되지 않은 자연과 만나면서 다시 내 몸속에 에너지를 축적한다. 처음으로 말을 타보았는데 솔직히 말하면 오토바이를 타는 것보다는 덜 고통스러웠다. 물론 우리에게는 승마 교사가 있었다. 그가 기술적인 설명을 해주었는데 솔직히 그 설명의 반 정도만 알아들은 것 같다. 그래도 적어도 말에서 떨어지지는 않았는데 정말 기대 이상이었다. 이미 말을 탈 줄 아는 필리포가 잠시도 쉬지 않고 나를 놀려댔지만 어쨌든 환상적인 아침이었다. 기분이 상할 정도까지 나를 놀려댈 때도 난 필리포가 좋다.

오후에는 마침내 리조트의 야외수영장에 뛰어든다. 우

리는 꽃이 활짝 핀 정원에 에워싸여 있어서 라벤더와 로즈마리의 향을 맡을 수 있다. 몇 번 팔을 휘젓고 몇 미터를 잠수한 뒤 이 정도면 충분하다고 생각해 밖으로 나온다. 하얀색 천의 우아한 해변침대에 누워 일광욕을 한다. 주위에 아무도 없다. 호텔 투숙객들은 수영장에 관심이 없는 듯하다. 안타까운 일이다. 여기서 바라보는 올리브밭과 칠리아노 계곡은 놀랄 만큼 인상적이다. 작은 오아시스에 있는 기분이다. 이렇게 기운을 북돋워주는 고요 속에 있으니 혼돈의 로마와 복잡한 내 마음을 잊고 다시 숨을 쉴 수 있다. 이런 평화로운 분위기에서는 심장도 마침내 느긋하게 박동할 것만 같다.

잠시 후 필리포도 물에서 나와 내게로 온다. 마르고 균형 잡힌 몸매를 보고 있노라면 미켈란젤로의 다비드가 살아 움직이는 듯 너무나 멋있다. 그는 가방을 뒤적이더니 한시도 몸에서 떼어놓을 수 없는, 그래서 이번에도 집에 두고 올 수 없었던 아이패드를 꺼내 내 옆의 침대에 눕는다. 종이 인쇄물을 신뢰하는 나는 홀에서 찾아온 잡지를 뒤적이기 시작한다. 가끔 서로 공범자 같은 눈길을 주고받으며 팔을 뻗어 우리에게 제공된 최고의 포도주, 볼게리 소비뇽을 맛본다.

내가 며칠 전부터 머릿속에 맴돌던 문제를 건드릴 준비가 되었다는 기분이 든 건 이 포도주 때문일 수도 있고 느긋한 분위기, 행복한 마음과 우리가 있는 꿈같은 장소 때문일 수도 있다.

어쨌든 내가 입을 연다. "있지, 베네치아로…… 네가 보여줬던 그 집으로 돌아가는 문제 다시 생각해봤어."

필리포가 급히 내 쪽을 돌아본다. 그는 완전히 내게 주의를 집중한다.

그를 실망시키지 않는다. "결심했어, 이제 준비가 된 것 같아, 필." 내가 미소를 지어 보인다. "그래도 착각하지 마, 응? 그냥 베네치아가 그리워져서 그러는 것뿐이니까." 나는 일부러 대수롭지 않게 말한다.

"정말이야?" 믿을 수 없다는 듯 그가 다시 묻는다. 지금은 농담을 달가워하지 않으리라.

"그럼, 정말이지." 그가 너무 당황스러워하자 기분이 약간 상해서 내가 대답한다.

필리포가 일어서더니 내게 두 손을 내민다. 그 손을 잡자 나를 확 잡아 일으킨다. 그러고는 내 허리에 팔을 두르고 내 얼굴에 자신의 얼굴을 가져다 댄다.

"들어봐, 비비." 어린아이에게 복잡한 뭔가를 설명해야 할 때처럼 그가 차근차근 말한다. "이게 무슨 뜻인지 알지, 응?"

나는 웃으면서 고개를 끄덕인다. 그가 숨을 내쉬며 아직도 완전히 믿지 않는다는 듯이 주위를 둘러본다.

"함께 집을 갖고 함께 미래를 만들고 함께 평생을 살아간다는 뜻이야. 네가 다 이해했는지 잘 모르겠어……." 그가 맑고 큰 눈으로 나를 뚫어지게 보며 손가락으로는 내 수영복 어깨끈을 살며시 만진다. "그렇게 할 준비가 다 된 거야?"

"물론이지!" 나는 그의 눈을 피하지 않고 마주 보며 자신 있게 대답한다.

"그러면 그렇게 하자!" 그가 크게 소리치며 나를 뒤로 민다. 그의 얼굴에 번지는 장난스러운 미소를 본 순간 그에게 속았다는 걸 알아차린다. 나는 어느새 균형을 잃고 있다. 소리를 지를 틈도 없이 수영장에 빠져 잠시 물속에 가라앉았다가 다시 수면 위로 올라온다. 필리포도 뛰어들어 나를 향해 헤엄쳐 온다.

"이건 반칙이야!" 그에게 화를 내지만 두 팔과 다리로는 벌써 그를 얽어매고 이를 드러내며 그의 입술을 찾는다.

"걱정하지 마." 그가 속삭이며 나를 안심시킨다. "널 구하러 왔잖아."

우리는 꼭 껴안고 한 몸이 되어 뜨겁게 키스한다. 잠시 후 필리포가 수영장 가장자리로 나를 밀어 두 팔로 감싼다.

"그 아파트 보고 싶으면 보러 가도 돼. 사무실에 메일을 보내놓으면 주말에 약속을 잡을 수 있어."

이유는 알 수 없지만 파티를 망치는 불청객처럼 갑자기 적절하지 못한 생각이 뇌리를 스친다. 필리포와 함께하는 내 행복한 계획들 속에서 레오나르도는 어떤 역할을 할까? 그가 우리의 인생 계획과 어떤 관계가 있을까? 없다. 전혀 없다. 그를 쫓아내야만 한다.

필리포가 내 대답을 기다리는 동안 나는 집에 관해 어떤 결정을 내리든 상관없다고, 심지어 우리가 베네치아로 이사를 가지 않는다 해도 큰 문제가 없다고 되뇐다. 내 인생은 어쨌든 레오나르도 없이 계속될 테니까. 이 때문에 나는 모든 방정식에서 레오나르도를 당장 제외시켜야만 한다. 이제 나에게 어울리는 게 무언지 안다. 그래서 내가 지을 수 있는 가장 환한 미소를 지으며 말한다. "좋아, 그 집 보러 가자."

"진짜, 비비?" 필리포가 다정하게 묻는다. 내 망설임을 그가 눈치 채지나 않았을지 걱정된다.

나는 가슴에 손을 얹고 힘껏, 분명하게 고개를 끄덕인다. 마치 선서를 하고 성명서를 발표하기라도 하듯이. "물론 진짜지."

이론적으로는 그저 내 애인에게 이메일을 보내도 된다고 허락하는 것일 뿐이다. 이사를 하고 베네치아의 부동산을 보러 간다는 계획에 동의하는 것일 뿐이다. 하지만 이게 사실 아주 많은 의미를 가지고 있다는 걸 안다. 나의 내면에서 이것은 재생의 표시, 방향 전환의 표시다. 나는 내 사랑을 보여주고 있다. 우리의 관계를 지켜내는 중이다. 필리포를 선택하는 중이다.

"나 행복해, 비비." 그가 내 이마에 자신의 이마를 대며 속삭인다.

"나도."

우리는 또다시 키스를 하고 그사이 하늘은 새빨갛게 물들어간다.

내일이면 로마로, 일상으로 돌아갈 테지만 뭔가 변했다고, 바로 이 순간이 새로운 무엇인가의, 내가 선택한 남자와 함께할 미래의 시작이라고 나 자신을 속이고 싶다.

지금 나는 그와, 나 자신과 약속하는 중이다. 이 약속을 지키기 위해 난 최선을 다할 테다.

토스카나에서 주말을 보내고 돌아오자 모든 게 예전보다 훨씬 부드러워 보인다. 사랑, 일, 사소한 모든 것들이.

필리포에게 동의하기로 한 나의 마음이 매일 더욱 확고해진다. 그와 함께 베네치아로 돌아가고 싶다고 말한 뒤로 우리는 서로 함께하기로 선택한 미래를 확신에 차서 기다리며 완벽하게 평화로운 생활을 하고 있다.

산 루이지 데이 프란체시 성당으로 복귀하는 일도 예상처럼 그렇게 끔찍하지는 않았다. 사흘간의 휴가가 마음의 여유를 찾고 새로운 에너지를 충전하는 데 도움이 되었나 보다. 여름이 시작되었기 때문일 수도 있다. 내가 여름을 얼마나 좋아하는지! 실제로 지금까지의 그 어느 때보다 열심히 일할 수 있고 내가 하고 있는 일에 몸과 마음을 다 집중할 수 있다. 지금 나는 생기가 넘치고 집중력도 높다. 파올라도 이 사실을 알아차려서 프레스코 벽화 가운데 완전히 곰팡이가 슬어 복원이 까다로운 부분을 잘 해결해냈다고 칭찬해줬다.

그녀가 누군가에게 칭찬을 한다는 건 기대하기 힘든 일이다.

지금은 15분간 휴식을 취하며 마르티노를 기다리는 중이다. 그는 여러 날 동안 모습을 보이지 않다가 어제 다시 나타났다. 그래서 오늘 산테우스타키오 광장에서 커피 한 잔 마시자고 제안을 했다. 그곳에서 이런저런 이야기를 나누다가, 이렇게 정의해도 된다면, 우리 사이에 우정이 싹텄으니까. 그가 내게 원하는 게 뭔지 정확히 알지는 못하지만 내게는 그가 소중하다는 걸 안다. 그래서 무엇보다 레오나르도와 성당에서 나가면서 그를 만난 이후로 그가 나를 멀리하는 게 유감스럽다. 그는 따분하다거나 시험당한다는 느낌 없이 회화에 대한 이야기를 나눌 수 있는 유일한 사람이다. 마르티노는 똑똑하고 창의적이지만 절대 잘난 체하지 않는다. 아마 아직 젊어서이거나 그의 성격이 약간 내성적이어서 그럴지도 모르지만 어쨌든 그는 너무 진지하게 받아들이지 않으려는 경향이 있고, 이 때문에 그와의 대화가 특히 흥미롭다.

오전 11시인데 벌써 몹시 덥다. 로마가 아름답게 빛난다. 바람이 바다 냄새를 실어오는데, 이건 내 상상의 산물이 아닌 게 분명하다. 이런 세상에서 행복하지 않기란 불가능하다.

마르티노가 나타난다. 청바지에 하얀 티셔츠, 변함없는 체크무늬의 올스타를 신고 약간 건들건들 유연하게, 특유의 우스꽝스러운 걸음걸이로 광장 한쪽의 골목길에서 이쪽으로 오고 있다. 손에는 화가나 학생들이 큰 종이를 넣어 가지고 다니기 위해 사용하는 커다란 플라스틱 파일을 들고 있다. 늘 흐트러져 있던 그의 앞머리가 한층 길어진 게 눈에 띈다.

"잘 지냈어요?" 내가 그의 두 뺨에 입을 맞추며 인사한다.

"잘 지냈어요……. 당신은?" 그는 이렇게 말하면서 대답을 기다리지 않고 우울한 얼굴로 나를 바라본다. 그러더니 내 옆의 의자에 털썩 주저앉아 테이블 다리에 파일을 기대놓는다. "사실 전 할 일이 아주 많아요. 아카데미에서 회화 코스 두 개를 더 신청했어요." 그가 힘든 표정으로 설명한다.

"아, 그래서 성당에 자주 오지 못했군요……." 내가 유감스러운 표정을 보이며 말한다.

"아, 사실은 성 마테오 시리즈는 끝내야 했어요. 동전도 이제 그 정도면 충분히 썼고!" 그가 편안하게 미소를 짓는다. "이제 카라바조의 다른 작품에 뛰어들었는걸요."

우리는 잠시 대화를 멈추고 예전의 그 종업원에게 커피 두 잔을 시킨다. 종업원은 이제 우리를 알아보는 듯하다. 나는 다시 관심을 가지고 마르티노를 본다.

"그래, 어떤 작품을 공부하고 있는데요?" 난 굉장히 궁금해하며 물어본다. 시험공부를 위해 읽고 있는 책 이야기를 들으면 대학 시절 새로운 자료를 찾아 이 박물관 저 박물관을 순례하던, 행복했던 수많은 순간들이 되살아난다.

"보르게제 미술관에 있는 〈뱀을 짓밟는 성모〉예요."

"정말 멋진 그림이죠!" 내가 흥분해서 말한다. "기억은

172

나는데 아직 실제로 한 번도 못 봤어요."

"정말요? 믿어지지 않아요……." 그의 눈이 휘둥그레진다. 곧 그가 입을 열고 무슨 말인가 하려다가 금방 다시 다문다. 할 말이 있지만 그 말을 할 용기가 나지 않는 듯이.

내 짐작이 맞을 것 같아서 그를 도와준다. "그래요, 가능한 한 빨리 봐야겠죠, 안 그래요?"

"아, 괜찮다면 언제 나하고 같이 가요." 마르티노가 서둘러 말한다. 그가 수줍음을 몰아내고 자기가 하고 싶은 말을 이렇게 자유롭게 할 때 기분이 좋다.

"좋아요. 훌륭한 비평가같이 설명해줘야 해요."

"해볼게요, 그래도…… 필립 다베리오(1949~ . 이탈리아인 아버지와 프랑스인 어머니 사이에서 태어나 이탈리아에서 미술 평론가, 교수, 작가로 활동하고 있다—옮긴이) 같은 설명을 기대하진 않겠죠!"

그가 웃으면서 눈썹 위의 피어싱을 살짝 만진다.

"물론이죠. 그런데 다베리오처럼 체크무늬 재킷에 나비 넥타이 하는 건 좋을 것 같은데……." 우리는 서로 공범자 같은, 솔직한 웃음을 터뜨린다.

마르티노와 헤어지고 나서 성당에 들어가려 할 때 레오나르도에게서 문자메시지가 온다.

어디야? 왜 전화 안 받지?

화면에 부재중 전화 세 통이 와 있다. 휴대전화를 무음으로 해놓고 다시 벨소리로 바꿔놓지 않아서 전화가 온 줄 모르고 있었다.

며칠 전부터 레오나르도는 문자를 보내고 전화를 하며 다시 나를 찾고 있지만 절대 응답하지 않고 있다. 영원히 그를 피하겠다고 다짐했고 내 맹세를 충실히 지켜나가는 중이다. 하지만 그가 접촉을 시도할 때마다 내 확고한 감정은 시련을 겪는다. 그를 무시하는 게 계속 고수해도 되는 적당한 전략인지 이제 정말 확신이 없다. 좀 더 단호한 뭔가가, 이런 고통을 끝낼 뭔가가 필요할지도 모르겠다.

우리가 계속 만나는 건 아무 의미가 없어.

난 진심으로 필리포 곁에 있기로 결심했어.

제발 날 다시 찾지 말아줘.

간단하고 직설적이고 분명한 메시지다. 이 정도면 레오나르도를 충분히 진정시켜 더 이상 연락을 해오지 않겠지. 두근거리는 내 심장도 진정이 될지는 정확히 알 수 없다.

아주 평온하게 며칠이 지났다. 레오나르도는 다시 전화

를 하지 않았지만 나는 여전히 빈틈없이 경계하고 있다. 전투에는 승리했지만 전쟁에는 그렇지 않은 것 같은 느낌이다. 그러니까 애매한 말을 사용하지 않고 단호하게 이제 됐다는 말에 그는 낙담을 하고 완전히 조용해졌다. 차가운 물 한 양동이만으로도 레오나르도 같은 불길을 끌 수 있다는 게 믿어지지 않는다. 이제 불길은 내 삶의 구석구석을 태우지 않게 되었다. 그를 다시 만나지 않을 것이고 다시 전화를 받지 않을 것이다. 어느 날 우리의 길을 교차시킨 어리석고 심술궂은 운명이 이제 내 선택에 다시 개입하는 일은 없을 것이다. 시간이 자신의 역할을 다할 거라고 난 믿는다. 안녕, 레오나르도. 당신은 곧 추억으로만 남겠지⋯⋯.

거의 1시가 다 됐다. 아직도 코에서 물감과 용해제 냄새가 난다. 시원한 공기를 좀 마시고 눈을 자연의 빛에 다시 적응시키기 위해서는 산책이 꼭 필요하다. 오늘 로마 하늘의 태양은 창백하고 그나마 반쯤은 시커먼 구름에 가려져 있기는 하지만. 난 우산도 없는데, 우산 쓸 일이 없을 거라고 억지로라도 믿고 싶다.

지금 필리포와 점심을 같이 먹으려고 줄리아 가의 사무실로 가는 중이다. 당연히 잠깐 옷을 갈아입어서 작업복은 레이스가 들어간 하얀 민소매 원피스로 바뀌었다. 선탠을 살짝 했으니 이제 좀 더 과감해질 수 있지 않을까. 어쨌든 구두는 그냥 단화를 신고 있다(가이아, 용서해줘!). 레이스업 샌들을 신는 것이 올여름 가이아의 일방적 명령이었고 나는 아주 기꺼이 복종했다.

줄리아 가의 사무실은 알록달록한 벽과 레이저 프린터 기들 냄새로 나를 맞이한다. 이 건물 안에서는 창의성의 향기가 나는데 나는 그 냄새가 좋다. 사면의 벽에 걸린 대형 플라즈마 스크린과 거대한 맥 컴퓨터, 스캐너, 팬터그래프(도형을 축소하거나 확대하는 사도기寫圖器─옮긴이)와 그 기능조차 모르는 최신 기기들 때문에 어떤 면에서 보면 나사의 중심부에 와 있는 기분이 든다. 사방이 예술적인 혼돈 그 자체다. 책장의 선반들이나 기하학적 무늬의 바닥 모두. 안쪽 벽에 대칭으로 걸린 두 개의 시계는 로마와 뉴욕의 시간을 동시에 알려준다. 이 안에 들어올 때마다 긍정적인 에너지가 잔뜩 충전되는 기분이다.

"차오, 엘레나." 알레시오의 목소리다. 그는 자기 책상에서 일어나 열대지방에서 선탠한 몸과 오른팔의 새 문신을 과시하며 내게로 온다. "어떻게 지내요?" 휴양지 광고에서 막 나온 사람 같은 미소를 지으며 그가 묻는다.

"잘 지내요, 고마워요." 내가 서둘러 대답한다. "필리포는요?"

"고객과 저쪽에서 미팅 중이었는데." 그가 문이 닫힌 회의실을 고갯짓으로 가리킨다. "가봐도 돼요. 아마 끝났을 거예요."

"오케이, 고마워요!"

"아, 잊을 뻔했네!" 중요한 일이 막 생각난 듯 그가 나를 불러 세운다. "플라비아가 토스카나에서 사다준 크림 정말 고맙대요."

맙소사, 또 그 크림! "별말씀을요, 저도 좋아서 했는걸 요." 내가 상황에 맞게 미소를 지으며 말한다.

내 생일날부터 그놈의 크림이 악몽이 되었다. 플라비아는 우리가 토스카나로 여행을 갈 계획이라는 걸 알고 나서는 폭풍 같은 문자메시지를 보내고 전화를 해서, 우리가 머물 리조트에서 몇 킬로미터 떨어지지 않은 곳에 있는, 그녀 말에 따르면 너무나 유명한 허브센터에 가달라고 부탁하기 시작했다. 주름을 예방하고 개선해주는 진짜 유기농으로 만든 화장품, 다른 곳에서는 구할 수도 없고 대략 말해도 아주 비싼 크림을 구해다 주길 원한 것이다. 내가 그 임무를 수행한 이유는 오로지 필리포에 대한 사랑과 그와 알레시오 사이의 우정 때문이었다. 하지만 계획에 없던 그 일정 때문에 우리는 돌아오는 기차를 놓칠 뻔했다.

"플라비아가 그 화장품에 꽂혀 있어서요." 알레시오가 체념한 듯 고개를 저으며 계속 말한다.

나는 공감의 미소를 보인다.

"저녁 뉴스에 나오게 됐는데, 알아요?"

백금발 머리에 실리콘을 주입해 빵빵해진 입술로 텔레

노르바(이탈리아 미디어 그룹인 노르바에서 운영하는 케이블 텔레비전—옮긴이)의 초저녁 뉴스에서 소식을 전하는 그녀를 상상해본다.

"멋진 소식이네요! 그럼 꼭 봐야겠는걸요!" 내가 서둘러 말한다. 그런 다음 알레시오가 자기 아내가 텔레비전 방송국에서 쌓은 흥미진진한 이력들을 전부 늘어놓기 전에 얼른 그 자리를 피한다.

가볍게 문을 두드리고 회의실의 미닫이문을 연다. 안쪽에 서 있던 필리포가 나를 보고 얼굴이 환해져서 미소를 짓는다. 그 옆에는 다른 사람이 있고 그 사람의 모습이 서서히 내 눈에 들어온다. 회색 리넨 재킷을 입은 넓은 등이. 그 등! 웨이브 있는 머리에 넓은 어깨, 단단한 근육의 두 팔. 꿈이 아니다. 내가 미친 게 아니다. 전부 현실이다. 그 몸을 난 너무나 잘 알지만 이 방에 그 몸이 있다는 걸 받아들일 수가 없다. 내 생각들이 걷잡을 수 없게 헝클어진다. 레오나르도가 대체 여기서 뭘 하고 있는 걸까?

"미안해요……. 혼자 있는 줄 알았어요." 충격을 받은 이런 상태에서도 예의에 신경을 써야 하는 건지 잘 모르겠다. 하지만 지금 내가 매달려야 할 확실한 것이라고는 예의를 갖춘 행동밖에 없다.

"들어와도 돼, 비비. 거의 다 끝났어." 필리포가 들어오라고 신호를 보낸다. 뒤로 물러설 수 없어서 넋이 나간 사람처럼 비틀비틀 몇 발짝 걸어간다. 이제 그의 옆모습이 보이고 얼굴 정면을 볼 수 있다. 내 발밑의 바닥이 흔들리는 느낌이 선명하다. 놀란 표정을 그대로 드러내지 않으려고 필사적으로 노력한다. 필리포에게 시선을 고정한 채 조그맣게 "차오"라고 말한다. 사실은 창문 밖으로 뛰어내리고 싶다. 지금 당장.

"제 애인입니다." 필리포가 악마 앞으로 곧장 나를 밀면서 꽤 친숙하게 나를 소개한다. "엘레나, 이쪽은 레오나르도 페란테." 그가 감탄의 눈으로 레오나르도를 가리킨다. 그의 어깨라도 한 대 툭 칠 것 같은 분위기다. "네 생일날 저녁 먹었던 레스토랑, 기억해? 거기 셰프셔."

"아⋯⋯." 기억을 더듬는 척하며 말한다. "일 체나콜로?"

"맞아. 오늘부터 우리 사무실 고객이시지." 필리포가 말을 마친다.

난 이해가 잘 안 된다.

"반갑습니다." 최악의 상황에서도 최선을 다하며 그와 악수한다. 두 뺨의 온도는 50도는 될 것 같은데, 등줄기는 서늘해지며 몸이 떨린다. 나는 정말 이런 연기에 소질이 없다. 특히 금지된 우리 만남의 순간들이 머릿속에서 슬라이드처럼 휙휙 지나가고 있을 때는.

"정말 반갑습니다." 레오나르도가 자신이 할 수 있는 가장 멋진 미소를 짓는다. 순간 내 배 속에서 무기력한 분노가 솟구쳐 오르지만 다시 안으로 밀어 넣으려 애쓴다.

"레오나르도와 동업자분께서 굉장한 계획을 가지고 계셨어." 필리포가 말한다. "아니에네 강가에 있는 옛 공장 건물을 재건축하는 거야. 거기에 레스토랑을 열고 싶어 하서."

"이 사무실에서 재건축을 맡는 거야?" 내가 바보같이 묻는다. 내가 바보 같아 보인다는 건 잘 안다. 하지만 내 정부가 우리가 성관계를 가졌던 곳에 레스토랑을 열기 위한 계획을 내 애인에게 알리고, 방금 그를 끌어들였다는 사실을 내 머리가 받아들이려 하지 않는다.

레오나르도가 만족스러운 눈빛에 자신 있는 태도로 고개를 끄덕인다. 그는 이 상황의 주도권을 완전히 쥐고 있다. 뿐만 아니라 이 상황을 즐기고 있다.

"조금 전에 벌써 장소도 보고 왔어." 필리포가 계속 말한다. 그러면서 레오나르도의 눈을 바라본다. "정말 멋진 곳이더군요."

"저는 벌써 정이 들었습니다." 레오나르도가 슬쩍 나를 보며 말한다. "빨리 작업이 시작되기만을 고대합니다."

"모두 약속한 기한 내에 할 수 있을 겁니다. 우리 직원들이 벌써 점검을 시작했으니까요." 필리포가 그를 안심시킨다. "어쨌든 제가 직접 하나하나 감독할 겁니다." 그가 지적도를 네 번 접어 탁자 위의 서류철에 다시 넣으면서 진지하게 말을 마친다.

나는 필사적으로 고함을 치고 싶지만 오히려 단정한 자세로 미소를 짓고 있어야만 한다. 사람들이 내 가슴에 간음의 주홍글자 A를 문신하기라도 하듯 고통스럽다.

문신. 잠시 레오나르도의 문신을 다시 생각해본다. 그것을 볼 수 있었던 때를. 하지만 되도록 빨리 그런 생각을 몰아내야만 한다.

레오나르도가 시계를 흘깃 본다. "좋습니다, 늦었네요. 두 분 점심 먹으러 가셔야죠." 그가 필리포와 악수를 한다. "며칠 뒤에 만납시다." 그러더니 나를 돌아보며 역시 악수를 청한다. "엘레나, 만나서 반가웠습니다." 그가 내 눈을 똑바로 보더니 거의 위협적으로 덧붙인다. "다시 만날 수 있길 바라요."

나는 한마디 말도 못 하고 고개만 끄덕인다.

레오나르도가 회의실에서 나가자 필리포가 나를 힘껏 껴안으며 입에 키스를 한다. "자 그럼, 점심 먹으러 어디 갈까? 대구 요리 어때? 아니면 더 이국적인 거?" 그가 평상시보다 훨씬 흥분해서 묻는다.

"너 가고 싶은 데." 이 말밖에 할 수가 없다. 이 순간 내가 해야 할 가장 중요한 생각이 뭘 먹을지를 결정하는 것이라니.

"흥미로운 프로젝트 같지 않아? 멋진 도전이 될 거야." 필리포가 컴퓨터를 끄며 흡족하게 웃는다.

"그래, 정말 멋진 생각 같아." 진짜 그럴듯하게 보이려고 애쓰지만 연극배우로서의 내 능력이 바닥나고 있다.

다행히 필리포는 눈치 채지 못한 듯하다. 그가 내 팔짱을 끼며 말한다. "있지,"

"응?"

"우리 리구리아 음식 먹으러 가자. 배고파 죽겠어."

나는 식욕이 전혀 없다. 위가 꽉 막혀버렸지만 애써 만족스러운 표정을 지으며 말한다. "좋아."

"그럼 빨리 가자……."

우리는 자주 가는 레스토랑이 있는 오로 골목까지 걸어간다. 이 레스토랑에서는 최고의 리구리아 전통음식을 먹을 수 있고 기막히게 맛있는 수제 케이크도 맛볼 수 있다. 식당 안에 들어가 보니 예상보다 줄이 훨씬 길었지만 기적적으로 창가 쪽의 2인용 테이블에 앉을 수 있었다. 음식도 거의 앉자마자 나와 필리포를 즐겁게 해주었다. 그는 일주일은 굶은 사람처럼 해산물 요리인 카치우코를 싹싹 긁어먹었다. 반면 페스토 소스로 맛을 낸 트로피에 파스타를 먹는 일이 나에게는 초인적인 노력을 기울여야 하는 모험 같았다. 점심을 먹는 동안 나는 필리포의 열띤 이야기에 관심을 기울여 듣는 척하며 계속 정형화된 미소만 짓고 있다. 사실 나는 딴생각을 하고 있다. 테이블 너머에 앉은 내 남자를 보면서 레오나르도를 생각하지 않을 수가 없다. 어떻게 그렇게 음흉한 짓을 할 수 있단 말인가? 그리고 무엇보다 무슨 이유로? 그가 무슨 생각을 하는지 짐작도 되지 않는다. 내가 달아나지 못할 사악한 게임을 계획하고 있는 게 분명하다. 하지만 이번에는 도를 넘었다. 절대 용납하지 않을 작정이다.

레스토랑에서 나오자 아직 오후인데도 하늘이 깜깜하다. 쇳덩이 같은 구름이 하늘에 낮게 드리워져 곧 소나기라도 퍼부을 기세다. 우산이 없지만 지금 그건 사소한 일일 뿐이다. 차라리 시원하게 비라도 맞으면 기분이 좋을지도 모른다. 머리가 터질 듯 복잡한 생각을 지워줄 수도 있을 테니.

"산 루이지에 혼자 갈 거야?" 필리포가 모퉁이까지 나를 안내하며 묻는다.

"그럼, 걱정하지 마."

"정말 안 데려다줘도 되는 거지?" 그의 목소리에 장난기가 섞여 있다. 그가 무슨 생각을 하는지 안다. 로마에서 길을 잃곤 하는 내 방향감각에 그는 재미있어하면서도 동시에 걱정을 떨치지 못한다.

"정말." 내가 웃으며 대답한다. "이제 길 다 익혔어."

"비가 올 것 같지는 않은데." 그가 하늘을 보며 말한다. "그래도 달려가는 게 낫겠다."

"알겠습니다, 선생님."

"그럼 저녁에 봐, 비비!" 그가 인사를 하며 내 입술에 부드럽게 키스한다.

"저녁에."

산 루이지 방향으로 한 블록 정도 바삐 걸어가다가 필리포에게 보이지 않을 정도로 충분히 멀어졌다는 확신이 들자 방향을 바꿔 테베레 강의 폰테 마치니 다리를 건넌다. 당장 그곳으로 가야 한다. 지금 그렇게 해야 한다. 미뤄서는 안 된다. 목적지는 레오나르도의 집이니까 길을 잃을 위험은 전혀 없다.

룽고테베레를 따라 빠르게 걸으면서 거의 반사적으로 가방을 열어 콤팩트 파우더 거울로 화장 상태를 확인한다. 마스카라가 눈 밑으로 번진 게 보인다. 하지만 지금 이 순간은 그런 게 하나도 중요하지 않다. 그래서 화장을 고치고 머리를 정리하고 싶은 유혹을 물리친다. 지금은 예의를 갖춰 방문하는 게 아니니까.

나는 속이 뒤집어질 정도로 분노하며 콤팩트 파우더를 가방에 다시 넣고 휴대전화를 꺼낸다. 5분 전인 2시 11분에 파올라에게서 문자메시지가 와 있다.

지금 어디야?

갑자기 예상치 못한 일이 생겨서 30~40분 정도 늦게 들어갈 거라고 문자를 보낸다. 그녀가 내 답장을 읽고 불쾌해하겠지만 나중에 용서받을 방법이 있겠지.

그사이 벌써 레오나르도 집의 창문이 보인다. 지난번 이 집에 왔던 게, 그러니까 바다에 갔다가 저 집에 들렀던 게 어제였는지 전생이었는지 모르겠다. 불현듯 자제하기 힘든 욕망과 쾌락에 숨이 멎을 것 같던 그 햇살 뜨거웠던 날의 감정들이 생생하게 되살아난다. 그리고 이제 내가 어떻게 여기까지 올 수 있었는지 자문해본다.

레오나르도가 집에 있었으면 좋겠다. 시간이 시간이니만큼 일을 하러 갔을 수도 있고 뭔가를 위해 외출했을지도 모른다. 그러나 건물 밑에 도착해보니 테라스에서 그의 모습이 언뜻 보인다. 맨발에, 청바지를 입고 하얀 셔츠 차림인데 (아까는 빨간 셔츠였는데 갈아입었나 보다) 셔츠의 단추를 채우지 않았다. 눈을 가느스름하게 뜨고 하늘을 보고 있다. 비가 올지 예측해보려는 듯하다. 나는 잠시 그를 지켜보며 이번에는 그를 상대로 우위를 점한 것 같은 기분을 맛본다. 당사자 몰래 지켜보면, 심지어 레오나르도까지도, 예외 없이 그사람이 더욱 인간적이고 허약해 보인다. 저기 다른 남자들과 다를 게 없는 한 남자가 있다. 그를 두려워할 이유가 하나도 없다. 보통 때와 달리 심장이 터질 것 같지도 않고 그에게 종속된 기분도 아니다. 그와 대면할 준비를 하는 동안 나는 아주 차분하고 결연하고 단호하다.

내 시선을 감지한 듯 갑자기 레오나르도가 몸을 돌려 나를 본다. 전혀 놀라는 눈치가 아니다. 한 팔을 흔들며 웃는다. 내 방문을 기다리기라도 한 사람처럼. 나는 그의 인사에

답하지 않고 그의 눈을 본다. 그리고 출입문 쪽으로 간다. 초
인종을 누르기도 전에 문이 열리는 소리가 들린다. 내가 그
에게 얼마나 많은 독을 쏟아 부으려고 왔는지 안다면 이렇게
신속하게 나를 환영하지 못할 텐데.

　나는 자신감을 갖고 근육을 팽팽하게 긴장시키고 빠른
걸음으로 계단을 오른다. 가장 튼튼한 갑옷으로 무장한 여
전사처럼 힘이 넘친다. 이제 두렵지 않다. 적절한 순간이 왔
을 때 공격할 준비가 되어 있다. 침착해, 엘레나.

　지붕 바로 아래층의 문이 열려 있다. 부드러운 고전음악
과 매혹적인 여자 성악가의 음성이 나를 맞이한다. 레오나르
도는 셔츠 소매를 걷어 올리고 부엌의 조리대에 서 있다. 앞
에는 여름 과일이 담긴 바구니가 있고 그는 세라믹 칼로 과
일을 자르는 중이다. 칼날이 그의 손가락을 아슬아슬하게
스치며 과즙이 많은 복숭아의 과육 속으로 날렵하게 들어가
더니 듣기 좋게 과일 써는 소리가 난다.

　"들어와." 그가 내 쪽으로 재빨리 눈을 돌리더니 손짓한
다. "다시 만나고 싶다고 말하긴 했지만 이렇게 빨리 볼 줄은
상상도 못했는걸." 그가 침착하게 말하더니 계속 과일을 자
른다.

　나는 등 뒤로 문을 닫으며 앞으로 몇 발짝 걸어간다. 익
숙한 향기가 코를 자극한다. 복숭아 냄새와 뒤섞인 레오나
르도의 냄새다. 잠시 주위를 둘러보다가 거센 파도처럼 밀려

드는, 그 당시에는 아름답게 보였지만 지금은 씁쓸하기만 한 기억과 순간들에 압도당하고 만다. 여러 가지 감정들이 나를 짓누르지만 그렇다고 내 계획을 포기하게 만들지는 못한다.

"당신 애인 호감 가는 사람이더군."

"그만, 허튼소리 집어치워." 나는 참을 수가 없어 얼굴을 찡그리며 그의 말을 가로막고 팔짱을 낀다. "마지막으로 보낸 문자에서 분명히 말한 것 같은데." 내 목소리가 차갑게, 그의 칼날처럼 예리하게 나온다.

"그랬지. 당신 아주 분명했어." 그가 한 손을 턱으로 가져가 수염을 쓰다듬는다. "내 말은 확고했다는 뜻이야."

"그런데 당신은 대수롭지 않게 생각하고, 안 그래?" 나는 바닥에 가방을 내려놓고 조리대로 다가간다. 그 앞에 서서 그와 시선을 마주하려 한다. "어떻게 할 생각이지? 이렇게 해서 뭘 얻길 바라는 건지 좀 알 수 있을까?" 하지만 곧 한 손을 들어 그의 말을 막는다. "잠깐, 말하지 마. 벌써 어떤 대답이 나올지 다 아니까. '당신하고 좀 즐기고 싶은 것뿐이야' 아니야?"

"맙소사…… 내가 뭘 어쨌다는 거야? 내가 무례하게 굴었나? 이렇게 화난 모습 처음 보는데?" 그가 자르던 과일에서 눈을 들고 마치 멸종하는 희귀종이라도 되듯 나를 본다. 그런 표정에 더 분통이 터진다.

"당연히 화가 났지!" 나는 숨을 깊이 들이쉬며 좀 더 안

정감을 느끼기 위해 다리를 살짝 벌리고 두 발로 바닥을 단단히 디딘다. "우연이었다는 말 하지 마. 그 사무실로 가게 된 게 운명이었다는 말도."

"사실 운명은 아니었어." 그가 잘게 썬 과일과 얼음을 유리잔 두 개에 꼭꼭 눌러 담으면서 차분하게 설명한다. 그의 목소리에는 전혀 변화가 없다. "그냥, 로마에서 실력 있다는 건축사무실 중 한 곳을 찾았을 뿐이야. 그 사무실에 필리포도 근무한다는 게 그리 심각한 문제 같지는 않은데." 그는 필리포의 이름을 말하면서 목소리를 약간 끈다. 그러더니 각각의 잔에 정확히 뭔지 알 수 없는 알코올을 따르더니 힘껏 젓는다.

"레오나르도." 내가 이렇게 그의 이름을 제대로 부른 적은 거의 없다. 나는 제정신이 아니다. 하지만 자제를 한다. "이제 그만 날 조롱해." 나는 주먹으로 조리대를 친다. "이건 나하고 당신 문제야. 미친 우리들 문제라고. 왜 필리포를 끌어들여야 했지?"

"엘레나, 진정해. 혹시 내가 우리 관계를 그에게 얘기할 거라고 생각한다면 아니야. 맹세할 수 있어." 그가 칵테일 잔 두 개를 들고 내 쪽으로 오면서 말한다. 진지한 눈으로 나를 본다. 그에게는 내가 잘못 생각했다는 느낌이 들게 하는 유해한 능력이 있어서, 방금 내가 의미 없는 이야기를 꾸며내 그를 부당하게 비난한 것 같은 기분이 든다. 그가 어린아이에게 길 안내를 하듯 내 손을 잡아서 칵테일 잔을 들려준다.

"마셔." 레오나르도가 내 잔에 자신의 잔을 부딪치며 권한다.

이렇게 뻔뻔할 정도로 자신감이 넘치는 그를 보자 좌절감을 느낀다. 그는 계속 내 말을 회피하면서 문제를 진지하게 대면하려 하지 않는다. 내 분노가 위험수위에 이른다.

"됐어, 레오나르도. 대답해봐." 잔을 부엌의 조리대에 내려놓고 되도록 어두운 표정을 지으며 그를 다그친다. "왜 필리포에게 갔는지 그 이유를 설명해."

그는 감정의 동요가 전혀 없어 보인다. 자신의 칵테일을 한 모금 마시고 음미하더니 만족스러운 표정을 짓는다. 그런 다음 나를 향해 돌아선다.

"당신이 먼저 한 가지 대답해봐." 그가 내 깊은 속을 더 자세히 들여다보려는 듯 눈을 가느스름하게 뜬다. 그의 입가의 잔주름들은 이제 수사관 같은 분위기를 만들어낸다. "왜 여기 온 거지?"

이런 반격은 예상치 못했지만 즉시 그에게 대답한다. "나와 내 애인에게서 멀어져달라고 말하려고."

그가 고개를 젓더니 다시 칵테일을 한 모금 마신다. "그게 이유가 아니야. 당신도 그걸 잘 알고 있어."

이제 그는 아주 가까이에 있다. 그의 흰 셔츠가 내 시야를 완전히 가려버리고 강렬한 그의 냄새 때문에 거의 숨도 쉴 수 없다. 그의 숨결이 내 귀를 스칠 정도로 그가 고개를 숙인다.

"분명한 건 당신이 찾아와서 기쁘다는 거야." 그러더니 레오나르도가 내 목에 살짝 키스를 한다.

나는 화들짝 놀라 뒤로 물러선다. 그가 나를 잡기 전에 그의 얼굴에 칵테일을 끼얹고 잔을 바닥에 내동댕이친다. 잠시 동안 시간이 멈춘 것 같다. 산산조각이 난 유리와 바닥에 뒹구는 과일 조각들, 그리고 칵테일이 뚝뚝 떨어지던 레오나르도의 수염과 가슴의 털이 눈에 선명하게 새겨진다. 지금까지 이런 행동을 해본 적이 없다. 아드레날린이 분비되어 혈관을 타고 흐르는 기분이다.

그가 잔을 내려놓고 천천히 자신의 얼굴을 쓰다듬는다. 이 모든 일에 이토록 태연한 그의 모습이 나를 미치게 만든다. 그를 향해 달려들어 셔츠를 잡아당기고 그의 가슴에 주먹질을 한다.

"내 인생에서 나가야 해, 내 말 알아들어? 날 그냥 내버려 둬야 해, 내 인생 이제 그만 망쳐…… 내가 결정했으니까, 이제 당신은 내가 하라는 일만 하면 돼." 위협적으로 말하고 싶었지만 거의 애원처럼 들린다. 나는 절망한다.

그는 내가 감정을 다 발산하도록 잠시 아무 대응도 하지 않고 가만히 기다린다. 그리고 잠시 후 재빠르게 내 손목을 쥐고 나를 반 바퀴 빙그르 돌게 한다. 나는 그의 품에 갇히고 만다. 그가 자기 가슴으로 내 등을 누르며 한 손으로는 내 입을 가린다. 뱀장어처럼 그에게서 벗어나보려 발버둥치지만 난 힘이 센 그의 품을 벗어나지 못한다. "쉬잇. 됐어, 엘레나. 잘 들어."

소용없다. 미친 듯이 심장이 뛰고 숨을 헉헉 내뱉으며 항복을 해야만 한다.

"당신이 여기 온 이유를 말해주지." 그가 자신의 얼굴을 내 머리에 올려놓으며 침착하게 설명한다. 한 손으로는 내 손목을 쥐고 있고 자유로운 다른 한 손은 내 허리를 따라 아래로 내려간다. 원피스 가장자리에 손이 닿자 원피스를 들어 올려 떨고 있는 내 허벅지 사이로 미끄러져 들어온다. "인정하기 싫겠지만 나에게서 멀어질 수 없어." 그의 목소리는 낮고 묵직하며 알코올과 과일 냄새가 난다.

그 친숙한 접촉에 머리가 빙빙 돈다. 아랫배의 근육이 욕망으로 단단하게 수축되는 사이 레오나르도가 손으로 천천히 내 다리를 쓰다듬는다. 그러더니 그의 손가락이 내 팬티 속으로 슬며시 들어와 이미 축축해진 성기를 찾아 움직인다.

"당신이 여기 온 건 바로 이것 때문이야, 엘레나. 당신 몸은 거짓말을 하지 않아." 아무 제지 없이 그가 성기 주위에서 손가락을 움직이며 말한다.

이 모든 걸 받아들일 수 없다. 폭발적인 쾌감이 뇌까지 전달되어 내 상식과 의지력을 깨뜨려버린다. 이 손길에 저항하기가 힘들다. 따뜻하고 능숙한 이 손에. 단 한순간이면 다시 유혹에 굴복하고 말 게 분명하다. 완전히 자포자기하지 않으려면 초인적인 노력이 필요하고 내게 남아 있는 최소한의 자존심을 끌어모아야만 한다. 있는 힘을 다해 그의 품에서, 그의 손에서 자유로워진다. 따귀를 때리려는 찰나 그가 재빨리 내 손목을 잡는다.

"내 말이 거짓말이라고 해봐." 그가 더욱 위험하게 다가오며 그 뻔뻔한 검은 눈으로 내게 도전한다.

거짓말이다. 아니 어쩌면 아닐지도 모른다. 하지만 그런 건 중요하지 않다. 중요한 건 그가 여기서 내게 이럴 권리가 없다는 사실이다.

나는 내 안의 부정적인 생각들과 미움, 실망, 이 남자로 인해 내가 느꼈던 분노를 모두 끌어모은다. 그리고 마침내 말할 수 있다. "지옥에나 떨어져버려, 레오나르도." 그의 손을 제치며 그의 얼굴에 대고 퍼붓는다.

한걸음 물러나서 괴롭지만 단호하게, 어떻게 보면 자유로운 기분으로 그의 눈을 응시한다. 두 팔을 옆으로 축 늘어뜨린 채 내 입에서 나왔던 마지막 말을 속으로 되풀이한다. 지옥에나 떨어져버려. 이제 됐다. 이제 내가 선택한다. 그에게 아직 어떤 감정을 느끼든, 그게 향수든 매력이든 혹은 고통스러운 욕망이든 중요하지 않다. 이제 그 어떤 것도 중요하지 않다.

이제 오로지 필리포만, 그 사람만 생각해야 한다. 정말 그를 사랑하는지 생각해봐야만 한다. 이미 오래전에 그렇다는 대답을 얻었고, 지금도 확신한다. 이렇게 진을 빼는 싸움이 사랑일 리 없으니까. 이렇게 현기증이 나고 위에 통증이 느껴지는 게 사랑일 리 없으니까. 사랑은 선택이다. 매일매일 공동의 목적을 가진 누군가에게 몰두할 수 있는 선택. 나를 행복하게 해주니까, 나는 행복이 필요하니까 사랑을 선택한다.

"끝났어, 영원히." 나는 심각하게 말한다. 그리고 그에게 등을 돌리고 그 자리를 떠난다.

내가 승리했다는 생각은 조금도 들지 않지만 지금 옳은 일을 하고 있다는 건 안다. 문까지의 거리가 한없이 멀어 보이지만 그가 제자리에 그냥 있기를, 나를 제지하지 않기를 기도하며 문으로 간다. 층계참에 이르러 계단을 내려갈 때에야 비로소 내가 잘해냈다는 걸 알아차린다. 이제 달린다. 레오나르도는 꼼짝하지 않고, 나는 안도감을 느낀다. 목에 뭔가 걸린 듯하고 눈물이 나긴 해도 훨씬 가벼워진 기분이다.

거리로 나오자마자 멀리서 오는 택시가 보인다. 여기서 가능한 한 빨리 떠나야 한다는 신호다. 주차되어 있는 두 대의 자동차 사이를 지나 인도가 시작되는 곳에 서서 팔을 흔든다. 어쩌면 레오나르도가 테라스에서 날 지켜보고 있을지도 모른다. 그렇다 해도 고개를 들면 안 된다. 이건 용기 있는 행동이며 내 자신을 존중하는 문제다.

기적적으로 택시가 선다. 문을 열고 뒷좌석에 얼른 몸을 숨긴다. 용기를 내려고 택시기사에게 미소를 지어 보이지만 갑자기 시야가 뿌예져서 눈을 깜빡이고 침을 삼키며 눈물을 참는다.

"산 루이지 데이 프란체시 성당이요." 나는 겨우겨우 나오는 목소리로 말한다.

좌석에 힘없이 앉았다가 실수를 한다. 절대 해서는 안 될 실수를. 뒤를 돌아보고 만 것이다. 레오나르도가 다시 거기, 테라스에 서서 아래를 내려다보고 있다. 차창을 통해 그가 보이고 내 눈물을 대신해 빗방울들이 유리창을 따라 흘러내리기 시작한다.

자동차가 가야 할 방향으로, 내 욕망과 정반대 방향으로 움직이기 시작한다. 나는 내 삶으로 돌아가고 있다. 가슴이 텅 빈 것 같지만 이번에는 뒤돌아보지 않는다. 레오나르도는 이제 멀리 있는 작은 점일 뿐이다. 곧 그것도 보이지 않겠지.

필리포와 나는 방금 일어나서 아침 식사를 준비하는 중
이다. 열어놓은 창문으로 7월의 햇살이 스며들어와 빛과 열
기로 부엌을 흠뻑 적신다. 평범한 하루를 함께 시작하는 평
범한 커플의 모습이다. 필리포는 평상시대로 뜨겁고 쓴 에스
프레소를 마시고 나는 변함없이 아유르베다 허브 찻잔을 들
고 있다. 그가 아이패드로 건축 사이트를 서핑하는 동안 나
는 『코리에레 델라 세라』지를 뒤적인다. 신문을 활짝 펴니 식
탁 반을 차지한다. 필리포는 작업현장으로 가기 위해 깔끔하
게 차려 입었고 나는 아직 반바지에 민소매 티셔츠 차림이다.
머리도 헝클어져 있고 다크서클도 내려와 있다.

어디 하나 어긋난 데 없이 규칙적이다. 가정적인 삶에서
누릴 수 있는 평범한 순간이다. 적어도 밖에서 보기에는.

레오나르도의 집에 가서 영원히 끝났다고 말한 그날 이
후로 몇 주가 지났다. 이제 나는 회복기 환자 같은 기분이다.
아무 탈 없이 여기 있지만 아직은 허약해서 레오나르도의 품

에 다시 안길 위험으로부터 나를 보호해야만 한다. 잘 알고 있다. 그날 오후의 순간순간들을 하나씩 다시 떠올려본다. 바닥에 산산조각 난 술잔부터 택시를 타고 급히 빠져나오던 순간까지를. 백 년은 흐른 듯하다. 레오나르도는 멀리 있다. 이제 존재하지 않고, 내 인생 밖에 있다. 그는 나를 다시 찾지 않을 것이다. 산 루이지 데이 프란체시 성당이나 다른 어느 곳으로든 나를 찾아오지 않겠지.

이제 진짜 문제는 필리포다. 레오나르도를 생생하게 떠올리게 하는 사람이 바로 그다. 그는 거의 매일 새로운 작업 이야기를 할 때면 레오나르도 이야기를 한다. 화가 나서 죽을 정도로 세부적인 문제들을 상세하게 설명한다. 나는 견딜 수가 없다. 그의 이름만 들어도 몸이 떨린다. 필리포에게 이야기하지 말라고, 그가 열정적으로 일하고 있는 빌어먹을 재건축 이야기는 금지라고 말하고 싶다. 하지만 그러기는커녕 관심을 보이며 듣는 척한다.

지금처럼.

"오늘은 작업이 어느 정도 진행됐는지 확인하러 공사현장에 들러야 해." 그가 꿀병에 티스푼을 넣으며 말한다. "이렇게만 계속하면 기한 내에 끝낼 것 같은데……."

"다들 훌륭하네." 나는 신문에서 눈을 떼지 않는다.

"정말 계획대로 잘 진행되고 있어." 필리포가 계속 말한다. 자신이 좋아하는 작업 이야기를 할 때면 항상 그렇듯이 그의 얼굴이 환하다. "벨트 컨베이어들을 살려두고 장식으로 사용하기로 했다고 말했던가?"

맙소사, 빌어먹을 벨트 컨베이어! 그중 하나에 누워 있었던 순간을 생각만 해도 기분이 좋지 않다. 그 영상을 당장 지워버려야 한다.

필리포는 자신이 말하는 물건들이 실제 눈앞에 보이기라도 하듯 허공을 바라보며 계속 말한다. 내가 자기 말을 듣든 말든 별로 개의치 않는다. "어쨌든 그 공장에서 제일 멋진 건 햇빛이야."

"맞아. 강 쪽으로 창문이 나 있지." 내가 무심코 말해버린다. 혀를 깨물어보지만 이미 늦었다. 다행히 필리포가 내 말을 그리 주의 깊게 듣지 않아서 내 실수를 알아차리지 못한다. 그는 내가 그 공장에 갔었다는 걸 전혀 알 길이 없다.

"청동 창틀은 그대로 뒀는데 유리에 기하학적 무늬를 넣어볼까 해." 그는 머리를 긁적이며 흡족한 표정을 짓는다.

됐어, 필. 이제 더 이상 참을 수가 없어! 네 수다에서 살아남지 못할 것 같아. 그가 말을 하는 동안 나는 스포츠면의 제목으로, 특히 나를 도와줄 만한 뉴스로 눈을 돌린다. 다른 곳으로 화제를 돌려보려 한다.

"이것 좀 봐, 여기 좀 봐!" 내가 과장해서 소리친다. "가이아 예상이 맞았어!"

필리포가 고개를 젓는다. "무슨 말이야?"

"벨로티가 투르 드 프랑스(프랑스에서 매년 7월 3주 동안 열리는 세계 프로 사이클 대회—옮긴이)에서 우승했어." 나는 신문을 들고 벨로티의 사진이 실린 기사를 가리킨다. 사진에서 그는 샹젤리제를 배경으로 의기양양한 모습이다. 내 친구가 옳았다고 인정해야만 한다. 벨로티의 눈이 무슨 색인지도 모르지만 객관적으로 멋진 남자다. 상당히 매력적이고 일종의 카리스마가 있다. 한 손은 가슴께에 주먹을 쥐고 다른 한 팔은 진짜 챔피언처럼 하늘을 향해 쳐들었다.

"그 유명한 바람둥이 사이클 선수야?" 필리포가 묻는다.

"맞아. 그래도 가이아는 이 사람 정신 차리게 할 수 있다는 기대를 버리지 않는다니까."

"그럼 사귀는 거야?"

"세상에, 그걸 사귄다고 할 수나 있을까." 내가 허공을 올려다본다. "이 사람은 훈련이다 시합이다 맨날 돌아다니고 가이아는 집에서 전쟁 나간 군인 기다리듯 사진만 보면서 기다리고 있어."

"정말? 믿어지지 않아!" 필리포가 크게 웃음을 터뜨린다.

"맹세하건대 진짜야. 벨로티라는 이 남자는 지금 가이아에게 고통을 주고 있어. 그렇게 누군가에게 열중해 있고 순종적인 가이아는 지금까지 본 적이 없어. 이 사람이 그걸 원하나 봐, 이것도 가이아가 한 말이야. 그러면서도 자기에게서 떨어져 있으라고 명령하는 거지." 나는 가이아 이야기를 다시 생각하며 웃는다. "어떤 사람인지 알아?" 내가 장난스럽게 윙크를 한다. "딱 하룻밤만 뜨겁게 보내도 한 달간의 훈련 결과가 위태로워진대!"

"그러니까 가이아는 지금 금욕생활 중인 거네?" 그가 눈을 동그랗게 뜨며 재미있어한다.

"맞아. 걔가 그렇게 오래 남자와 안 잔 건 본 적이 없어." 내가 설명하는 사이 필리포가 내 옆에 앉아 기사를 훑어본다. "벨로티가 가이아에게 온갖 약속을 다 한 것 같아……. 어쨌든, 우승했잖아. 우승하지 못했으면 얼마나 괴로웠겠어, 생각해봐."

그가 내 어깨를 쓰다듬다가 손가락으로 내 맨살을 살짝 어루만진다. 그러더니 목에 키스를 하고 민감한 내 목덜미를 혀로 애무한다. 필리포는 여름에 더 자주 몸이 달아오른다. 최근에는 아침에도 종종 관계를 하곤 한다.

"어떻게 하려고?" 내가 신음하며 묻는다. 이런 식으로 계속 키스를 하면 나는 금방 무방비 상태가 될 것이다.

"아무것도 아냐, 비비. 괜찮아졌어." 그가 내 귀에 대고 속삭인다. 그러더니 일어서서 협박하듯 나를 본다. "내가 지각할 것 같아서 그냥 놔두는 거야. 퇴근하고 다시 얘기하자." 그가 한숨을 쉰다.

"난 여기서 얌전히 기다릴게." 나는 민소매 티셔츠의 어깨 부분을 만지며 애써 태연하게 말한다.

필리포가 노트북이 든 가방을 놓아둔 소파 쪽으로 간다. 가방을 들어 어깨에 멘 뒤 두어 걸음 가다가 거실 한가운데서 멈춘다. "아, 깜빡했네." 그가 말한다. "우리 내일 저녁 식사 초대받아서 카스텔리에 가야 해. 사무실 식구들 다 갈 거야."

"카스텔리라고?" 거기가 로마 밖이라는 것 말고는 자세히 모른다.

"응. 리날디의 여름 별장에 가는 거야." 그는 마치 자기 아버지 이야기라도 하듯 다정한 말투로 대답한다. "브라치아노 호숫가에 별장이 있어. 환상적이라고들 하더라."

에토레 리날디는 필리포가 일하는 사무실 대표다. 그를 딱 한 번 본 적이 있는데, 여러 가지 일에 관여되어 있는 거물, 항상 사람들과 접촉하고 홍보에 매우 유능한 사람 같은 인상을 받았다. 몸무게가 백 킬로그램 가까이 나가고 약간 통풍도 있어서 사교계에 나가기에 이상적인 신체는 아니지만 그렇게 세련되지 않았다는 사실이 그에게 전혀 나쁜 영향을 주지 않는 듯하다. 어쨌든 호숫가에서 저녁 식사를 한다고 생각하니 기쁘다. 멋진 곳일 게 분명하다.

"멋진 초대네!" 내가 탄성을 지른다.

필리포가 내게 다가와 키스를 한다. 나도 그에 답을 하고 평소보다 몇 초 더 입술을 떼지 않는다.

"괜찮아?" 떨어지지 않으려는 내게서 그가 입술을 떼며 묻는다.

"응." 내가 미소로 대답한다.

필리포의 가장 멋진 면은 이런 거다. 그와 함께 있으면 최소한 모든 게 항상 괜찮다.

저녁에 알레시오가 우리를 데리고 가려고 들렀다. 사실, 훌륭한 베네치아인인 필리포는 보트는 능숙하게 운전하지만 아직 자동차 면허증은 없다. 내 면허는 오로지 아버지의 강요에 의해 취득한 것이다. 아버지는 내가 고등학교 졸업시험을 치른 다음 날 운전학원 문제집을 내 앞에 던지며 명령하셨다. "두 달 안으로 따야 한다." 오늘 같은 때는 고등학교 친구들과 그 유명한 스페인 이비사 섬에서의 휴가를 포기한 게 후회된다. 고마워요, 아빠. 그렇다, 무더웠던 그 여름에 운전면허증을 따기는 했지만 아직까지 큰 필요는 없다. 나는 메르세데스 GLK 뒷좌석에 앉아서 이런 생각을 하는 중이다.

"차오, 엘레나. 반가워!" 플라비아가 내가 앉을 자리를 만들어주며 초음파 같은 목소리로 유쾌하게 말한다. 그녀는 앞자리를 필리포에게 양보했는데, 그는 벌써 알레시오와 함께 스마트 홈 설비와 비품 이야기에 열중하고 있다.

"차오, 플라비아." 우리는 두 뺨에 입을 맞춘다. 릴리 그루버(이탈리아의 언론인—옮긴이) 같은 화장과 헤어스타일에, 몸에 딱 붙는 정장을 입은 걸로 봐서 텔레노르바 스튜디오에서 막 나오는 길인 게 틀림없다. 반면 나는 청바지에 가죽 플립플롭을 신고 있어서 그녀와 비교하면 거지 같다. 그렇기는 해도 필리포가 외출 준비를 할 때 '가볍게' 입으라고 분명히 말했다.

"멋져요." 내가 그녀에게 말한다.

"오, 고마워요." 그녀가 진하게 립스틱을 바른 입술 사이로 새하얀 이를 드러내며 웃는다. "항상 너무 친절하다니까."

"어제저녁 뉴스에 나온 거 봤어요." 사실은 이 채널 저 채널 돌리다가 갑자기 나타난 그녀의 화려한 상체는 키치(kitsch)한 영상 같았다.

"다 잊어줘요." 그녀는 실망한 표정으로 허공에서 손을 젓는다. "있죠, 난 토크쇼와 가십 프로들을 주로 해왔거든요. 뉴스는 약간 생소해요."

"그래도 정말 잘하고 있잖아요!" 사실이다. 어제 잠깐 보긴 했지만 그녀에 대해 가지고 있던 내 생각을 바꾸게 되었다. 화면에 비친 그녀의 모습은 자연스러웠고 말은 유창했다. 텔레비전 카메라가 나를 비춘다면 나는 식은땀부터 흘리면서 말 한마디도 제대로 못할 텐데 말이다.

"범죄사건을 보도해야 할 때 어떻게 전달해야 할지 모르겠어요." 그녀가 괴로운 듯 고개를 젓는다. "아마 그러고 나서 금방 바비큐 축제 소식을 전해야 할지도 몰라요."

우리는 같이 웃는다. 차창 밖을 바라보니 어느새 우리는 호숫가를 따라 달리고 있다. 눈앞에 끝없이 넓은 청록색 호수가 펼쳐지는데, 흐릿한 불빛들 때문에 가장자리가 푸르스름해 보인다.

"플라, 어딘지 기억해?" 안절부절못하던 알레시오가 백미러로 플라비아를 보며 묻는다. 목의 힘줄은 불거져 있고 선탠으로 검게 그은 얼굴 표정은 황소 같다.

"살리치 가." 그녀가 투덜거리듯 말한다.

"응, 내 기억에도 살리치 가였던 것 같아." 그가 내비게이션 위에서 손가락을 움직인다. "그런데 왜 안 나타나냐고!"

"잠깐만, 천천히 가." 필리포가 아이폰으로 위성지도를 확인하면서 속도를 늦추라는 신호를 한다. "거의 다 온 것 같아. 백 미터 정도 직진. 됐어……. 여기서 우회전."

"아 그래, 여기야!" 알레시오가 소리를 지르더니 계기판을 주먹으로 친다. "이 바보 같은 내비게이션 업데이트해야 해." 그러고는 필리포의 어깨를 툭 친다. "어쨌든 고마워." 알레시오는 웅얼거리더니 벌써 길을 점령해버린 화려한 자동차 뒤로 가서 주차를 한다.

알레시오가 초인종을 누르자 버뮤다팬츠에 반팔 남방을 입은 리날디가 입구의 철책문까지 직접 느릿느릿 걸어나와 우리를 맞이한다. 그는 배가 불룩하고 이마에서는 땀이 몇 방울 흘러내린다. 그런 차림의 리날디를 보자 훨씬 편안해진다. 볼품없는 차림으로 손꼽힐 만한 누군가가 내 앞에 있으니까.

"잘 왔어요." 그가 큰 소리로 우리에게 인사한다. 살이 많은 두 뺨에 유쾌함이 묻어난다.

필리포가 집에서 가져온 포도주 한 병을 그에게 내민다. 몇 년 전 브루노 삼촌에게 선물 받은 최고급 바르돌리노다.

"훌륭해!" 리날디가 감탄한다. "이거 정말 고맙군." 그는 이렇게 말하고는 포도주 상표를 다시 보면서 만족스럽게 웃는다.

그의 안내를 따라 우리는 횃불들로 장식된 넓은 정원을 가로질러 호숫가 앞의 주랑에 도착한다. 손님들은 모두 그곳에 모여 있다. 이런 매혹적인 장소에 오게 되다니 정말 행복하다. 필리포와 나는 서로 공범자 같은 눈길을 주고받는다. 별장의 잔디밭이 호숫가 쪽으로 비스듬히 이어져서 호수와 거의 뒤섞인 것처럼 보인다. 우리는 숨이 막힐 듯 아름다운 자연에 둘러싸여 있다.

호수 건너편에서는 마을의 불빛들이 반짝이고 방금 하늘에 뜬 달이 물 위에 은빛 오솔길을 만들며 배 두 척이 정박되어 있는 부두를 비춘다. 백조 두 마리가 먹이를 찾아 소리 없이 호숫가로 다가간다. 모든 게 마법 같고 시간을 초월한 듯해서 나는 마치 처음 보는 예술작품 앞에서처럼 입을 다물 수가 없다.

사람들 속에서 조반니와 이자벨라가 언뜻 보인다. 리날디와 이야기를 나누는 필리포를 놔둔 채 그들에게 다가가서 인사를 한다. 정원의 불빛 아래에서 보니 조반니는 더 마른 것 같은 반면 이자벨라는 청바지와 민소매 티셔츠 차림인데도 늘 그렇듯이 눈부시게 아름답다. 그녀 역시 나와 같은 스타일이다……. 다행이다! 이자벨라는 그녀의 사랑스러운 퍼그 종 강아지 소크라테스를 데려왔다. 그런데 소크라테스가 지금 플라비아의 복사뼈를 물려고 하는 걸로 보아 그녀에게 화가 난 게 틀림없다. 거기서 조금 떨어진 곳에서 로마 중산층의 능력 있는 미혼남, 리카르도가 보인다. 이번에는 바비인형 같은 여자와 동행했다.

나는 몸을 숙여 소크라테스를 쓰다듬는다. 주름이 자글자글하고 납작한 검은 주둥이가 매력적이다. 자기가 어떻게 해야 사랑받는지를 지나치게 잘 알고 있다. 갑자기 내 등 뒤쪽, 저 멀리서 익숙한 목소리가 들려온다. 일어서서 돌아보는데, 그 순간 갑자기 혈압이 내려간다. 레오나르도가 여기, 동업자로 보이는 남자와 함께 있다. 나는 재빨리 다른 쪽으로 몸을 돌리며 그가 나를 보지 못했기만을 하늘에 빈다. 대체 그가 왜 여기 있단 말인가? 건축사무실 직원들끼리의 저녁 식사라고 생각했지 고객들까지 올 줄 몰랐다. 갑자기 기절하는 척해서 당장 여기서 실려 나가고 싶다. 사실 지금 그렇게 하는 게 별로 힘들지도 않을 것 같지만, 별 도움이 안 될까 봐 그게 두렵다.

실제로 잠시 후 레오나르도가 자기 친구를 놔두고 내게 와서 인사를 한다. "안녕하세요, 엘레나." 정말 연기의 거장이다. 구리빛으로 탄 얼굴에 미소가 환히 빛난다. 검은 눈도. 입가의 잔주름 때문에 정신을 잃을 것 같다. 그의 두 눈은 너무 크다. 그리고 숱 많은 윗눈썹과 육감적인 그 입. 빌어먹을 정도로 섹시하다. 하지만 그걸 인정하기가 죽어도 싫다.

"안녕하세요." 나는 그를 매섭게 쳐다본다. "당신도 여기 오신 건가요?" 이번에는 술잔 하나만으로는 부족할 듯하다. 샴페인 잔들이 빼곡하게 놓인 테이블 전체를 집어던지고 싶다.

"맞아요." 그가 어깨를 으쓱하며 뻔뻔하게 웃는다. "예상대로 다시 만나는군." 잠시 후 그가 내게 속삭인다.

"물론 내 뜻은 아니야." 나도 낮게 받아친다. 마음 깊은 곳에서 분노가 되살아나서 두 뺨이 빨갛게 달아오른다. 다만 곧 필리포가 와서 말투를 부드럽게 하고 내 안에서 점점 커지는 사악한 마음을 진정시킨다.

필리포가 반짝이는 미소를 지으며 인사한다. "반가워요, 셰프님." 그가 고개를 까딱하며 말한다.

"반갑습니다, 건축가님." 레오나르도도 똑같이 말한다.

"오늘 현장에 가봤나요?" 필리포가 자랑스러운 기색으로 묻는다. 두 사람이 공사를 화제로 삼는 건 당연하지만 아니에네 강가의 그 공장은 내겐 끔찍한 악몽이 되어간다!

"네, 전부 완벽해 보였어요." 레오나르도가 필리포에게 아부를 한다. "두 분 시장하지 않으세요?" 그가 곧 이렇게 물으며 화제를 바꾼다. 아마 내가 하늘을 올려다보는 걸 눈치챈 듯하다. "리날디 때문에 벌써 바비큐에 투입되었다 왔어요. 농어도 환상적입니다."

"빨리 맛보고 싶은데요." 필리포가 크게 말한다. 그에게는 모든 게 너무나 정상적이다.

"그러세요. 그럼 난 이만." 레오나르도가 돌아서서 응회암으로 만든 바비큐 그릴 쪽을 바라본다. 리카르도가 거기서 불을 잘 다루지 못해 절절매고 있다. "가서 도와줘야겠어요." 그가 우리 쪽으로 윙크를 하며 말한다.

우리는 그릴을 향해 멀어져가는, 엉덩이에 딱 맞는 찢어진 청바지를 입은 그를 본다. 아니 적어도 나는 바로 그를 보고 있다. 필리포가 내 쪽으로 돌아서서 나도 얼른 눈길을 돌린다.

모여 있던 사람들이 정원으로 흩어져 정자 아래로 가거나 여기저기 놓인 해변용 긴 의자나 간이침대로 가는 사이, 레오나르도는 벌건 숯을 뒤적이고 화가 같은 손놀림을 보여주며 기름에 적신 로즈마리 잔가지로 석쇠들을 살살 닦는다. 셔츠 단추도 몇 개 풀었고 소매도 걷어 올렸다. 그쪽은 무시무시하게 더운 게 틀림없다. 땀이 나는지 늘 사용하는 그 하얀 띠를 꺼내 머리에 묶었다. 나는 여기, 이자벨라 옆의 간이

침대에 앉아 그를 보고 있다. 소크라테스가 내 다리 사이에서 꼬리를 흔든다.

지나칠 정도로 자신 있는 동작으로 새우와 오징어를 이리저리 뒤집고 그것들을 개인용 접시에 우아하게 올린 뒤 연금술사처럼 소스를 끼얹는 그를 본다. 그렇게 남성적이고 건장한 사람이 그토록 섬세하고 정확하게 손을 놀린다는 게 특히 놀랍다.

그를 내 손으로 죽여버리고 싶을 정도로 소름끼치게 아름답다. 사실 그를 증오하지만 내 모든 것을 걸고, 아니 내 의지와 정반대로 그를 갈망하기도 한다.

"멋진 저녁이에요." 이자벨라가 말한다. "여기 처음 와봐요. 천국이 따로 없네요! 리날디가 만반의 준비를 해놨고요."

"맞아요. 우리 남자친구들을 노예로 부려먹으려고 말이죠……." 우리는 동의하는 듯한 미소를 주고받는다. 그러자 소크라테스가 이빨을 드러내고 으르렁거리더니 간이침대의 플라스틱 다리를 물어뜯기 시작한다.

"심술쟁이!" 이자벨라가 목줄을 잡고 야단을 친다. "하지 말랬지! 못됐어!"

내가 웃는다. "배고픈가 봐요."

"사실은 그래요."

내가 소크라테스의 주둥이를 잡고 속삭인다. "소크라테스, 저 아저씨한테 가봐. 먹을 걸 줄 거야." 나는 레오나르도 쪽으로 소크라테스를 민다. '가서 다리도 한번 꽉 물어줘'라고 속으로 바라면서. 아마 개들은 인간의 생각을 읽을 줄 알 것이다.

"아, 얘는 깡통에 든 자기 사료 이외에는 안 먹어요." 이자벨라가 말한다.

"그럼 우리의 셰프님께서 소크라테스에게 해줄 게 아무것도 없네요." 내 목소리에서 빈정거림이 뚝뚝 떨어진다.

실제로 잔디밭의 중간 정도까지 달려갔던 소크라테스가 방향을 바꿔 다시 플라비아의 복사뼈를 공격하고 이제 그녀도 짜증스러운 표정을 노골적으로 드러낸다.

레오나르도가 바비큐 그릴을 떠나 조금 떨어진 곳에 있는 대리석 조리대로 자리를 옮긴다. 구울 가지 중앙에 살인자처럼 정확히 칼을 집어넣어 그것을 자른다. 그리고 나서는 배를 가른 농어를 손가락으로 부드럽게 벌려서 허브로 속을 채운다. 그 손가락을 잘 알고 있다. 그것이 몸에서 어떻게 움직이는지를.

록 가수 같은 분위기에 몹시 마른 검은 머리 여자가 그에게 다가가 아양을 떤다. 머리는 언밸런스하게 커트했고 팔목에는 몇 킬로는 되어 보이는 팔찌들을 찼다. 두 사람이 무슨 이야기를 하는지는 모르지만 그녀가 그를 유혹하는 건 분명하다. 그리고 레오나르도는 그녀가 하는 대로 놔두는 것 같다. 그들에게서 눈을 뗄 수가 없고 그러는 사이 속이 뒤틀린다.

갑자기 레오나르도가 눈을 들더니 그 거만하고 뻔뻔한 눈으로 도전하듯 나를 본다. 이 모든 게 어리석기만 하고 견딜 수가 없다. 여기서 일어나서 멀리, 저 호수 속으로라도 사라져버리고 싶지만 내가 할 수 있는 일이라고는 다른 쪽으로 몸을 돌리고 그를 무시하는 것뿐이다. 여러 감정의 마그마가 내 마음속에서 끓어오르는 동안 분노는 내 살 속으로 슬금슬금 퍼지는 욕망과 위험하게 뒤섞인다.

저녁 식사를 하는 동안 손님들이 모두 '셰프'에게 감사 인사를 한다. 건배를 드는 사이사이로 칭찬과 아부의 말들이 끊이지 않고 이어진다. 여기저기에 값비싼 포도주 빈 병들이 흩어져 있고 모두들 상당히 취한 것 같다. 절대 흐트러진 모습을 보이지 않는 필리포조차 눈을 반짝이며 실없이 웃고 있다. 나만 빼고 모두 취했다. 그럴 만한 이유가 없는데도 오늘 밤은 취하고 싶지 않다.

리카르도가 디제이에게—그렇다, 디제이까지 있다—핑크 플로이드의 〈Another Brick in the Wall〉을 틀어달라고 청하자 여자들이 춤을 추기 시작했고 남자들은 비틀거리며 잔디밭에서 몸을 들썩인다. 모두 정원으로 달려가서 순식간에 한 덩어리가 되어 한 몸으로 움직인다. 완전히 취해버린 리날디가 한껏 들뜬 사람들 속으로 나를 끌어들이더니 아무렇게나 춤을 추어대는데 동작이 굼뜨다. 음악에 따라 흔들리는 푸딩 같다. 웃음을 참으며 그를 따라 몇 번 스텝을 밟는 시늉을 한다. 그리 멀리 떨어지지 않은 곳에서 레오나르도 가 그 검은 머리 여자와 춤을 추고 있는 게 보인다. 그와 눈 이 마주치자 나는 거구인 리날디 뒤에 숨어야 한다는 생각 이 든다. 그러다가 꼴사납게 행동하지 말자고 스스로 되뇌는 데 사실 자신은 없다.

사방이 훈훈한 분위기여서 리카르도의 바비인형은 이 기회를 이용해 스트립쇼 흉내를 내기로 하고 수술한 가슴에 딱 달라붙은 젖은 티셔츠를 아무 거리낌 없이 들어 올려 남 성 손님들의 환호를 이끌어낸다.

플라비아가 즉시 따라 한다. 이 파티에서 실리콘의 여왕 은 바로 그녀라는 걸 모르는 사람은 아마 없을 게 분명하다. 한 사람 한 사람, 초대객들이 티셔츠와 남방을 벗는다.

이제 파티는 되돌릴 수 없는 방향으로 가고 있다. 여기 서 어떻게 빠져나갈지 모르겠다. 스피커에서는 음악이 계속 쾅쾅 울려 퍼지고 반라의 몸들이 거리낌 없이 흐느적거리며 춤을 춘다. 맨발로 잔디를 밟으며 두 팔을 달을 향해 벌린다. 갑자기 리카르도가 호수에서 수영을 하자고 제안한다. "모두 누드로!" 그가 소리친다. 그러고는 옷을 벗은 뒤 호숫가를 달 려서 물에 뛰어든다. 다른 사람들이 차례로 그를 따른다. 비 틀거리며 숨을 헐떡이다가 소크라테스 옆에 쓰러진 리날디 만 빼놓고. 나도 리날디 흉내를 내고 싶지만 필리포가 와서 내 손을 잡는다. 나는 싫다고 했지만 그가 나를 들어 올려 호 숫가로 데려간다.

"5초 줄 테니 옷 벗어, 안 그러면 이대로 호수에 던져버 린다." 필리포가 나를 협박한다.

마침내 항복하고 청바지와 셔츠를 벗어 이제 다른 사람 들과 똑같이 속옷 차림이 된다. 천재적인 직감으로 나오기 바로 전에 브래지어와 팬티를 세트로 입은 게 천만다행이다. 필리포와 레오나르도가 동시에 나를 볼 수도 있다고 생각하 니 소름이 끼친다. 필리포가 내 손을 잡더니, 물속에서 파티 를 계속하는 사람들에게로 끌고 간다.

호수는 항상 잔잔하다고들 한다. 하지만 그렇지 않다. 이 호수는 잔잔하지도 부드럽지도 않다. 욕망으로 더럽혀 물 결이 일렁인다. 필리포가 장난으로 내게 물을 튀기더니 두 팔 을 내 허리에 두르고 뒤에서 나를 들어 올리며 내 목에 키스 를 한다. 목에서 느껴지는 쾌감이 등을 타고 아래로 흘러내 리다가 다리 사이에서 둥지를 찾는다. 우리와 1미터가량 떨 어진 곳에 불안정하고 상어처럼 위험한 레오나르도가 있다. 순간이지만 다시 우리의 눈이 마주치고, 깊은 곳에서 일렁이 는 호수의 물이 같은 곳에 잠겨 있는 우리 몸을 연결한다.

참을 수 없는 성적 에너지가 내 몸을 관통한다. 당장 이 혼탁한 호수에서 나가야 한다.

"나가서 몸 좀 말릴게. 미안, 조금 추워서." 나는 필리포

의 품에서 빠져나와 레오나르도의 시선을 무시하고 호숫가
로 달려나간다.

어둡다. 깊은 어둠 속에 몸을 숨길 수 있어서 안심이 된
다. 아직 물속에 있는 사람들도 있고 호숫가로 나온 사람도
있다. 몇몇 사람들이 모닥불을 피우는 중이다.

밖으로 나오니 상당히 춥다. 나는 호숫가에 벗어놓은 내
옷을 챙기고 수북하게 쌓아놓은 수건더미에서 수건을 하나
집어 몸에 두른다. 화산암으로 포장한 길에 박힌 조그만 노
란 전등을 따라서 맨발로 별장의 부속건물로 이어지는 좁
은 가로수 길을 지난다. 나무문을 밀고 안으로 들어간다. 방
안에는 몸을 따뜻하게 해줄 정도의 온기가 있다. 방 한가운
데의 오래된 가죽 소파 근처에 놓인 정교한 디자인의 스탠드
등에서 따스한 주황색 불빛이 벽으로 반사된다. 구석의 가
습분수대에서는 미세한 수증기가 공기 중으로 연기처럼 흩
어지며 기분 좋은 소나무향을 발산한다.

옷들을 현대적인 디자인의—필리포라면 누가 디자인한
의자인지 금방 알았으리라—의자에 걸쳐놓고 한 면을 다 차
지한 거울로 다가간다. 젖은 속옷을 벗고 수건을 몸에 둘러
가슴 부근에서 묶으니 마치 짧은 원피스를 입은 듯하다. 얼
굴을 거울에 비춰보니 화장이 물에 완전히 지워지고 눈 화
장이 눈 밑으로 시커멓게 번졌다. 양손으로 지워보려 하지만

아무 소용이 없다. 판다처럼 보이는 수밖에 도리가 없다. 몇 발짝 뒤로 물러서서 고개를 숙이고 머리를 흔들어 털자 하얀 대리석 바닥에 물이 떨어져 호수가 된다. 그런 다음 고개를 휙 들어 머리카락을 뒤로 넘겨버린다. 정말 어떻게 정리할 수가 없다! 머리는 벌써 어깨 밑으로 상당히 내려와 애매한 길이가 되어버렸다. 마음에 들지 않는다. 다음 주에는 미용실로 달려가야겠다.

제멋대로인 젖은 머리카락들을 손가락으로 대충 정리하고 있을 때 등 뒤에서 둔탁한 소리가 들린다. 누군가 문을 열었다.

수건을 꼭 쥐고 뒤를 돌아보는 순간 다리가 후들거린다. 레오나르도다. 마치 악령 같은 그가 나를 쳐다본다. 그의 눈은 흐릿하고 머리와 수염은 물에 흠뻑 젖었으며 물에 젖은 몸에 팬티가 딱 달라붙어 있다.

심장이 밖으로 터져 나올까 두려워 나는 아무 말도 할 수가 없고 입을 열 수도 없다.

"차오, 엘레나." 그가 문에 기대서 한 손을 뒤로 뻗어 문의 자물쇠를 돌려 잠근다.

나는 고개를 저으며 재빨리 뒤로 몇 발짝 물러선다. "당장 나가." 내가 단호하게 명령한다. 정말 그가 나가주길 원하지만 그에게서 눈을 떼지 못한다. 그는 정신을 잃을 정도로 섹시하다. "당장 나가." 다시 힘을 모아 같은 말을 해본다.

"안 그러면 소리 지를 거야."

"그래, 어디 한번 소리 질러봐." 그가 가까이 다가와 나와 그 사이에 놓인 공간을 침범하며 현기증을 불러일으킨다.

"지난번 내가 했던 말로는 부족한가 보지?" 나는 침착한 척하며 그의 눈을 똑바로 노려본다. "내가 하려던 말은 분명히 한 것 같은데."

레오나르도는 웃으며 나의 이런 항의를 무시한다. 어느새 그가 내 허리를 잡더니 가슴에 얹은 내 손을 떼어놓는다. 수건이 가슴 위에서 살짝 느슨해지는 게 느껴진다. 제발 벗어지지 않기만을 간절히 바란다.

"아, 그럼 조금 전에는 내가 오해한 게 틀림없군그래…… 우리 서로 눈이 마주치지 않았나, 비비?"

그를 증오한다. 그는 내 인생에서 사라져야만 한다.

"당신을 본 게 아니라 당신에게 딱 붙어 있는 검은 머리 여자를 본 것뿐이야. 그 여자 헤어스타일이 마음에 들었거든." 나는 계속 빈정거림을 방패로 삼지만 그의 자신 있는 태도가 나를 압도한다. 그는 자신이 원하는 대로 내게 행동하는 능력이 있다.

"하지만 난 바로 당신을 봤는걸." 그가 내 어깨에 두 손을 얹는다. "내가 잘못 봤을 수도 있지만 당신이 눈으로 내게 뭔가를 말하고 싶어 하는 것 같던데." 이제 그의 목소리는 부드럽다.

"맞아, 지옥에나 떨어지라고 말하고 싶었어. 내 인생에서 꺼져버리라고. 특히 이 파티에서. 나는 그럴 수 없으니까." 내가 서둘러 대답했다.

그와의 접촉을 견딜 수가 없다. 능수능란한 그 손길, 내가 잘 아는 그 손에 거의 폭행을 당하는 기분이다. 그의 살이 내 팔에 점점 더 넓게 닿고 피부 속으로 그 영향이 전해지며 몸이 뜨거워진다. 나는 필리포와 섬세하고 부드러운 그의 손을 생각하지만 그를 눈앞에 떠올려본 바로 그 순간 그의 선명한 모습이 흩어져 곧 사라져버린다. 사실 레오나르도처럼 내 몸을 손으로 애무해준 사람은 아무도 없다. 그의 눈을 보자 무시무시한 전율이 등줄기를 타고 흘러내린다. 갑작스레 내 내장을 관통하는 뜨거운 욕망이, 자포자기 같은 위험한 감정이 뭔지 모르겠다. 어쩌면 너무 늦었는지도 모른다.

"당신은 일 때문에 필리포와 접촉하면서 이미 이런 생각을 하고 있었던 거지. 이런 상황을 만들 계획을 했던 거야." 내 자신이 무너져내리는 것을 의식하면서 웃는다. 본능적으로 창 쪽을 바라보다가 닫혀 있는 덧창을 보며 안도한다. "하지만 최악의 아이디어였어, 레오."

바로 그 순간 그가 내 턱을 잡더니 내 입술을 훔친다. 입술을 떼고 싶지만 불가능하다. 그를 멀리할 수가 없다. 키스를 계속하는 일 말고는 아무것도 하고 싶지 않다.

나는 망설이며 두 손을 그의 뺨에 살짝 대고 축축하고

까칠한 그의 수염을 따라 손가락을 움직인다. "내가 당신에게 어떻게 해야 하지?" 기운 없이, 무기력하게 묻는다.

레오나르도가 눈을 감고 나는 그의 머리카락을 잡는다.

"당신의 욕망을 따르기만 하면 돼." 그가 속삭인다.

갑자기 창밖의 세상이 사라진다. 다른 사람들의 목소리도, 고함도, 흥겨운 파티 소리도, 바람 소리도 더 이상 들리지 않는다. 오로지 그, 레오나르도만을 느낀다. 우리의 욕망은 선과 악을 넘어서 뜨겁게 타오른다.

우리의 혀가 서로를 찾으며 서로에게 사로잡힌다. 우리의 가쁜 호흡은 완전히 하나로 뒤섞여 깊고도 깊은 호흡이 된다.

레오나르도가 수건 자락을 들추더니 그 밑으로 두 손을 집어넣는다. 손이 재빨리 허리를 지나 엉덩이 쪽으로 미끄러진다. 그는 탐욕스럽게 두 손으로 엉덩이를 꽉 잡더니 곡선을 따라 내려와 마침내 그의 손가락이 능숙하면서도 부드럽게 살을 애무하기 시작한다. 그의 눈이 위험하게 번득인다. 욕망으로 부풀어 오른 그의 성기가, 자신을 괴롭히는 그 난폭한 욕구를 언제라도 발산할 준비가 된 그것이 느껴질 정도로 그가 나를 꽉 끌어안는다. 레오나르도가 한 손으로 자신의 성기를 쥐고 손가락 하나를 천천히 내 몸 안으로 삽입한다. 그가 내 몸 깊은 곳을 탐색하는 게 느껴진다. 그가 움직일 때마다 내 살이 떨리며 그의 현란한 손놀림이 느껴질 때마다 내 몸을 연다. 입에서는 나도 모르게 신음소리가 새어 나온다.

"지금 우리 실수하는 거야. 이러면 안 돼." 내가 중얼거린다. 이렇게 말하지만 두 팔로는 그의 몸을 껴안고 입으로는 그의 유두를 찾고 만다. 수건이 내 몸에서 흘러내려 가슴이 그대로 노출된다.

"당신은 날 원하고 있어, 엘레나. 그걸 느껴." 그가 수건을 소파로 집어던지며 속삭인다. 이제 나는 완전히 알몸이다. "나도 당신을 원해." 그가 계속 말한다. 그의 목소리가 나를 취하게 하고 그 열기가 내 몸으로 밀려든다. 레오나르도가 나를 뚫어지게 본다.

이제 난 기운이 없어 아무 말도 하지 못한다. 그가 원하는 걸 나도 원한다. 사실이다. 욕망이 내 외음부로 들어와 온몸 구석구석으로 퍼진다.

레오나르도가 나를 소파로 밀고 팬티를 내리며 내 다리 사이로 들어온다. 만족을 모르는 그의 입술이 내 입술 위로 돌진한다. 내 둔부가 말을 듣지 않고 그를 향해 간다. 사방에, 내 살에, 내 심장에 레오나르도가 있다. 그가 나를 압도해서 숨도 쉬지 못할 지경이다. 그가 혀와 손으로 나를 집어삼키고 내 몸은 그를 감싸는 것으로 그에 응답한다. 너무나도 냉혹하고 잔인한 그를 내 몸 안에서 느끼고 싶다. 그의 욕망으로 내 몸을 가득 채우고 싶다. 그를 내 몸속으로 빠져들게 하고 싶다.

막 일이 시작되려던 찰나, 밖에서 어떤 목소리가 들려 우리 둘 다 동작을 멈춘다.

"비비, 여기 있어?" 필리포다. 그가 주먹으로 문을 두드린다. 분출된 아드레날린과 공포가 뒤섞여 꼼짝할 수가 없다.

"응." 나는 떨리는 목소리를 감추려 애쓰며 대답한다. "옷 입고 있어."

레오나르도는 여전히 내 몸 위에, 거의 내게 들어오려는 채로 꼼짝하지 않고 있다. 우리의 숨결이 스친다. 겁에 질린 내가 그를 밀치고 일어선다. 반사적으로 수건을 주워 몸을 가린다.

"후식이 나오고 있어. 먹으러 갈래?" 필리포가 계속 말한다.

"금방 갈게, 자기야. 잠깐만." 이번에는 귀에 거슬리게 날카롭고 긴장한 목소리다.

머리가 어지럽다. 죄의식으로 현기증이 나고 이 현기증은 충족시키지 못한 욕망과 충돌한다. 급히 팬티를 입고 브래지어를 하고 옷을 입는다.

그사이 레오나르도는 조금도 당황하지 않고 소파에 몸을 던진다. 그가 팔베개를 하고 눈을 치켜뜬다. "비비." 그가 오만하고 무례하기 짝이 없는 얼굴로 속삭인다.

그의 뺨을 때리고 싶지만 키스를 퍼붓고 싶기도 하다.

나는 거울 앞에서 머리를 흔들다가 나에게서 눈을 떼지 않는 레오나르도와 눈이 마주친다. 돌아서서 뭔가를 말하려다가 멈춘다. 부정할 수 없는 분명한 사실 하나가 내 마음속에 자리 잡고 있다. 내가 아직도 그를 원한다는 사실이. 필리포가 밖에 없었다면 그를 끌어안고, 우리가 중단했던 그 일을 다시 시작하기 전에 그의 몸을 애무하며 그의 체취를 느끼고 그만 이 빌어먹을 욕망에서 자유로워졌을 것이다.

"거기서 꼼짝도 하지 마." 나는 문으로 가면서 그에게 명령한다.

그는 소파에 똑바로 앉아 항복의 표시로 두 팔을 든다. '가봐, 안심해도 돼'라고 말하듯 마음을 편하게 해주는 표정이다.

나는 문을 열고 곧 등 뒤로 쾅 소리가 나게 닫는다. 가로수 길의 야트막한 담장에 팔짱을 끼고 걸터앉아 있는 필리포가 보인다. 그는 한 발로 포장도로에 박힌 붉은 전등의 불빛을 사라지게 했다 나타나게 했다 장난을 치는 중이었다.

"여기야⋯⋯." 그가 일어나서 내게로 온다. "너무 안 와서 걱정했어!" 그가 부드러운 손으로 내 허리를 감싼다. 조금 전까지의 일 때문에 이런 신체접촉에 다시 적응하기가 몹시 고통스럽다.

"나 잘 알면서." 내가 바닥을 내려다본다. 그의 눈을 보며 거짓말을 하는 건 정말 못할 짓이다. "옷 갈아입는 데 한

참 걸리잖아."

기분이 좋지 않다. 내가 사랑하는 사람은 바로 필리포니까. 할 수만 있다면 기억 속으로 운석을 떨어뜨려 5분 전 일어났던 일을 모두 산산조각 내버리고 싶다. 내 몸에, 심장 주위에 아직 그 흔적이 남아 있어도.

필리포와 나는 꼭 껴안은 채 호숫가에 도착해서 다른 사람들과 함께 모닥불 곁에 앉는다. 사람들은 레오나르도가 만든 아마레토(살구씨나 아몬드씨로 만든 이탈리아 증류주로 아몬드향이 난다—옮긴이)를 넣은 케이크를 먹고 있다. 레오나르도의 특별요리 중 하나다. 나도 조금이라도 먹어보려 애쓰지만 넘어가지가 않는다. 목에 뭔가 걸린 듯 침을 삼키기도 힘든데, 그런 느낌은 잠시 후 셰프가 마치 기분 좋게 마사지라도 받고 나온 사람마냥 휘파람을 불며 나타났을 때 더 강력해진다. 그는 조금 기다렸다가 부속건물에서 나왔다. 이상한 헤어스타일의 여자가 그에게 다가가 애교를 떤다.

"이 케이크 정말 특이해요." 플라비아가 칭찬한다. "만드는 법 알고 싶어요."

"죄송한데 비밀입니다. 비밀이란 게 잘 알다시피 절대 드러나서는 안 되는 거라서요." 레오나르도가 이렇게 대답하며 내 쪽을 본다.

나는 완전히 지쳐서, 말 그대로 기운이 하나도 없어서

긴 의자에 등을 기댄다. 호수의 습기가 뼛속으로 파고들어 근육이 맥을 못 추고 항복하는 것 같다. 그저 어서 이곳을 떠나고만 싶다.

텔레파시가 통했는지 알레시오가 바닥에서 일어나 기지 개를 켜며 말한다. "뭐 하는 거야? 5시가 다 됐는걸. 가야 하지 않을까, 안 그래?"

"물론이죠, 가요!" 마지막 남은 힘을 다 끌어모아 내가 일어선다. 달이 사라지고 수평선 너머에서 동이 터오려 한다.

우리는 아침 햇살이 환히 비칠 때 로마에 도착한다. 그 햇살을 없애버리고 지저귀는 새들을 조용히 시켜 다시 밤이 되게 하고 싶다. 침묵이 찾아오게. 나는 새로운 날을 맞을 준비가 되어 있지 않다. 지금은 그저 자고만 싶다.

9

내릴 역까지 한 정거장 남았다. 오늘 아침 지하철에는 평상시보다 승객이 적어서 앉아 갈 수 있다. 몇 분 전부터 나는 객차의 화면에 등장하는 광고를 보고 있다. 로마시에서 계획한 다음 공연과 전시를 차례로 알리는 광고다. 그 광고가 지나가고 나자 파도 소리 같은 음향효과와 함께 커다란 글씨로 쓴 인용구가 나타난다. "여름만큼 아름다운 계절은 없다. 다른 계절들은 다 그 주위를 맴돌 뿐." 영화감독 엔니오 플라이아노의 말이다. 진짜야, 내가 생각한다. 여름에 불행하다는 건 용서할 수 없는 범죄다.

8월의 첫 주말로, 나는 일을 하러 가는 중이다. 도대체 어떤 힘에 의해 토요일 아침 7시에 침대에서 일어날 수 있는지 나 자신에게 묻는다. 아마도 최소한의 정신적 균형을 유지하기 위해 현실에 매달려 있기 때문일지도 모른다. 완성해야 할 복원작업이 있는 한은 내 삶에 목표가 있는 듯이 보이리라는 걸 안다.

호수에서의 파티가 있고 난 뒤, 지난 주말 필리포와 함께 베네치아에 다녀왔다. 그에게 약속한 일이었고 나는 후회하지 않았다. 필리포가 꿈꾸던 아파트를 보러 갔는데 사진으로 봤을 때보다 훨씬 더 근사해 보였다. 우리는 빈 방들을 둘러보며 상상의 나래를 폈다. 그렇게 아늑하고 환한 방에서의 삶을 상상해보았지만 아직 "좋다"는 말은 하지 않았다. 그건 중요한 결정인데, 나는 아직도 내가 그걸 원하는지 확신이 서지 않는다.

파티에서의 그 일이 있고 난 뒤 내 머릿속은 혼돈 그 자체다. 어느 순간에는 미친 듯이 필리포를 사랑하지만 또 어느 순간에는 그의 끊임없는 관심과 배려 넘치는 행동 들이 거의 짜증이 날 지경이어서 나도 모르게 즉시 그를 다른 사람과 비교하게 된다. 레오나르도 생각을 억누르려 애쓰지만 그는 한시도 내게서 떠나지 않는 질병과 같다. 잠시 잠깐도 나를 떠나지 않는 망상이 내 의지보다 훨씬 강하기 때문이다.

베네치아에서 부모님을 만났다. 몇 달 동안 로마에서 생활하면서 두 분이 많이 그리웠다. 두 분은 훨씬 젊어지시고 평안해 보였다. 특히 아버지는 기대 이상으로 퇴직 뒤의 생활을 즐기고 계신다. 전역한 로렌초 볼페 중위는 늘 뜨거운 열정을 가지고 있던 연극에 몰두하고 있다. 재능도 있는 듯해서, 절대 비밀로 하겠다는 맹세를 받은 뒤 엄마가 해준 말에 따르면 영화에 단역으로 지원도 하셨단다.

베네치아에서 주말을 보내며 가이아를 만나지 못한 게 유일하게 아쉬운 점이다. 그러나 그녀가 베네치아에 없는 이유가 충분히 납득이 된다. 그녀의 애인 사무엘이 투르 드 프랑스가 끝난 뒤 그녀를 납치하듯 데려가서, 뜨거운 낮과 밤을 보내러 몰디브로 떠났다. 드디어 사무엘은 완전히 가이아의 애인이 되기로 결심했다. 그녀가 전한 소식에 따르면 그는 상당히 섹시한 듯하다.

지상으로 올라오자마자 콜로세움을 등지고 걸어가려하는데 가방에서 휴대전화 벨 소리가 들린다. 화면에 '알 수 없음'이라고 뜬다. 누굴까? 분명 레오나르도일 거라고 생각하자 땀이 흐르기 시작한다. 순간적으로 전투적인 대화를 머릿속으로 준비하고 전화를 받는다.

"엘레나?" 가볍게 휘익 하는 소리와 함께 여자 목소리가 들려온다.

"네……." 단숨에 대답한다. 위험을 피했다.

"차오, 나 가브리엘라야." 이제 침착하고 느긋한 그 말투가 친숙한 얼굴의 윤곽과 일치되기 시작한다. 보라치니 교수다! 토요일 아침 8시 30분에 무슨 일일까?

"안녕하세요, 교수님." 나는 가능한 한 빠릿빠릿해 보이려고 애쓰며 크게 말한다.

"있지, 지금 나 기차야. 로마로 가는 중이야." 그녀가 통보한다. "여름 복원학교에서 오늘 오후에 세미나가 있어서. 오전에는 네 작업도 한번 볼 겸 해서 들러볼까 생각 중이야."

공포의 전율이 등줄기를 타고 흘러내린다. "산 루이지에 오신다는 말씀이세요?" 나는 이렇게 질문하며 너무나 분명한 메시지를 쓸데없이 다시 확인한다.

"그래, 역에 도착하자마자 바로."

"굉장해요! 정말 기뻐요. 저도 지금 그리로 가는 중이거든요." 믿기지 않을 정도로 기쁜 척하지만 아직 프레스코 벽화에서 다 완성하지 못한 부분을 생각하며 공황상태에 빠진다.

"체카렐리에게는 네가 알려줘, 부탁해." 그녀가 서둘러 전화를 끊어야 하는 사람처럼 짧게 말한다. "그럼 11시에 성당에서 만나지. 그 시간에 도착할 거야." 그녀가 정확하게 알려준다.

"알겠습니다, 교수님." 나는 전문가다운 말투로 불안감을 숨겨보려 한다. "그럼 조금 있다 뵙겠습니다."

보폭을 넓게 하고 빨간 신호등과 횡단보도를 무시하면서 기적적으로 9시를 몇 분 남겨놓고 성당에 도착한다. 땀이 비 오듯 쏟아지고 경사진 길을 10킬로 이상 달린 사람처럼 입이 바짝 마른다. 하지만 입구의 문을 지나자마자 시원하고 고요한 성당 내부가 그 효과를 발휘해 즉시 차분해진다.

파올라는 벌써 작업복을 입고 머리를 목덜미 부근에서

묶은 채 가설물 위에 올라가 있다. "오늘 아침은 정각에 왔네!"

"항상 그렇지 않았어요?" 내가 빈정거리듯 대답한다. 사실 보통 몇 분 간격으로 알람을 열 번이나 울리게 해놓는 등 필사적으로 노력해도 10시 이전에 성당에 와본 적이 없다. "손님이 올 거예요." 나는 반바지와 티셔츠 위에 재빨리 작업복을 입으며 그녀에게 알린다.

"누군데?" 파올라가 호기심을 보이며 돌아선다.

"보라치니 교수님이요." 내가 팔을 걷어 올리며 대답한다. 그러고는 세발 걸상에 앉는다. "방금 전화받았어요."

"아." 파올라는 얼굴을 살짝 찡그리며 이렇게만 말한다. "무슨 일로 오는데?"

"작업 상황을 잠깐 보고 싶다고 하시네요. 솔직히 말하면 조금 당황스러워요."

"이 복원 책임자는 나야. 네가 걱정해야 할 건 내 의견이지 보라치니 의견이 아니야." 그녀가 냉랭하게 밝힌다.

"맞아요, 파올라. 그래도 어쨌든 보라치니 교수님이 이 일자리를 구해줬기 때문에 잘해내는 모습을 보여주고 싶어요."

"그렇긴 해도 이 작업을 성공하면 그건 오로지 네 공이야."

나는 입을 다물지 못한다. 파올라가 이렇게 칭찬을 한 건 이번이 처음이다. 그녀가 등을 돌린 채 말했기 때문에 내가 제대로 이해한 건지 자신이 없지만 그냥 내 귀에 들리는 대로 믿고 싶다.

"어쨌든 예고 없이 방문하는 건 질색이야." 파올라가 신경질적으로 말한다.

"맞아요……." 나는 그녀의 의견에 동의하며 갑자기 대담해진다. "빌어먹을 보라치니, 뭐든 확인하려는 집착이라니."

파올라가 나를 이상한 눈길로 보고, 나는 그것을 공범자의 눈빛으로 받아들인다. 공동의 적이 생기자 지난 몇 달간 작업을 같이하던 그 어느 때보다 단단한 연대감으로 결속된 기분이다.

"그건 그렇고 전해줄 뉴스가 하나 있어." 잠시 후 파올라가 말한다.

"좋은 소식이죠, 네?" 나는 돌아서서 눈을 크게 뜨고 작업대 위의 그녀를 올려다본다.

그녀가 슬며시 웃으며 고개를 끄덕인다. "세르주 신부님이 우리를 프랑스 아카데미에 소개했대. 아마 다음 복원작업에서 우리가 고려대상이 될 거야."

"멋져요! 그럼 우리 축하파티해요!" 나는 소리치며 하이파이브를 하려고 본능적으로 걸상에서 내려가려고 한다. 하지만 오늘 파올라는 이미 충분히 평상시보다 감정을 많이 노출했고 말도 많이 했다.

우리가 완전히 작업에 몰두해 있을 때 나지막이 떨리는 목소리가 등 뒤에서 들린다.

"잘 있었나, 두 사람." 그녀다. 복원계의 여왕, 가브리엘라 보라치니. 50세의 그녀가 계단을 올라와서 예배당 한가운데에 선다. 방금 미용실에서 나온 것처럼 나무랄 데 없이 완벽한 차림이다. 1920년대 스타일의 단발머리에 입술에는 새빨간 립스틱을, 두 뺨에는 블러셔를 살짝 발랐다. 주름이 곧게 선 베이지색 바지에 파란색과 흰색의 줄무늬 티셔츠를 입었고 하얀 그로그랭(gros grain. 올이 조밀하고 뚜렷한 가로골이 있는 천. 팽팽하고 튼튼하다—옮긴이) 끈으로 굵은 흑진주를 연결한 매우 독특한 목걸이를 하고 있다(나도 하나 갖고 싶다!). 계절에 따라 색깔만 바꿀 뿐 변함없이 즐겨 신는 토즈 구두를 신었고—오늘은 하얀색이다—고급스러운 파란 가죽 핸드백을 어깨에 메고 있다.

"안녕하세요." 내가 서둘러 작업대에서 내려가면서 인사한다. "잘 오셨어요. 여행은 즐거우셨어요?" 조금 전의 반항적인 태도와는 달리 본능적으로 아부를 하고 있음을 깨닫는다. 달리 어쩔 도리가 없다. 이 여자는 내게 경외심을 불러일으킨다.

"그래, 고마워." 그녀가 대답을 하며 파올라와 냉랭하게 목례를 나눈다. 절절매는 나와 달리 파올라는 전혀 당황하지 않는다. 오히려 보통 때보다 더 거리감이 느껴지고 몹시 화가 나 있는 듯하다.

"자, 여기 작업들은 어떻게 진행되고 있지?" 보라치니 교수는 파올라가 작업 중인 〈수태고지〉를 흘깃 보더니 내가 작업하고 있는 〈동방박사의 경배〉 쪽으로 다가온다. 파올라는 교수님이 쳐다보아도 자신의 벽화에서 꼼짝할 시늉조차 하지 않는다.

"아, 아직 다 끝난 게 아니라서요." 내가 서둘러 변명한다.

"그렇구나, 정말. 아직 작업할 데가 여러 곳이네." 그녀가 고개를 끄덕인다. 턱에 한 손을 올린 채 날카롭고 치밀한 눈으로 지켜본다.

"여기를 조금 더 밝게 하고 이쪽 부분은 어둡게 놔두는 게 좋을 것 같은데. 그러면 얼굴 표정이 강조될 테니까. 그런데 그 빨간색은 별로 좋지 않아." 드디어 결점을 찾아냈다. 그녀가 '별로 좋지 않다'라고 말하면 대부분은 전부 다 다시 해야 한다는 뜻이다.

"실제로 그 색은 원본을 존중한 거예요. 그리고 어쨌든 아직 다 끝난 게 아니니까요." 파올라가 끼어들어 나를 변호한다. 믿기지 않는다! 하지만 어쩌면 그녀는 그저 자기 영역을 표시하고 침입자의 간섭을 막기 위해 이런 말을 했는지도 모른다. 다른 말로 바꿔보자면, 내 작업을 비판할 만한 사람이 있다면 그건 자신뿐이라는 뜻이다. 다른 그 누구도 자격이 없다는.

"그래, 물론 그렇지." 보라치니 교수가 외교적으로 대답한다. 그녀가 그렇게 고분고분한 반응을 보일 거라고는 예상하지 못했다. "한마디로 말해, 둘이 작업을 아주 잘하고 있었군그래." 잠시 후 화제를 바꾸고 싶은 듯 그녀가 이렇게 덧붙인다.

"네." 내가 파올라의 몫까지 대답한다.

보라치니 교수가 나를 보더니 심술궂게 미소를 짓는다. "그러니까 너는 네 전임자들과 다르게 파올라 때문에 사흘 만에 줄행랑을 놓지 않은 거군."

"아니, 왜요? 전부 아주 좋은데요." 내가 이렇게 대답하는 동안 파올라의 얼굴이 어두워지는 게 눈에 띈다. 긴장을 할 때면 늘 그렇듯이 그녀의 얼굴이 딱딱하게 굳었고 분노에 차 있다.

"정말 이곳에 남고 싶다는 의지를 보이는 사람을 도망가게 만들지는 않았어요." 파올라가 차갑게 대답한다. 다시 나를 칭찬할 분위기가 아니다.

잠시 무거운 침묵이 흐르는 가운데 두 여자는 팽팽하게 긴장한 눈길을 주고받는다. 나는 곧 머릿속으로 혼자 영화를 찍는다. 두 여자 사이에는 분명 풀어야 할 뭔가가 있다. 어쩌면 학문적인 경쟁일 수도 있고 혹시 남자 문제가 개입되어 있는지도 모를 일이다.

보라치니 교수가 가식적인 미소로 먼저 분위기를 부드럽게 만든다.

"좋아, 이제 두 사람 시간 그만 뺏어야겠네. 난 복원학교로 갈게." 그녀가 핸드백을 어깨에 고쳐 멘다.

나는 파올라를 본다. 그녀는 보라치니 교수가 우리의 시야를 벗어날 때까지 눈으로 그 뒤를 좇는다. 어떤 질문도 할 수 없게 만들고 어떤 소리도, 숨소리조차 내지 못하게 하는 그런 표정이다. 앞으로 몇 시간 동안은 조용히 작업하는 게 좋을 것 같다. 투명인간이 되어야 할 것이다.

완전히 지쳐 마침내 집에 돌아온다. 문을 열고 "차오"라고 우물거리며 열쇠를 현관 고리에 건다. 복도에서 스니커즈를 아무렇게나 벗어던진다. 바닥을 보고 걷다가 거실에 들어와 눈을 들고서야 필리포 옆에 나를 기다리고 있는 사람이 있다는 걸 알아차린다.

가이아가 나를 보고 웃으며 소리친다. "깜짝 방문!"

세상에, 믿을 수가 없다! 너무 행복해서 눈물이 날 것 같다. 다섯 달 동안이나 만나지 못했는데 지금, 한여름의 길고 긴 토요일의 끝에 그녀가 이렇게 내 눈앞에 있다니. 몰디브의 햇살에 발갛게 익은 채 말이다.

"필리포에게 고마워해야 해." 가이아가 보라색 매니큐어를 바른 두 번째 손가락으로 필리포를 가리킨다. "필리포가 생각해낸 거야." 그러더니 두 팔을 활짝 벌려 나를 포옹하고는 키스를 퍼붓는다. 가이아가 입술에도 여름 색상인 보라색 립글로스를 바른 게 보인다.

"바보! 여기 오는 데 왜 그렇게 뜸을 들였어?" 나는 초록색의 짧은 실크 원피스를 입은 그녀를 힘껏 껴안은 뒤 풀어준다. 가이아에게서는 향수 냄새가 나는 반면 나는 땀에 절어 있다. 오늘은 정말 무더운 하루였다. 필리포의 눈을 보며 거의 입만 살짝 움직여 "고마워"라고 속삭인다. 이건 나에 대한 사랑이 헤아릴 수 없을 정도로 크다는 증거다. 토요일의 중노동과 보라치니 교수의 방문으로 인한 스트레스가 다 사라진다. 가이아는 변함없이 멋지고 12센티 힐이 아니라 굽 낮은 레이스업 샌들을 신었어도 여전히 아름답다. 반짝이는 금발 머리와 정성스레 다듬은 손톱, 윤기 있는 완벽한 피부 때문에 나보다 훨씬 화려하고 매혹적으로 보인다.

"좋아, 아가씨들. 둘이 좋은 시간 보내. 난 알레시오와 조반니에게 가서 남자들끼리 저녁 보낼게." 필리포가 조용히 빠져나간다. 그 표정으로 보아 우리 둘의 만남에 약간 겁이 나는 게 분명하다. 그가 나를 보더니 윙크를 하며 말한다. "두 사람, 내 흉 너무 많이 보지 마."

"너는 동료들에게 너무 끌려다니지 말고." 나도 윙크를 하며 대꾸한다.

필리포가 나가고 난 뒤 가이아와 소파에 앉아 벨리니 칵테일을 마신다. 잠시 베네치아로, 약간 우울하게 나 혼자 살던 아파트로 돌아간 기분이다. 땅콩과 아이스크림을 먹으며 서로를 구원해주던 우리들의 저녁 시간을 떠올리자 순식간에 가이아에게 다시 친밀감이 느껴진다. 최근 몇 달 동안 이런 감정을 얼마나 그리워했던지.

"여기 오기 전에 자료를 정리해서 저녁에 우리에게 맞는 초대장 두 개를 골라놨어." 그녀가 이렇게 말하며 다양한 파티와 공연 입장권 수첩을 내 눈앞에서 흔든다. "내가 널 잘 알아서 하는 말인데, 넌 은둔자처럼 살아서 아직 로마의 여름을 만끽하지 못했을 게 분명해."

그래, 가이아. 네 말이 대충은 맞아, 비록……. 호숫가에서 파티가 있던 날 밤이, 레오나르도가, 그와 하려 했던 미친 짓들이 머릿속에서 회오리친다. 가이아에게 전부 털어놓고 싶지만 아직은 때가 아닌 듯해서 이렇게만 말한다. "오자마자 벌써 이렇게 설교를 늘어놓다니! 그보다 네 이야기부터 좀 들어보자, 친구야……."

가이아가 소파에 편안히 앉더니 육감적인 입술을 일부러 삐죽인다. 그러더니 장식술이 달린 하얀 발렌시아가 가방에서 『지큐(GQ)』 잡지 한 권을 꺼내 내 무릎에 올려놓는다.

잡지를 집어든 나는 입을 다물지 못한다. 표지에 사무엘 벨로티의 사진이 실려 있다. 상반신에 아무것도 걸치지 않은 채 찢어진 청바지를 입었고 황금빛이 도는 갈색 머리는 헝클어져 있다. 가죽끈에 금속 펜던트가 달린 목걸이를 하고 있는데 누군가가 떠오른다.

"이 사람 눈동자는 무슨 색이야?" 내 입에서 나온 첫마디다. 이 사진에서도 그걸 알 수가 없다. 초록색인지 회색인지, 아니 밤색인가?

가이아가 깔깔 웃기 시작한다. "기분에 따라 변해." 그녀가 다시 잡지를 들고 꿈꾸는 듯한 얼굴로 그를 본다. "이제 작가이기도 하다니까." 그녀가 갑자기 불안한 듯 한숨을 쉰다. "잡지 온라인판에 운동선수로서의 일상을 알려주는 블로그가 있어. 사실 편집된 글들이지만 얼마나 많은 여자들이 댓글을 남기는지 말할 수도 없다니까."

"넌 질투 안 나?"

가이아가 체념한 듯 고개를 끄덕인다. "처음에는 상당히 괴롭더라. 그래서 다투기도 했어." 그녀는 잠시 말을 중단하더니 어쩔 줄 모르는 표정으로 나를 본다. 그녀 자신도 자기가 하려는 말을 이해할 수 없는 사람처럼 말이다. "그런데 그 사람이 나만 사랑한다고 맹세했어. 난 그 사람 믿어, 엘레." 가이아가 내 비난을 기다리며 소심하게 미소를 짓는다. "어때? 나 너무 순진하고 불쌍하지 않아?" 그녀가 묻는다.

"아냐, 그렇지 않아." 내가 대답한다. "그 사람이 널 진심으로 사랑해서는 안 되는 타당한 이유 하나만 내게 말해봐. 그건 그렇고 몰디브에서 어땠는지 말해줄 거야, 말 거야? 오늘 밤, 너 정말 입에 자물쇠 채웠구나!" 이런 달콤한 분위기가 슬슬 짜증이 나기 시작해서 그녀를 재촉한다.

"굉장했어. 며칠 더 있었으면 좋았을 텐데." 가이아가 대답을 하더니 입술을 깨문다. "사실 그 사람은 시즌 마지막 경기 때문에 지금 벌써 훈련 중이야."

"보고 싶어?"

"미칠 정도로. 잠에서 깨면 맨 먼저 떠오르고 자러 갈 때까지 생각이 나. 웃을 거 알아. 나도 가끔씩 깜짝 놀란다니까! 사무엘 때문에 완전히 바보가 될까 봐 겁나."

"그래, 어떤 기분인지 알아." 나도 모르게 이렇게 말한다.

가이아가 미소를 짓는다. 아마 내가 필리포와 연관 지어 말하는 걸로 생각하나 보다. 하지만 불행히도 그렇지 않다.

"레오나르도를 다시 만났어."

자, 말해버렸다.

"레오나르도?" 그녀가 믿어지지 않는다는 듯, 눈이 휘둥그레져서 소리친다.

큰 소리로 발음하는 그 이름을 듣자 속이 약간 뒤틀린다. 그의 이름이 파올로나 마르코, 혹은 다른 친구들이나 지인들과 같은 이름이었으면 좋겠다. 지금 생각해보니 내가 아는 레오나르도는 그가 유일하다.

"알아." 나는 시간을 벌어보려고 벨리니를 한 모금 길게 마시며 우물거린다. "진즉에 너한테 말했어야 했는데. 어느 날 밤인가 그러려고 했는데, 있지, 스카이프로는 다 털어놓기가 힘들더라." 나는 말을 더듬고 있다. 그래서 다시 정신을 차리려 애쓴다. 다른 각도에서 이야기를 해보려 하지만 잘 안 된다.

"빌어먹을, 엘레. 그런 일을 겪고도 아직 벗어나지 못했어?" 가이아의 말투에서 비난보다는 불안감이 드러난다.

"맹세해, 가이아. 내 탓이 아니야. 그 사람이 나보다 훨씬 강했어."

"어서 얘기해봐. 자세히 다 알고 싶어."

이렇게 되니 더 이상 피할 길이 없다. 전부 다 이야기한다. 운명적이었던 첫 만남뿐만 아니라 은밀하게 일상을 탈출했던 일이며 필리포에 대한 죄책감, 다시는 그를 만나지 않기로 결심했지만 레오나르도는 여전히 내 인생의 일부분을 차지하려고 시도한다는 이야기들을 들려준다.

"그렇지만 이제 끝난 이야기야. 완전히 땅에 묻어버렸어." 내가 자신 있게 결론을 내린다. "난 돌이킬 수 없는 심각한 실수를 저질러서 필리포와의 관계를 완전히 망칠 뻔했어. 하지만 지금은 훨씬 나아졌어. 우리 관계를 망치는 일은 그 어떤 것도 허락하지 않을 거야. 그 누구에게도 말이야."

머릿속에서 퍼즐을 다시 맞추듯, 잠시 아무 말도 하지 않던 가이아가 갑자기 내 쪽으로 고개를 돌린다. 그녀의 다이아몬드 귀걸이가 딸랑거린다. 그녀가 내 눈을 뚫어지게 본다. "정말 필리포를 사랑한다고 확신해?"

"응. 그 어느 때보다 확실하게 느끼고 있어." 가이아도 놀랄 만큼 금방 대답한다.

그녀는 내 말을 믿어야 할지 말아야 할지를 결정하려는

듯 나를 유심히 살핀다. "필리포가 뭔가 의심하지 않아?"

이런 질문에 내 마음속에 남아 있던 죄책감이 다시 수면 위로 떠오른다.

"그렇지는 않은 것 같아."

"무슨 말이라도 털어놓으려는 건 아니겠지?"

"내 생각엔…… 어쩌면 그래야 할지도……."

"안 돼!" 그녀가 단호하게 내 말을 가로막는다. "그런 미친 짓 하지 마. 절대 아무 말도 하면 안 돼."

"정말 그렇게 생각해?" 솔직함이 항상 우리 관계의 기본이었다.

"당연하지. 끝난 게 분명하면 지금 그 이야기를 필리포에게 하는 건 의미가 없어."

"그래도 나로서는 계속 숨기는 게 부담스러워. 전부 고백하고 가벼운 마음으로, 우리 사이에 아무런 거짓 없이 처음부터 다시 시작하고 싶어."

"엘레, 서로 싸움만 할 거야. 아니면 결국 헤어지게 될지도 몰라. 어떻게 생각해? 그가 널 용서하고 아무 일도 없던 듯 너를 계속 사랑할 거라고?"

가이아 말이 맞다. 필리포에게 사실을 다 털어놓는 것은 내 양심의 가책을 덜어내는 데에만 소용이 있을 뿐이다. 우리 관계를 지속하고 싶다면 이 가책은 나 혼자 감당해야만 한다.

"내 말 믿어. 그러는 게 좋아. 시간이 흐르면 너도 너 자신을 용서하게 될 테고 죄책감은 차츰 사라질 테니까." 그녀가 한 손을 내 머리에 얹는다. "하지만 앞으로는 절대 그런 멍청한 짓 하면 안 돼. 필리포는 너를 너무 소중하게 생각하거든."

"알아, 가이아." 그녀가 여기 있다는 사실 자체가 그 증거다. "분명히 말하는데 필리포는 내게도 소중해."

일요일 저녁이다. 진이 빠질 정도로 하루 종일 시내 쇼핑을 하고 났더니 발이 아프다. 그래도 가이아와 남은 시간을 보낼 힘은 아직 남아 있다. 그녀는 내일 오후에 떠날 예정이다.

"게이 파티에 데려가 줄게." 외출 준비를 하는 동안 가이아가 내게 알린다. "테스타치오에 있는 레스토랑에서 열리는 그 파티를 내 친구가 준비했거든."

이 문제에 대한 그녀의 철학을 난 너무나 잘 안다. 매력적인 음악과 아주 쿨한 사람들이 참석하는 게이 파티는 상당히 즐겁다. 그리고 어떻게 그런지는 모르지만 그 파티에서 하룻밤 잠자리 상대를 필요로 하는 남녀 간의 많은 만남이 이루어진다.

"게이 파티에는 대체 뭘 입고 가야 하는 거야?" 내가 가진 옷들을 하나씩 다 확인해보지만 어떤 옷도 적당해 보이지 않는다.

"입고 싶은 대로 입어, 엘레!" 가이아가 자신의 트렁크에서 스팽글이 달린 검은 원피스를 꺼내며 말한다. "단, 약간 매춘부처럼 입는 게 좋아."

가이아와 내가 옷을 갈아입고 받아들이기 힘든 차림으로 방과 욕실을 오가는 동안 필리포는 텔레비전을 켜놓고 손에는 아이패드를 든 채 거실 소파에 벌러덩 누워 있다. 우리가 그에게 별로 신경을 쓰지 않아도 그는 싫은 내색을 하지 않는다. 이따금 우리 쪽을 흘깃 보다가 고개를 젓는데, 장난스러운 웃음을 제대로 감추지는 못한다. 아마 오늘 우리가 사춘기 소녀들보다 더 유난스럽다고 생각하는 중이리라. 사실 필리포의 생각이 틀리지는 않다.

한 시간이 넘게 치장을 하고 나서 드디어 준비가 완료된다. 12센티 높이의 하이힐을(오늘 밤은 나 역시 의무적으로 신어야 한다!) 신고 대담하게 거실로 걸어나가서 필리포 앞으로 행진한다.

"미안한데, 두 사람 때문에 텔레비전이 안 보여." 그가 건성으로 말하더니 결국 웃음을 터뜨리고 만다.

"넌 제대로 평가할 줄 몰라, 볼 줄 모른다니까! 안녕." 나는 이렇게 말하고 가이아를 문 쪽으로 끌고 간다.

"아, 비비." 그가 나를 부른다.

"응?" 내가 돌아선다.

"잊어버리기 전에 말하려고……." 그가 일어나서 등받이에 기대앉는다. "개업식 초대장이 왔어."

"무슨 개업식?"

"레오나르도 식당 개업식이지." 그가 설명한다. 열기가 내 두 뺨 위로 번진다. 완전히 잊어버리고 있었다.

"응." 혼란스러운 상태에서 벗어나 정신을 차리며 내가 대답한다. 가이아를 보니 태연하다. 그녀는 항상 내가 제 역할을 제대로 할 수 있게 해준다. 반면 나는 여전히 아마추어다.

"토요일 밤이야." 필리포가 말한다.

"알았어!" 솔직히 그와 함께 개업식에 참석하는 게 옳은 일인지 잘 모르겠지만 서둘러 대답한다.

잠시 후 필리포가 가이아에게 말한다. "그 전에 떠나서 안타까운걸. 분명 너도 마음에 들어 할 텐데. 최근에 우리가 리모델링한 레스토랑이야."

"다음에 가보지 뭐. 너희들이 다시 날 보고 싶어 한다면 말이야." 그녀가 대답하며 필리포에게 윙크를 한다.

"이제 가야 해. 안 그러면 정말 굉장히 늦을 거야." 내가 가이아를 문밖으로 민다.

"재미있게 놀아…… 쫄지 말고!" 필리포가 소리친다.

"당연하지." 우리는 합창으로 대답을 하고 승강기로 뛰어든다.

1층으로 내려가는 동안 가이아가 눈짓으로 물어서 나는 문제의 레스토랑이 레오나르도가 필리포에게 접근할 구실로 사용한 바로 그곳이라고 확인해준다.

"지금은 생각하고 싶지 않아." 내가 애원한다. "오늘 밤에는 아무 생각도 하고 싶지 않아."

우리는 거의 11시경에 케툼바에 도착한다. 레스토랑의 내부는 독특하다. 넓은 실내에 높디높은 천장은 아치 모양이고 반원형의 긴 카운터가 넓은 홀을 가로질러 자리 잡고 있다. 이 레스토랑 건물은 로마 시대의 도자기들이 쌓여 있는 작은 언덕인 도자기 산 근처까지 길게 뻗어 있다. 이 산 이름─그러니까 라틴어로 테스타케우스(Testaceus)─때문에 이 구역에 테스타치오라는 이름이 붙었다. 몇몇 유리창을 통해서는 도자기와 그 조각들이 수세기 동안 층층이 쌓인 산의 일부분이 보이기도 한다.

"굉장한데!" 나는 만족스러운 눈으로 가이아를 보며 외친다.

"내가 제일 좋은 곳만 데리고 다니는 거 알지." 그녀가 상당히 자랑스러워하며 대답한다. 그 점에 대해서는 의심의 여지가 없다. 밤의 여왕이자 홍보의 여왕은 로마에서도 승리를 거둔다.

그리고 홍보와 관련해서 말하자면, 지금 여기서도 직원인 흑인 여자가 당장 가이아를 알아보고 인사한다. 그녀는 신사복 차림으로 하얀 셔츠에 검은 넥타이, 멜빵을 하고 있다. 입술에는 새빨간 로소 발렌티노(디자이너 발렌티노가 만들어낸 붉은색으로 대부분 그가 만든 의상에 사용되었다―옮긴이)를 발랐다.

그녀가 눈부신 미소를 지으며 우리를 테이블로 안내한다. "여깁니다, 귀빈석이에요." 직원이 가이아에게 말한다. "일부러 남겨뒀어요."

"고마워, 알레시아. 널 믿을 수 있을 거라고 생각했어." 가이아가 그녀의 넥타이를 살짝 잡아당긴다. 그런 다음 돌아서서 한 남자 종업원에게 다정하게 인사를 한다. 가이아는 하나도 변하지 않았다. 어디를 가든 그 상황을 주도한다.

첫 음료가 나오길 기다리며 주위를 둘러보다가 거의 모두가 하얀 옷차림인 걸 알아차린다. "가이아, 음…… 뭐랄까…… 내 생각에 우리가 여기에 좀 안 어울리게 입고 왔나 봐." 내가 말한다. 나는 파란색을, 가이아는 검은색을 입었으니.

"세상에나!" 가이아가 소리치며 한 손으로 이마를 짚는다. "오늘 밤 드레스 코드가 있었어! 초대장에도 명시되어 있었는데!"

이런, 몇 시간이나 준비를 했는데 놀랄 만한 실수를 하다니.

"좋아, 뭐 오늘 밤 눈에 띄기밖에 더하겠어." 내가 어깨를 으쓱한다.

"희한한 두 명의 레즈비언으로."

"정말 그래, 자기야." 내가 그녀의 손바닥에 키스를 하고 둘 다 크게 웃음을 터뜨린다.

우리가 주문한 칵테일이 도착하고 난 뒤 뷔페로 달려가서 환상적인 맛의 쌀 크로켓과, 잣과 건포도를 넣은 최고의 쿠스쿠스(밀가루를 손으로 비벼서 만든 좁쌀 모양의 알갱이 또는 여기에 고기나 채소 스튜를 곁들여 먹는 북아프리카의 전통요리—옮긴이)를 맛본다. 끔찍한 소화불량 걱정은 나중에 해도 되겠지.

한 시간 뒤 파티가 시작되었다. 언제나 그랬듯이 가이아 말이 맞았다. 분위기는 차분하고 우아했다. 불빛이 아늑하게 퍼지고 분위기에 맞게 선곡한 음악이 적당한 볼륨으로 흘러나왔다. 달리다와 에디트 피아프를 리믹스한 음악과 카일리 미노그와 레이디 가가 음악이 번갈아 나오다가 신디 로퍼와 데이비드 보위로 옮겨간다. 게이 신전의 아이콘들이다.

중앙 홀의 천장과 여기저기에 몇 개씩 매달려 있는 하얀 새틴 끈에 조그만 종이들이 붙어 있다. 파솔리니와 오스카 와일드, 토마스 만, 버지니아 울프, 그리고 게이 신전의 멤버들인 몇몇 유명인들의 작품에서 발췌한 문장을 적은 종이들이다.

나는 모든 근심과 걱정을 한쪽에 밀어두고 나 자신에게 약속했던 것보다 더 즐기는 중이다. 모두 즐거워 보이는 데다 분위기에 전염성이 있어서이기도 하다. 가이아가 이 파티를 계획한 자기 친구에게 나를 소개한다. 30세가량의 힙스터

(1940년대 미국에서 사용하기 시작한 속어로 유행 등 대중의 큰 흐름을 따르지 않고 자신들만의 고유한 패션과 음악 문화를 좇는 부류—옮긴이)로 알이 큰 검은 테 안경에 체크무늬 셔츠를 입고 있다. 그가 나를 플로어로 떠밀더니 춤을 추라고 명령한다. 물론 난 그 명령에 따른다.

어느새 칵테일을, 정확히 말하자면 내가 제일 좋아하는 레몬 진 엑스트라 킹을 네 잔째 마시고 있을 때 우리 테이블과 멀리 떨어진 자리에서 익숙한 머리를 발견한다. 등을 돌리고 앉은 우아한 인물에게 초점을 맞춘다. 그냥 비슷한 사람일까? 음…… 그렇지만 같은 헤어스타일, 똑같은 머리색, 똑같은 굵은 진주 목걸이를 한 사람이 있을 수 있을까? 갑자기 그 인물이 사분의 삼가량 몸을 돌린다. 그래서 그 날카로운 윤곽을 좀 더 자세히 볼 수 있다. 모든 의심이 순식간에 사라진다. 보라치니 교수다.

가이아를 부른다. "저기 우리 교수님이 있어." 그녀의 귀에 대고 속삭인다.

"취한 거 아냐? 너 알코올에 약하구나."

"틀림없어." 나는 가이아의 목을 잡아 보라치니 교수 쪽으로 돌리고 그녀를 가리킨다. "저기, 창가 테이블에 앉아 있어."

"확실해?" 가이아가 눈이 휘둥그레져서 또 묻는다.

"물론이지."

"그런데 여기서 뭘 하는 거지?"

"나도 그걸 알고 싶어." 내가 깜짝 놀라서 대답한다. "누굴 기다리는 것 같아. 계속 카운터 쪽을 보고 있거든. 가서 인사해야 할까?"

잠시 후 깔끔하게 차려입은 금발 머리 여자가 음료 한 잔을 들고 그녀에게로 가서 입술에 뜨겁게 키스한다. 나는 할 말을 잃고 만다.

"저 여자는 누구지?"

맙소사, 내 눈을 믿을 수가 없다. 너무 놀라 눈이 휘둥그레지고 입을 다물지 못한 채 그 금발 머리 여자를 바라본다. "파올라야. 내 동료." 그녀는 평상시의 모습과 전혀 다르다. 패션모델 같은 화장에 몸에 딱 달라붙는 섹시한 흰 원피스를 입고 현기증이 날 정도로 높은 힐을 신었다.

"네 동료라……."

"그래."

"……그런데 지금 네 교수와 함께 있고."

"퍼즐을 다 맞춰줘서 고마워."

"세상에, 진짜 어처구니없는 커플인데!" 가이아가 웃음을 터뜨린다.

정말 어처구니가 없다. 내가 알기로 보라치니 교수님은 베네치아 출신 사업가와 행복한 결혼 생활을 하고 있고 열다섯 살짜리 딸도 있다.

"정말 이상해." 나는 떠오르는 생각을 크게 말한다. "어제 아침에 보니 서로 죽일 듯이 미워하던데."

"싸우다 화해했을 거야, 엘레." 가이아가 두 사람을 계속 뚫어지게 보며 자신 있게 말한다.

내 모습을 드러내지 않는 게 좋겠다고 생각한다. 두 사람이 은밀한 관계인 게 분명하니 내가 저리로 가서 인사한다 해도 두 사람이 반길 리 없다.

가이아에게 자리를 옮기자고 부탁하려던 찰나 이미 너무 늦어버렸다는 걸 알아차린다. 파올라가 나를 본 것이다. 사람들이 북적이는 홀을 가로질러 우리 두 사람의 눈이 마주치고 말았다. 순간적으로 그녀의 눈에 짜증스러움 같은 게 담겨 있는 듯해서 이런 우연한 만남을 사과해야 하는 게 아닐까 하는 생각까지 한다. 그녀는 내가 어떤 반응을 보이길 기대했을까. 어쩌면 아무렇지 않은 척해주길 바라는지도 모른다. 어쨌든 파올라는 달아나지도, 내 눈을 피하지도 않는다. 지금 이렇게 말하고 있다. '그래, 나야. 이제 넌 우리의 작은 비밀을 알게 된 거야.'

좋다, 난 그 메시지를 이해했다. 이제 내 대답을 미소에 실어 보낸다. '두 사람의 작은 비밀은 안전해요.'

잠시 후 파올라가 내게 등을 보인 채 보라치니 교수의 의자로 다가가서 우리의 무언의 대화는 거기서 끝난다.

파티는 새벽까지 계속될 예정이지만 내일 새벽에 일어나 출근을 해야 하기 때문에 우리는 먼저 자리에서 일어난다. 무슨 기운으로 출근할 수 있을지 잘 모르겠다. 그런데 놀랄 일이 아직도 남아 있었다.

건너편 인도에서 보라치니 교수와 격렬하게 말다툼하는 파올라가 우리 눈에 띈 것이다. 그녀는 교수님의 한 팔을 붙잡고 잘 알아들을 수 없는 말들을 속사포처럼 쏘아댔고, 보라치니 교수 역시 팔짱을 낀 채, 역시 똑같이 흥분한 채 대꾸하고 있었다.

"야아…… 평화가 금방 깨지는걸."

"가자, 빨리." 혹시 두 사람이 우리를 보지나 않을까 걱정이 돼서 가이아를 민다.

한밤중에 레스토랑 밖에 잠복해 있다가 가십 신문에 기사를 팔아넘기는 파파라치가 된 기분이다. 다만 난 기사를 혼자 간직할 예정이다. 파올라와 맺은 무언의 계약, 시선으로 도장을 찍은 계약 때문이다.

오늘 아침 작업을 하며 잠과 사투를 벌인다. 벌써 양쪽 눈에 인공눈물을 스물다섯 번이나 넣었다. 가이아가 부럽다. 아직도 우리 집 소파침대에서 뒹굴거리고 있을 테니! 그녀는 오늘 오후에 떠난다. 시간은 충분하니, 일어나서 차분하게 아침 미용 의식을 치르고 내가 준비해놓은 호텔 조식 같은 아침도 먹을 수 있겠지. 어쩌면 벨로티 블로그에 열심히 댓글을 다는지도 모를 일이다. 내가 도착했을 때 파올라는 벌써 제자리를 잡고 있었다. 그리고 내 예상대로 어젯밤 일에 대해서는 일언반구도 하지 않았다. 그녀가 먼저 이야기를 꺼내지 않는데 내가 뭐라고 그렇게 할 수 있단 말인가?

물론 난 아직도 믿기지가 않는다. 보라치니 교수가 불륜을 하리라고는, 게다가 그 상대가 옛 제자일 거라고는 상상도 해보지 못했다. 하지만 아무 설명도 필요 없이 그냥 일어난 일 그 자체로 충분한 경우들이 종종 있다. 그리고 나는 이미 그걸 너무나 잘 알고 있다.

프레스코 벽화의 아랫부분을 밝게 만들고 있을 때 등 뒤에서 숨죽여 흐느끼는 소리가 들린다. 돌아보니 파올라는 조용히 계속 작업 중이다. 잘못 들었다고 생각했는데 다시 숨죽여 흐느끼는 소리가 들린다. 가까이 다가가보고 나서야 우는 사람이 바로 파올라라는 걸 알게 된다. 그녀는 울면서 일을 하고 있다.

"저기요, 무슨 일 있어요?" 내가 약간 당황해서 묻는다.

파올라는 어쩔 줄 몰라 하며 작업복 소매로 눈물을 닦는다. "미안해." 그녀가 중얼거린다. 절대 울지 않는 여자처럼, 어떻게 우는지 기억도 못하는 여자처럼 울고 있다. 이상한 생각이라는 걸 알지만 그런 인상을 받는다.

"왜 그래요?" 그녀를 진정시켜 본다.

파올라는 참으려 애쓰지만 눈물이 줄줄 흘러 안경이 뿌예진다.

"저기요, 무슨 이야기라도 하고 싶어요, 아니면 혼자 있고 싶어요?" 조심스레 그녀에게 묻는다. 파올라처럼 자기 이야기를 하지 않는 사람에게는 아주 신중히 조심스레 다가가야 한다. 그녀가 두 팔을 축 늘어뜨리더니 고개를 숙인다. 생각에 집중하듯, 잠시 그렇게 가만히 있는다. 그러다가 갑자기 라텍스 장갑을 벗더니 마음의 짐을 내려놓기 위해서인 듯 숨을 크게 내쉬며 한 손으로 머리를 쓸어 넘긴다.

"좋아, 이제 너도 다 아니까……" 그녀가 단호한 눈으로 나를 본다. "끝났어, 엘레나. 어젯밤에 가브리엘라와 헤어졌어."

그러더니 그녀는 홍수로 넘쳐흐르는 강물처럼 거침없이 자신의 이야기를 다 털어놓는데, 보라치니 교수와의 뜨거웠던 연인 관계는 대학 때부터 시작되었고, 그 이후 남몰래 만나오다 어제저녁 격렬한 싸움으로 끝났다고 한다.

"난 그 오랜 세월 동안 참기만 했어. 가브리엘라가 이중생활을 하는 걸 받아들였고 난 어둠 속에서 사는 걸로 만족했어. 하지만 결국 그녀에게 선택을 하라고 했어. 나인지 남편인지. 난 함께 살고 싶었고 평범한 커플, 진짜 커플이 되고 싶었거든. 그녀가 결정할 시간을 달라고 하더라고. 그러더니 그저께 갑자기 예고도 없이 로마에 나타난 거지."

파올라가 한숨을 깊이 쉬더니 다시 말한다.

"어젯밤 내게 말하려고 기다렸던 거지. 남편을 선택했다고. 물론 그럴 줄 알았어. 사랑 때문이 아니라 두려워서 그런 선택을 했다는 걸 알지만."

"유감이에요." 내가 할 수 있는 말이라고는 이게 전부다. 나는 할 말이 없다. 어떠한 말도 이 상황에 적절하지 않을 게 분명하다. 그녀의 아픔은 어떤 말로도 위로가 되지 않을 거다. 파올라를 꼭 안아주며 지금까지 우리 사이에 놓여 있던 공식적인 거리를 단번에 없애버린다. 지금 필요한 건 이런 포옹이고 내가 해줄 수 있는 일도 이것뿐이라는 생각이 든다. 그녀는 약간 뻣뻣하게 서 있다가 곧 내게 몸을 기댄다. 잠시 후에야 제정신을 차리고 다시 자신의 갑옷으로 중무장한다.

"내가 판단을 잘못했어. 오랜 시간 착각했던 거야. 이제야 겨우 일단락을 지었으니 앞으로 나아갈 수 있겠지." 그녀가 억지로 낙관적인 척하며 안경을 꼼꼼하게 닦는다. 지금 이 세상에서 제일 중요한 게 바로 그 일이라는 듯이.

"내가 여기 있으니 언제든 필요할 때 쓰세요." 내가 말한다.

갑자기 그녀의 눈빛이 달라지는 게 보인다. 어제저녁까지는 까칠하고 접근하기 어려운 철의 여인으로 보였다면 오늘은 무방비 상태의 연약한 어린아이 같다. 파올라가 자신의 그런 면을 보여주자 내 마음이 한없이 부드러워진다. 동료를 잃고 대신 친구를 얻은 기분이다.

오늘은 작업을 조금 일찍 마쳤다. 4시에 테르미니 역에서 가이아를 만나 마지막 인사를 나눈다. 그녀는 나폴리에 있는 벨로티를 만나러 떠난다. 그는 이번 주 팀과 함께 남부 이탈리아 일주를 하게 된다. 사실 그는 가이아가 나폴리로 가는 줄 모른다. 그는 즉흥적인 남자가 아닌데, 특히 레이스 중에는 더하다. 그가 어떤 반응을 보일지 상상도 할 수 없다. 그래도 긍정적이리라 예상한다.

플랫폼까지 가이아를 바래다주며 며칠 함께 지내서 정말 행복했고 앞으로 많이 그리울 거라는 생각이 든다. 그녀는 레오나르도에 대한 진실을 다 알고 있는 유일한 친구이며 나를 속속들이 이해해주는 단 한 사람이다.

"네 생각은 어때, 나 어떻게 하지?" 나는 가이아가 기차를 타기 전에 묻는다. "레스토랑 개업식에 가야 해 말아야 해?"

난 갈 준비가 되어 있다. 이제 내 삶의 방향을 분명히 잡아서 레오나르도를 다시 만난다 해도 눈썹 하나 까딱하지 않을 준비가 되어 있다. 다시는 생각을 바꾸지 않으리라. 이제 난 어느 정도 나 자신을 자각하기에 이르렀고 당당하게 잘해낼 수 있다. 적어도 그렇다고 생각하고 싶다.

"조언 구하는 거야?" 그녀가 윗눈썹을 치켜세운다.

"그냥 묻는 거야……."

"안 가는 게 좋겠어."

"왜?" 내가 고개를 젓는다. 기대하던 대답이 아니다.

"잘 들어. 넌 아직 준비가 안 됐어."

가이아는 그렇게 말하더니 나를 힘껏 포옹하고 기차에

오른다. 그녀는 차창을 통해 마지막으로 나를 보며 미소를 짓는다. 그녀의 초록 눈에서 이런 생각만을 읽을 수 있을 뿐이다. '조심해, 엘레나. 불장난하지 마.'

일주일 전부터 카운트다운에 들어갔다. 오늘 밤 레오나르도의 레스토랑 개업식이 열릴 텐데 아직도 어떻게 할지 결정하지 못했다. 필리포에게는 같이 가겠다고 약속했지만 가이아가 떠난 뒤로 나는 계속 망설이며 괴로워하고 있다.

청산해야만 한다. 그런데 그 순간이 다가오면 다가올수록 레오나르도를 만난다는 게 두렵다. 가이아의 말이 맞지 않을까? 레오나르도에게는 내 자신감을 완전히 뒤흔들어놓을 힘이 있는 게 아닐까?

솔직히 말해 필리포와는 잠자리에서까지 모든 게 다 좋지만—이건 부정할 수가 없다—가끔 내가 살아 있다는 기분을 충분히 느끼지 못한다. 레오나르도가 내게 느끼게 해주는 그런 생동감을 느낄 수가 없다. 맙소사, 지금 이 순간에도 머릿속이 이렇게 혼란스럽다니! 가이아와 통화를 하고 싶어서 오늘 아침에 전화를 걸었지만 받지 않았다. 나폴리에서 사이클 선수와 무슨 일을 하고 있는지 누가 알겠는가!

미술관 근처에 있는 빌라 보르게세의 문을 막 들어서는 참이다. 마르티노와 만나 그에게서 카라바조의 작품에 대한 특별 강의를 듣기로 약속했다.

마르티노가 보인다. 나와 달리 정각에 입구 계단 앞에서 기다리고 있다. 배기바지에 하얀색 반팔 셔츠를 입고 놀랍게도! 물방울무늬 나비넥타이를 맸다.

그는 완전히 자신의 역할에 빠졌다. 얼굴은 로버트 패티슨인 젊은 필립 다베리오다. 그에게 다가가면서 벌써 깔깔 웃는다.

"아, 그러니까 약속을 지켰네요!"

"당신을 위해서죠." 그가 두 팔을 벌리고 환한 웃음을 보이며 말한다. 그러고는 내 양볼에 키스를 한다. "용기를 내서 반팔 셔츠를 입은 건 오로지 당신을 위해서예요."

"이거 정말 영광이네! 세상에서 제일 멋진 안내자의 안내를 받으니까!"

"알아요. 앞으로 이걸 항상 착용해볼까 생각 중이었어요." 그가 우쭐하는 분위기로 나비넥타이를 매만진다.

"배기바지에 스니커즈가 진짜 잘 어울려요." 내가 말한다.

"자 그럼," 그가 숨을 깊이 들이쉬며 말한다. "지루해서 죽을 준비 다 됐나요?" 마르티노가 진짜 신사처럼 내게 한 팔을 내민다.

"그러기만을 기다리고 있습니다만." 나는 웃으며 윙크를 하고 그의 팔을 잡는다.

우리는 돌계단을 올라가서 빌라로 당당하게 입장한다. 예술의 신전인 이곳을 삼십 평생에 처음 와봤다는 게 살짝 부끄럽다. 마르티노가 내 부족한 부분을 채워줄 생각을 해서 그나마 다행이다.

중앙 홀의 보물 같은 이탈리아 예술작품들 속에서 〈뱀을 짓밟는 성모〉가 보인다.

우리는 그림 앞에서 걸음을 멈춘다. 잠시 숨이 멎을 것만 같다. 다리에 힘이 빠지고 심장이 평상시보다 빠르게 뛴다. 감동의 물결이 온몸을 뒤흔든다. 이게 스탕달 증후군(감수성이 예민한 사람이 뛰어난 예술작품을 보고 순간적으로 느끼는 정신적 충동이나 흥분─옮긴이) 증상인지 모르겠지만 분명 내 안의 뭔가가 움직이고 있다. 이 작품을 책에서 공부했지만 직접 보니 감당하기 어려울 정도의 감동이 밀려온다. 성모와 아기 예수가 성녀 안나(성모 마리아의 어머니─옮긴이) 앞에서 뱀을 짓밟는, 그러니까 원죄를 밟아버리는 그다지 특별할 것 없는 주제의 그림인데도 말이다.

"아름답죠?" 마르티노가 내게 묻는다.

"굉장해요." 나는 놀라서 대답한다. 5세기 전에 그려진 그림인데 이렇게 현대적이고 이렇게…… 사실적이라니.

"베드로 대성당의 제단에 걸렸던 작품인데 나중에 주문자들이 철수했어요(이 작품은 로마 교황청 소속 성녀 안나 마부

회에서 주문한 것이어서 〈마부회의 성모〉로 불리기도 한다—옮긴이)." 마르티노가 이 문제에 대해 아주 잘 아는 사람 같은 분위기로 설명한다.

"무슨 이유로?"

"이 그림이 크게 물의를 일으켰거든요. 이단이라는 평가를 받았죠." 더 자세히 알고 싶어 그에게 눈으로 재촉한다.

"예수를 봐요." 그가 아기 예수를 둘째손가락으로 가리키며 말한다. "아기지만 너무 커 보이잖아요. 적어도 완전히 알몸으로 그려넣을 정도의 아기는 아니라는 거죠." 실제로 아기 예수의 근육이 선명하게 드러났고 성기도 뚜렷이 보이는데, 이런 부분들은 특히 화가가 창조한 놀라운 빛의 유희 때문에 더욱 선명하게 부각된다.

"그리고 성모 마리아 보이죠?" 마르티노가 계속 말한다. "서민 아낙네처럼 보이잖아요. 목이 너무 많이 파인 옷에 풍만한 가슴이 그대로 드러나 있고……."

"그렇네. 정말 관능미가 있어요." 내가 그림에서 눈을 떼지 않고 말한다. "지나칠 정도로."

마르티노가 고개를 끄덕인다. "카라바조가 레나라는 여인을 모델로 했다고 하는데 레나는 그 당시 유명한 매춘부였다고 해요. 〈순례자들의 성모〉의 모델이기도 하고요."

"카라바조 전기를 읽어서 그런지 별로 놀랍진 않아요……." 나는 늘 여자들에게 둘러싸여 살았던 이 광기 어린

화가를 생각하며 슬며시 웃는다. "실제로 성모 마리아와 아기가 놀랄 만큼 사실적이네요. 성녀 안나에 비해 훨씬 생동감 넘치고 인간적이에요."

"맞아요." 마르티노의 얼굴이 환해진다. 그가 공부했던 책들의 각주가 그의 머릿속으로 스쳐 지나가는 게 눈에 보이는 듯하다. "어떤 학자들은 이 작품을 철수시킨 진짜 이유를 성녀 안나가 성모나 예수와 너무 동떨어진 자세를 취하고 있다는 데서 찾기도 해요. 이론적으로 성녀 안나는 신의 은총을 상징하니까요."

"실제로 안나는 청동상처럼 보여요. 혐오스러운 표정으로 두 손을 모은 채 바라보기만 하고 뱀을 죽이려는 구체적인 몸짓을 전혀 보이지 않네요." 그림 속의 장면이 바로 내 앞에서 펼쳐지기라도 하듯 내가 말한다.

"어쩌면 카라바조는 성녀 안나를 통해서 우리들 모두의, 우리 인류의 무엇인가를 말하고 싶었는지도 몰라요." 마르티노가 말한다. "악을 마주했을 때 성모 마리아처럼 항상 단호하게 물리칠 준비가 된 사람은 아무도 없으니까요. 아니 오히려 그 매력에 굴복하는 경우가 많죠."

순간적으로 그의 말에 동의하며 고개를 끄덕인다. 레오나르도와의 관계에서 종종 벌어지는 일이었다. 지금 이 순간 그는 기어 다니는 독사처럼 내 원죄인 동시에 저항할 수 없는 매력이니까.

"어쨌든 성모가 이 그림의 진짜 주인공인 건 분명해요."
마르티노가 전문가 같은 분위기로 계속 설명한다.

"그건 의심의 여지가 없죠." 내가 그의 말에 동의한다.

"마리아의 얼굴 표정 좀 봐요." 마르티노가 내 어깨에 한
손을 올려놓고 턱으로 그림을 가리킨다. "흔들림이 전혀 없
어요. 결정을 내린 게 마리아예요. 그녀는 자신이 어떻게 해
야 하는지 잘 아는 거죠. 예수의 겨드랑이 밑을 잡고 지지를
해주고 인도를 하고 지휘를 해요. 뱀의 머리를 밟게 예수의
다리를 미는 것도 마리아예요."

"아기 예수는 엄마의 발 위에 자기 발을 올려놓고 엄마
흉내만 낼 뿐이고." 내가 설명을 보충한다.

"어떻게 해야 하는지 배우는 중인 거죠." 마르티노가 말
한다. "악을 짓밟으려면 먼저 정면으로 잘 봐야 한다고 말하
는 것 같아요. 제대로 알고 판단할 필요가 있다고."

"그리고 거기서 완전히 자유로워져야 하고." 내가 결론
을 내린다. 이런 대화 중에 뭔가가 내 마음 깊은 곳에서 울려
퍼진다.

갑자기 내가 해야 할 일과 그 방법을 알게 된 기분이다.
오늘 밤 개업식을 다시 생각해보자 머릿속의 모든 문제가 훨
씬 선명해진다. 난 절대 거기 가면 안 된다. 가이아의 목소리
가 들린다. 양심이 그녀를 통해 내게 말하고 있다. 그 초대를
거절하는 게 유혹을 물리칠 수 있는 유일한 방법이다. 나는

악마와 춤을 췄었는데 이제 그 악마와 거리를 둬야 한다는 걸 알게 되었다.

마르티노가 계속 빛과 어둠의 유희, 의상의 주름 들을 설명하지만 이제 그의 말이 들리지 않는다. 나는 딴생각에 빠져 있다. 어떻게 해야 되도록 힘들지 않게 필리포에게 오늘밤 개업식에 갈 수 없다고 알릴지를 고민 중이다.

미술관을 방문한 뒤 우리는 빌라의 정원으로 나와 그늘이 드리워진 나무 밑의 벤치에 앉는다. 박물관이나 영화관에서 나올 때면 항상 그렇듯이 머리가 조금 어지럽다. 8월의 뜨거운 태양 때문에 어지럼증이 더 심해진다.

"생각에 잠겨 있군요." 마르티노가 말한다.

"뭐라고요?"

"맞죠?"

"그냥 피곤한 것뿐이에요." 내가 한숨을 쉬며 우물거린다. "예술은 시간이 흐를수록 피로를 불러와요, 알아요?"

"모르겠는걸요." 마르티노가 고개를 젓더니 나를 유심히 본다. "많이 지쳐 보여요, 엘레나. 얼마 전부터 생기가 없어 보여요."

세상에······. 이 청년은 상상할 수도 없을 정도로 민감하다. 불가사의한 방법으로 내 마음의 엑스레이를 찍을 줄 안다.

"얼마 전부터라니, 언제부터?" 내가 묻는다. 진짜 문제를 조금 저쪽으로 미뤄두고 싶은 비겁한 유혹을 느낀다.

하지만 마르티노가 즉시 대답한다. "내가 마지막으로 본, 당신이 정말 행복해 보이던 때를 생생하게 기억해요. 당신이 그 남자와 산 루이지에서 나올 때였어요."

머리끝까지 온몸이 새빨개지는 기분을 느끼며 아래를 내려다본다. 레오나르도가 나를 납치해서 바다로 데려간 날이다. 우리가 함께 보낸 아름다운 날들 중 하루.

"그 남자는 누구예요?" 마르티노가 묻는다. 그가 좀 더 용감한 목소리로 말한다. "애인은 아니죠, 맞죠?"

"그걸 어떻게 알았어요?"

"아, 만약 애인이었다면 나한테 소개해줬을 거라고 생각했죠."

"맞아요, 애인 아니에요." 내가 고백한다. 결국 그를 속인다는 게 아무 의미가 없다. 이 맑고 투명한 눈을 믿어도 된다는 걸 안다. "난 힘든 시기를 보냈고 두 남자 사이에서 왔다 갔다 했어요. 내 애인인 필리포와 그날 봤던 레오나르도죠." 최근 몇 달 동안의 상황을 묘사할 적절한 말을 찾을 수가 없다. "하지만 이제 다 끝났어요. 내가 선택을 했거든요. 필리포로." 이렇게 말하긴 했지만 어쩌면 너무 자신 없이 말했는지도 모르겠다.

마르티노는 내 말을 다 믿을 수 없다는 듯이 내 얼굴을 뚫어져라 본다. "있죠, 그날 레오나르도와⋯⋯ 같이 있는 당신을 봤을 때," 그는 레오나르도라는 이름을 마치 실존적인 의문이 담긴 듯이 발음한다. "당신 눈빛이 뭔가 달랐어요, 훨씬 생기가 있달까."

마르티노는 씁쓸한 진실을 말하는 중이지만 난 곧 마음을 갑옷으로 무장해서 그 말들이 갑옷에 닿아 부메랑처럼 되돌아가게 만들어버린다. 제발, 마르티노. 너까지 나를 유혹하려 하지 마.

"그래요, 사실일지도 몰라." 나는 태연한 척하려 애쓰며 말한다. "그렇지만 그 사람 때문에 많이 힘들었어요. 다시는 그런 고통에 빠지고 싶지 않아."

"알아요. 당신이 그렇게 결정했다면……." 그가 항복의 표시로 두 팔을 든다. 잠시 후 그의 두 눈이 유감스러운 빛으로 물들며 얼굴이 어두워진다. "한 가지, 제일 속상한 게 뭔지 알아요?"

"뭐죠?"

"나도 당신 눈을 그렇게 생기 넘치게, 빛나게 해주고 싶었어요……." 그가 내 얼굴 대신 먼 곳을 뚫어지게 바라보며 말한다.

나는 미소를 짓는다. 나를 소유할 수 없다는 사실을 이미 받아들인 듯, 그는 꾸밈없이 조심스럽게 말한다. 오, 마르티노! 자신의 욕망을 충족시키기 위해서라면 산이고 바다고 다 움직일 수 있는 레오나르도와 너는 너무나 달라. 하지만 마르티노의 이런 완고함과 뜨거운 열정이 정말 마음에 든다.

나는 부드러운 눈으로 그를 본다. "당신은 항상 당신 식으로 내 눈을 빛나게 해줘요." 내가 그의 등을 툭 친다.

"맞아요, 내 식으로."

집에 돌아와서 차근차근 거짓말을 할 준비를 한다. 눈에 수면안대를 하고 아마씨가 든 찜질팩을 배에 올려놓은 뒤 필리포가 돌아오길 기다린다.

7시쯤 되자 문이 열리는 소리와 내 이름을 부르는 소리가 공중에 울려 퍼진다. 필리포의 목소리는 상쾌하다. 방금 샤워를 마치고 나온 사람 같다.

"여기 있어." 나는 다 죽어가는 시늉을 하며 조그맣게 말한다.

"무슨 일이야?" 필리포가 다가와 놀란 눈으로 나를 본다.

"머리가 깨질 것같이 아파, 필." 내가 안대를 살짝 든다. "생리 때가 가까워져서 그럴 수도 있어, 잘 모르겠어."

"제길. 하필 오늘 저녁에, 비비." 그가 몸을 숙이고 내 이마를 부드럽게 쓰다듬는다. 나는 눈을 감는다. 그의 부드러운 눈길을 그대로 받을 수가 없다. "약 좀 먹었어?"

"응, 진통제. 그런데 아무 소용이 없네." 나는 선의의 거짓말을 하는 중이라고 속으로 되풀이하며 기어들어가는 목소리로 말한다. 우리 두 사람을 위해 거짓말을 하는 중이다

(그런데 필리포의 반응으로 봐서 내가 꽤 괜찮은 연기자인가 보다).
나는 눈을 떠서 그의 눈을 본다. 언제나 그렇듯이 배려심이
넘치는 그 눈을. "있지, 화내지 말고 나 너무 미워하지 마. 오
늘 밤 같이 못 갈 것 같아."

　　필리포가 소파 가장자리에 앉아 체념한 듯 나를 본다.
"네가 원하면 나도 집에 있을게."

　　"아냐, 무슨 소리야." 내가 일어나 앉는다. "넌 꼭 가야
해." 오늘 밤이 필리포에게 얼마나 중요한지 알기 때문에 나
로 인해 포기한다면 견딜 수 없을 것이다.

　　"널 혼자 놔두고? 싫어."

　　"그만. 더 문제 만들지 마. 난 심각하지 않아." 내가 고집
을 부린다.

　　"정말 너하고 같이 가고 싶었는데."

　　"알아, 필. 나도 그러고 싶었어." 내가 한숨을 쉰다. "그
래도 정말 어쩔 수가 없어. 너무 아파서." 나는 좀비 같은 표
정을 흉내 내며 두 손으로 머리를 꽉 쥔다. "나 좀 봐, 완전 괴
물이야, 핏기 하나 없는."

　　"내 눈에는 안 그래." 그가 내 이마에 부드럽게 키스를
한다. "알았어, 좀 쉬도록 해, 얼른. 난 가서 준비할게."

　　"오케이." 내가 말한다. 그리고 눈물을 가리려고 얼른 다
시 안대를 한다.

　　내 결정이 옳았다고 생각하며 혼자 텔레비전 앞에서 저

녁을 보낼 준비를 한다. 밤이면 주로 입는, 쇼트팬츠에 소매 없는 줄무늬 면 티셔츠를 입고 하바이아나스(브라질의 플립 플롭 상표―옮긴이) 플립플롭을 신는다. 냉장고에서 딸기 아이스크림 한 통을 꺼내 와서 소파에 책상다리를 하고 앉아 「위기의 주부들」 재방송을 보며 아이스크림을 퍼먹는다. 오늘 밤에는 영화를 보고 싶은 생각이 전혀 들지 않는다.

눈앞에 펼쳐지는 화면의 내용을 이해하려 하지 않고 멍하니 바라본다. 에바 롱고리아가 거실에서 랩 댄스 봉을 잡고 말할 수 없이 유연한 동작으로 섹시하게 춤을 추는데, 갑자기 카펫에 쿵 떨어져버려 그 즉시 나는 바보 같은 웃음을 터뜨리지 않을 수 없었다. 그러니까 지금 방영되는 회에서 무슨 일이 일어나고 있는지는 하나도 모르지만 코믹한 상황만큼은 놓치지 않고 있다. 물론 거기에 몰입할 수는 없지만 말이다. 내 뇌를 서랍에 집어넣고 자물쇠로 잠근 뒤 열쇠를 집어던지지는 못했다…….

10시가 지났을 무렵 아이스크림 한 통을 거의 다 먹어치우고 「위기의 주부들」 2회를 시청하기 시작했을 때 초인종 소리가 들린다. 잘못 들은 게 아닌지 확인하려고 텔레비전을 끈다. 초인종이 다시 요란하게 울린다. 아래층 현관의 초인종이 아니라 바로 우리 집 앞에 달린 초인종, 실로폰 소리 같기도 하고 오래된 종소리 같기도 한 초인종 소리다. 찾아올 사람이 아무도 없어서 정말 누구인지 짐작조차 할 수가 없다. 하겐다즈 통에 숟가락을 꽂아놓은 채 소파에서 일어나 슬리퍼를 끌고 문까지 걸어가는 동안 불길한 예감이 든다. 문에 난 작은 구멍에 눈을 가져다 대고 초점을 맞춰 밖을 내다보다가 금방 뒤로 한 발 물러선다. 이럴 수가! 그 사람이다. 문에 가만히 기댄 채 아무도 없는 척해야겠다는 생각이 제일 먼저 본능적으로 떠오른다. 하지만 곧 나 자신이 부끄러워진다. 자, 엘레나. 당당하게 행동해. 그와 대면해.

손잡이를 밑으로 내리고 문을 반쯤 연다. 레오나르도다. 카리스마 있고 불안한 그의 모습이 내 눈앞에 나타난다. 너무나 세련된 차림이다. 흰 와이셔츠에 은 커프스를 하고, 셔츠 윗단추만 잠그지 않아 구릿빛으로 그은 가슴이 살짝 보인다. 검은 바지에 검은 구두, 목에는 회색 실크 스카프를 둘렀다. 머리에는 젤을 약간 바른 것 같은데 완전히 뒤로 넘겼고—이런 모습은 처음이다—수염도 보통 때보다 짧다. 그리고 그 악마 같은 두 눈은 어찌나 까맣던지 화장이라도 한 것 같다.

나는 다리에 힘이 빠지는 게 느껴지지만 등을 꼿꼿이 세우고 팔짱을 낀 채 자신 있게 문 앞에 선다. 내 공간을 지키고 절대 그가 침범하게 내버려 두지 않을 작정이다.

"대체 무슨 볼일이 있어 여기까지 온 거지?"

그가 눈을 크게 뜨고 나를 본다. 그 시선에 무장해제가 된다. "들어가게 해줘. 제발 부탁이야."

"아니, 들어오면 안 돼." 그가 이곳을 모독할 수도 있다는 생각만 해도 소름이 끼친다. "급히 할 말이 있으면 지금해." 내가 침을 삼킨다. "아니면 그냥 가버리든지."

갑자기 목이 탄다. 나는 흔들림 없이 강하지만 내 앞에서서 내 마음속의 감정들을 지배하는 이 태산과 맞서기에는 충분하지 않다. 게다가 진한 그의 향기가 내 코까지 강렬하고 선명하게 전해진다. 결코 저항할 수 없는 유혹이다.

"어서, 엘레나. 이 문 열어."

"안 돼. 여기서도 충분히 이야기 나눌 수 있어."

그가 문설주 위로 한 팔을 뻗더니 이마를 그 위에 대서 위험할 정도로 가까이 내 얼굴에 다가온다. 그는 전투에서 돌아온 전사처럼 지쳐 보인다. 싸우는 데 지칠 대로 지친 너무나 아름다운 전사처럼.

"당신 아주 잘했어, 알아?" 그가 체념한 듯 소곤거린다.

"뭘?"

"개업식에 오지 않은 것."

그의 말이 내 귀에 와 닿는다. 나는 어떤 어조로 말해야 할지, 어떤 자세를 취해야 할지 알 수가 없다. 팔짱을 끼고 있어야 하는지, 늘어뜨리고 있어야 하는지, 몸의 중심을 오른 발이나 왼발로 옮겨야 하는지, 눈을 내리깔아야 할지 위를 올려다봐야 할지, 다른 곳을 바라봐야 할지, 어찌할 바를 모르겠다.

"그래, 안 갔어." 나는 그의 말을 반복하며 명백한 사실을 강조한다.

"멋진 파티였어, 그렇지만…… 안타깝게도……. 나도 즐거웠어, 적어도 어느 순간까지는 말이야." 레오나르도가 하얀 이를 드러내며 씁쓸한 미소를 짓는다. "그러다가 갑자기 주위를 둘러보고는 주변의 그 많은 사람들이 내게 하나도 중요하지 않다는 걸 깨달았지." 그는 자신의 뜻과는 반대로 그런 말들이 흘러나와서, 달리 어쩔 도리가 없다는 듯이 말한다. "오늘 밤 꼭 보고 싶은 사람은 당신, 오로지 당신밖에 없었어."

멋진 말이지만 너무 늦어버렸다. 이제 와서 이런 식의 말은 내게 모욕보다 더한 상처를 준다.

"그 말 하러 여기까지 온 거야?" 나는 미소를 지어보려 애처롭게 시도한다. 흥분을 하지 않기 위해 있는 힘을 다하고 있다.

"그래, 그 이유도 있어." 그가 대답한다.

"또 다른 이유는," 나는 턱을 잡고 입안에 남아 있는 얼마 안 되는 침을 삼킨다. "뭐지?"

그가 무슨 말을 하든 나는 여기서 그 말을 듣고 싶지 않다는 걸 이제야 알아차린다. 그의 면전에서 문을 닫으려 하지만 그가 나보다 먼저 그걸 막는다. 레오나르도는 한 손으로 문을 열어젖히더니 난폭하게 안으로 들어온다. 문이 둔탁한 소리를 내며 그의 등 뒤에서 닫힌다.

내 발밑의 바닥이 흔들린다. 나는 아무 말도 할 수 없다. 그를 제대로 볼 수도 없다. 눈과 귀가 아프다.

벽까지 뒷걸음질을 치지만 그가 벌써 내 앞에 와 있다. 그는 두 손으로 벽을 짚어 자신의 몸으로 빠져나갈 수 없는 우리를 만들어버린다.

"당신을 원한다는 말을 하러 왔어, 엘레나. 당신 없이는 내가 어떻게 살아야 할지 모르겠다는 말을 하러." 그의 목소리가 독약과 같이 내 몸 구석구석으로 스며든다. 그의 눈은 뜨겁게 달아올라 내 살을 다 태울 것만 같다.

"꺼져." 그에게 으르렁거리듯 말한다. 있는 힘을 다 끌어모아 굴복하지 않고 살아남아야 한다는 본능에 충실하려 한다.

"어쩌면 내가 다 틀렸는지도 몰라, 내가 바보였을 수도 있어, 그렇지만……."

"그렇지만, 뭐? 꺼지라고." 그와 나 자신에게 주문처럼 다시 말한다.

"그렇게 말해도 돼, 그렇지만 당신이 원하는 건 그게 아니라는 걸 알 텐데."

힘에 균열이 생기고 있다. 그게 느껴진다. 내 안에서 오랫동안 치열한 전투를 벌이다가 이제 잠잠해진 분노와 향수와 불확실함 같은 감정들이 순식간에 되살아나서 요란한 소리를 낸다.

나는 주먹을 꽉 쥐고 등 뒤의 벽을 친다. "아니, 내가 원하는 건 바로 그거야. 당신이 당장 여기서 나가는 거!" 나는 숨을 들이쉰다. "당신은 나를 괴롭히고 있어. 난 더 이상 괴롭고 싶지 않아!"

카라바조 그림 속 뱀의 이미지가 바로 내 눈앞에 구체화되어 나타난다. 나는 레오나르도를 밀어내려 하지만 그를 움직일 수가 없다. 좌절감을 느끼며 주먹으로 그의 가슴을 때리고 뺨을 때린다. 그는 꿈쩍도 하지 않는다.

"어쩌면 모든 것을 뛰어넘어 우리가 사귄 게 의미가 있었는지도 몰라."

"사귀었다고?" 내 눈이 휘둥그레진다. "언제부터 사귀었다고 할 수 있지? 그냥 불장난에 불과했던 거 아닌가?"

레오나르도가 내 앞에서 시선을 떨구는 걸 처음으로 본다. "내게 아무 감정도 느끼지 않는다고 말해봐. 그럼 갈게." 그가 속삭인다.

"어떤 감정을 느낀다 해도 뭐가 변하기는 하고?" 내가 그의 얼굴에 대고 소리친다. "난 정상적인 삶, 정상적인 사랑을 원해."

"그와 함께 사는 게 행복한가?" 언제나처럼 그가 나를 자극한다.

"제발……." 이번에는 내가 시선을 떨군다. 어쩌면 필리포에게서 불같은 열정을 느낄 수 없을지 모른다, 어쩌면. 하지만 나는 행복하다. 그래, 매일 머릿속으로 이 말을 되풀이한다.

"왜 대답 안 하지?" 그가 재촉한다.

"그 사람은 나를 이해해. 좋은 사람이야." 내가 자신 있게 말한다.

"그런데 알고 있어? 당신이 그 사람과 함께 사는 게 그가 좋은 사람이어서라는 걸?"

"그만해, 레오나르도. 이제 여기서 나가줘, 당장. 당신의 그 사악한 게임에 더 이상 말려들고 싶지 않아!"

"이제 내게는 게임이 아니라는 거 모르겠어? 빌어먹을." 그의 목쉰 소리가 내 목소리를 압도한다. "난 이제 당신 없이는 살 수 없어, 엘레나."

심장에 비수가 꽂힌다.

우리의 얼굴은 너무나 가까이 있어 시선이 하나로 뒤섞인다. 우리 사이의 간격은 몇 초 동안 그대로지만 곧 놀랄 만큼 빠른 속도로 좁혀지기 시작한다. 언제 그의 입술이 내 입술에 포개졌는지 그 순간조차 알아차리지 못한다.

나는 입을 꽉 다물고 이를 악문다. 그를 만족시키고 싶지 않다. 굴복해서는 안 된다. 하지만 레오나르도는 멈추지 않는다. 한 손으로 내 양손을 잡아 꼼짝 못하게 내 머리 위로 올리고 배로 나를 벽에 딱 밀어붙인다. 나를 향한 그의 욕망이 느껴진다. 다른 한 손은 내 머릿속에 집어넣고 거칠게 잡아당겨 얼굴을 들 수밖에 없게 한다. 그의 입술이 벌써 내 목에 닿았고 그의 이가 탐욕스럽게 내 살을 스쳐 지나간다. 그의 격정적인 행동 속에는 동물적이고 야생적인 뭔가가 담겨 있다.

"그만해……." 나는 거의 애원하다시피 한다.

"그럴 수 없어." 그가 속삭이며 한 손으로 천천히 내 목 전체를 감싼다.

그럼 네가 그만둬, 엘레나. 나는 나 자신에게 말한다. 이제 너를 불행하게 하는 것과 행복하게 하는 걸 구별할 줄 알잖아. 이 사람은 내게 상처만 줄 뿐이야.

하지만 그의 입술이 다시 내 입술 위에 있다. 그의 호흡이 내 입안으로 들어오고 그의 심장이 내 심장 근처에서 뛰고 있다. 이제 아무 생각도 나지 않는다.

그의 손이 천천히 앞가슴뼈를 따라 내려오더니 왼쪽 가슴에 닿는다. 아플 정도로 가슴을 꽉 쥔다. 마치 내 심장을 손으로 잡아 으스러뜨리고 싶다는 듯이.

아파서 신음하자 그가 나를 품에 안아 들어 올린다. 그에게서 벗어나려 발버둥치지만 그의 욕망은 너무 강하고 내 저항은 너무 약하다.

레오나르도가 나를 소파에 던지고 거칠게 민소매 티셔츠를 벗겨 가슴이 노출된다. 그러더니 이상하게 잔인성을 드러내며 내 쇼트팬츠를 벗긴다. 내 위에 올라와 자신의 몸으로 나를 꼼짝하지 못하게 만든다. 나는 여전히 그에게서 달아나려 하지만 그는 이미 내 다리 사이에 있고 그의 성기가 내 성기를 누른다. 그가 내 몸속에 들어오자 갑자기 모든 게 정지한다. 우리는 그렇게, 영원처럼 길게 느껴지는 찰나에, 서로의 몸속에서 하나가 되어 움직이지 않는다.

결국 나는 싸움을 포기하고, 그에게보다 나 자신에게 먼저 항복한다. 이제 내게 상처를 주는 건 레오나르도가 아니라 그의 빈자리라는 걸 알기 때문이다.

이제 이런 우리들의 싸움도 어떻게 보면 사랑을 나누는 한 방식이라는 걸 안다.

그가 거의 감지할 수 없을 정도로 천천히 움직이다. 밀고 들어오는 그에게 내 몸을 연다. 우리는 우리 자신에게 놀라, 욕망에 취해서, 쾌감으로 정신이 아득해져서 서로의 눈을 바라본다. 지금까지 우리의 육체와 정신이 이처럼 완벽하게 하나가 된 적은 한 번도 없었다. 격렬하고 피할 수 없는 필수불가결한 오르가슴이 우리를 욕망으로부터 자유롭게 해준다.

"당신이 느껴져." 내가 그의 입에 소리친다. 그가 내 입에 대고 신음을 한다. 우리는 마지막 호흡 하나까지, 필사적으로 서로를 즐긴다.

잠시 후 둘 다 알몸으로 서로를 조용히 꼭 껴안고 움직이지 않는다. 팔과 다리, 손과 머리카락, 살과 뼈가 녹아 하나가 되어버린 것만 같다. 잠시 후 그가 입술을 움직여 말한다.
"사랑해."

들릴락 말락 하게 소곤거렸지만 내 마음속에서는 천둥
소리처럼 크게 울려 퍼진다. 이 말에 모든 게 변하고 세상이
뒤집힌다. 그에게 제일 듣고 싶었던 말이지만 나 자신에게조
차 그걸 고백할 용기가 없었다.

"나도 사랑해."

나는 발버둥을 치다가 마침내 더 이상 견딜 수 없는 무
게에서 자유로워진다.

행복하면서 고통스럽다. 눈물이 뺨을 타고 흘러내린다.
어떻게 해도 눈물을 멈출 수가 없다.

"미안해." 레오나르도가 한 손가락으로 눈물을 닦아주
며 중얼거린다. "버텨보려고 했어. 이런 일이 일어나지 않게
하려고 했지만 내가 그 정도까지 강하지는 못한 사람이었어.
당신을 사랑해. 그래서 아무것도 할 수가 없어."

우리 사이의 거리를 본다. 잠시 한없이 슬픈 예감에 사로
잡힌다. 내게서 멀어지는 레오나르도가 눈앞에 보이고 우리
사이의 거리는 완전히 채울 수 없게 멀어질 것 같은 예감이.

하지만 바로 그 순간 그가 나를 붙잡더니 움직이지 못
하게 하려는 듯, 그 거리를 지우려는 듯 꼭 끌어안는다. 그는
가슴으로 나를 누르며 내 머리에 키스한다.

이제 이 방 안에는 우리 두 사람, 우리 두 사람의 육체,

새로 태어나 이 순간이라는 영원한 현재를 살아가는 두 개의 심장밖에 없다. 지난 일과 앞으로 일어날 일이 하나도 두렵지 않다.

우리는 얼마인지 모를 시간 동안 가만히 누워 있다. 그 사이 뒤얽힌 우리 두 육체가 누워 있는 공간을 제외한 빈 공간으로 어둠이 서서히 스며든다. 침묵의 무게가 느껴지지 않으며 생각할 필요조차 느껴지지 않는다. 대개 불안하고 절박하던 내면의 목소리가 이제 들리지 않는다.

눈을 감은 채 레오나르도의 등을 쓰다듬으며 그의 문신을 상상해본다. 지워지지 않는 그 표시가 그 사람에 대해 말해주지만 그게 무슨 말인지 알지 못한다. 그리고 지금은 그걸 이해해보려 애쓸 때도 아니다. 레오나르도가 내 목에 코를 비비더니 쇄골 가장자리에 키스를 한다.

"더 있고 싶지만 레스토랑으로 돌아가야 해." 그가 내 눈을 보며 속삭인다. "다들 내가 어디 갔는지 찾고 있을 거야."

"알아." 그의 머리카락을 귀 뒤로 살며시 넘겨준다. 조금 더 같이 있어주면 좋겠지만 가게 해줘야 한다. 필리포가 언제고 돌아올 수 있다. 내 머릿속에서 필리포의 얼굴은 윤곽도 모양도 냄새도 없다. 그의 얼굴을 찾아보지만 찾을 수가 없다. 함께 산 몇 달 동안의 기억과 함께 블랙홀에 빠져버린 기분이다.

소파에 알몸으로 앉아, 옷을 입는 레오나르도를 본다.

나는 아직 움직일 힘이 없다.

"사랑해, 엘레나." 그가 마지막 키스를 하며 내 눈을 보고 말한다.

"사랑해, 레오나르도." 잠깐이라도 심장의 온기를 느끼고 싶어 그의 가슴에 얼굴을 묻는다.

그는 떠났다. 그가 나가고 나자마자 갑자기 이 집이 더이상 내 집이 아닌 것만 같다. 내가 더럽힌 이 방 안의 네 벽이 그의 냄새를 맡았고 그의 손과 우리의 벗은 몸을 다 지켜보았다.

예전과 같은 건 하나도 없다. 우리는 미래를 이야기하지 않았고 아무런 약속도 하지 않았지만 이제 서로의 사랑을 확인했다. 그리고 이 모든 일이 일어나고 난 뒤 한 가지 사실만은 확실해졌다. 이 집에 더 이상 머물 수 없다는 것이다. 밤이 깊어지기 전에, 아침이 내 발목을 잡기 전에 당장 떠나야한다.

"며칠 묵으실 건가요?" 호텔 직원이 묻는다.

"일단 오늘 밤만요. 그다음에 결정할게요."

"여기 있습니다." 그가 방 열쇠를 건네고 복도로 나를 안내한다. "여깁니다, 오른쪽 두 번째 방이요. 문의사항 있으시면 언제든 접수처로 연락 주십시오."

1시 반이 다 됐고 나는 테르미니 역 쪽의 소박하고 작은 호텔 마리I의 4호실에 혼자 투숙한다. 온라인으로 찾아낸 제일 저렴한 가격의 호텔이다.

이곳으로 오려고 택시를 기다리는 동안 나와 레오나르도의 냄새가 빠져 나가도록 창문을 활짝 열었다. 여름밤의 뜨거운 바람이 밖에서 불어오는 동안 서둘러 당장 필요한 물건만 작은 트렁크에 담았다. 내 평생 처음으로 정말 꼭 필요한 물건만 넣어 짐을 챙겼을 것이다. 그러고 나서 창문을 닫고 거실로 가서 프린터기에서 종이를 한 장 빼낸 뒤, 평상시 아침 식사를 하던 등받이 없는 의자에 앉아 펜을 잡았다.

사랑하는 필.

재빨리 이렇게 썼다가 곧 멈췄다. 우리가 함께한 시간들이, 첫 키스에서부터 불과 몇 시간 전까지의 이야기가 영화처럼 떠올랐다. 함께 살았던 시간의 매 순간들이, 이제 끝나버린 연애의 마지막 장이 세세히 생각났다. 손이 떨렸지만 충격적인 사실을 알릴 준비를 했다. 그 집에 앉아, 필리포가 돌아왔을 때를 상상해보았다. 내가 떠나지 않고 남아 있는다면 그에게 무슨 말을 해줄 수 있을까? 적당한 말을 찾는다 해도 그 말을 하고 난 뒤 한 지붕 아래 같이 있는 걸 어떻게 견딜 수 있겠는가? 떠나는 게 내가 할 수 있는 유일한 선택이지만 간단한 설명조차 하지 않고 떠날 수는 없었다.

그래서 서둘러 몇 자 적었다. 내 인생에 다른 남자가 있어서 더 이상 필리포와 살 수 없다는 것만 말했다.

종이를 반으로 접어 오른 전등 밑에 있는 대리석 선반 위에 잘 보이게 올려놓았다. 그 전등만 켜놓고 나왔다.

가방을 어깨에 메고, 나오기로 결심하기 전 마지막으로 집 안을 한번 둘러보았다. 지난 다섯 달 동안 필리포와 함께 살았던 집이다. 내 행동이 비겁해 보일 수도 있지만 가끔은 남아 있는 것보다 달아나는 데 더 용기가 필요하기도 하다.

필리포와 대면하는 게 두렵지 않다. 조만간 그렇게 해야만 한다는 걸 알고 있지만 시간이 필요하다. 무엇보다 우리 사이에 거리를 둘 필요가 있다. 이 집에서 내 존재로 그에게 부담을 줄 수는 없다. 헤어지는 건 고통스럽지만 결단을 내리는 게 좋다. 이번에는 돌이킬 수 없다.

나는 도둑처럼 현관을 빠져나와 기다리고 있던 택시에 올라탔다. 늦은 시간인데도 도로는 여전히 자동차들로 꽉 막혀 있었다. 도시는 특히 이런 여름밤이면 불야성을 이루는데, 내게는 그 모든 게 어마어마하게 멀게만 느껴졌다.

그래서 지금 이 호텔 방에 와 있다. 팔베개를 하고 침대에 똑바로 누워 천장을 바라보며 긴장을 풀어보려 애쓰지만 잘되지 않는다. 지금쯤 필리포는 집에 돌아왔을 테고 내 쪽지를 봤겠지. 오로지 이 생각만이 나를 괴롭힌다. 하지만 슬퍼한다는 건 위선일 것이다. 필리포는 훨씬 더 괴로울 테니까. 나는 그가 내게 주었던 사랑을 받을 자격이 없다.

나를 증오해, 그래서 네가 조금이라도 나아진다면. 부탁이야. 여기서 조용히 부탁할게, 필. 정말 나 때문에 눈물 흘리지 않길 바라. 나는 네가 눈물 흘릴 만한 가치가 없는 여자야. 머리보다는 마음의 소리에 더 귀를 기울였기 때문에, 제대로 저항할 줄 몰랐기 때문에, 이제야 겨우 솔직해지기로 결정했기 때문에 지금 나는 죄책감과 행복을 동시에 느낀다.

이 방은 별로 밝지 않다. 창은 작고 천장은 숨이 막힐 정도로 낮아 마치 요새 같다. 공황발작을 일으킬지도 모르겠다. 간단히 챙겨온 가방에 진정제도 넣어오지 않았다. 나는 혼자다. 나 자신밖에 믿을 데가 없다. 누군가에게 전화를 하고 싶다. 가이아나 엄마에게. 하지만 집에서 나온 뒤 화면에 필리포의 이름이 뜨는 걸 보게 될까 봐 휴대전화를 꺼버렸다. 물론 필리포가 이미 수백 번도 더 내게 전화했을 게 분명하다.

밖은 아직도 무더운 밤이지만 춥다. 몸이 떨린다. 마지막 순간에 생각이 나서 다 낡은 아디다스 후드티를 트렁크에 집어넣은 게 천만다행이다. 대개 아침에 길모퉁이 가판대로 신문을 사러 갈 때나 밤에 조그만 테라스에 나갈 때 입던 후드티다. 이제 더 이상은, 적어도 그 집에서는 하지 않을 일들이다.

냉장고를 열어 작은 병에 든 그랑 마니에르(코냑에 오렌지 향을 가미한 프랑스산 리큐어—옮긴이)를 꺼낸다. 마개를 따고 몇 모금 마신다. 즉시 목이 화끈하다. 혼자 술을 마시면 서글프다는 걸 잘 안다. 하지만 약간의 알코올은 외로움과 고통으로 죽지 않기 위해 꼭 필요하다.

술병을 들고 열어놓은 창가로 가서 무더운 공기 중으로 퍼지는 자동차 소음을 듣는다. 저 밖에는 수많은 인생이 있다. 그 사실을 깨닫자 위안이 된다. 호텔 침대에서 꾸게 될지도 모를 악몽을 피해 이 창가에서 잠든 채 내일이 오길 기다리고 싶다. 내일 휴대전화를 다시 켰을 때는 설명하고 이야기하고 이해시킬 힘을…… 진실을 말하고 작별의 말을 하고 새로운 길, 마음의 길로 걸어갈 힘을 충분히 낼 수 있어야 한다. 하지만 두렵지는 않다. 불빛이 어른거리는 깜깜한 하늘을 본다. 눈물이 어려 뿌연 시야 너머로 하늘은 닿을 수 없이 까마득히 멀게만 보인다. 내 생각은 두 시간 전으로, 레오나르도가 내 몸속에 있고 내가 그를 포옹하던 그 시간으로 달려간다.

나는 가까스로 살아남은 생존자이지만 행복할 준비가 된 생존자이기도 하다.

필리포가 티베리나 섬의 안티코 카페 델이졸라에서 날 기다리고 있다. 내가 거기서 만나자고 했다. 오늘 아침 잠에서 깨서—밤새 한숨도 자지 못했기 때문에 솔직히 이렇게 말할 수도 없다—휴대전화를 다시 켜자 필리포에게서 십여 통의 전화가 와 있었다. 그래서 그에게 문자를 보냈고 그 장소에서 만나기로 약속을 했다. 심리적으로 이제 우리 아파트가 아닌, 우리가 함께 살던 그 아파트로 다시 돌아갈 수는 없을 것 같았다. 주변이 바다가 아니라 강이지만 그래도 섬 위에 떠 있는 게 여러 가지 온갖 일을 훨씬 쉽게, 그리고 덜 고통스럽게 만들어줄지도 모른다.

일요일이고 며칠 후면 성모승천대축일이다. 이 시기면 로마인들은 도시를 떠나기 때문에 주위에는 평상시보다 사람들이 훨씬 적고 대개가 관광객들이다. 나도 왠지 관광객이 된 기분이다. 여러 생각들이 목적지 없이 헤매고 있지만 목적지에 도달할 옳은 길이 어디인지 알 수가 없다.

내가 해야 할 말과 필리포가 내게 듣고 싶어 할 말을 생각하자 벌써 고통스럽다. 우리가 함께 봤던 알베르토 소르디와 모니카 비티의 「내 사랑 도와줘」가 떠오른다. 모니카가 다른 남자를 사랑하고 있다고, 그 감정을 확인하기 전에는 아무것도 할 수 없다고 남편에게 고백하던 사바우디아 해안가 장면이 또렷이 생각난다. 이 만남이 두 사람의 만남보다는 조금 낫기를 기대해본다. 필리포에게는 내게 폭력을 휘둘러도 될 충분한 이유가 있기는 하지만 말이다.

저기 그가 있다. 작은 테이블에 앉아 나를 기다리는 그가 먼발치에서 보인다. 선글라스를 낀 채 약간 경직되어 있고 한쪽 다리를 초조하게 떨고 있다. 나를 보자 그가 의자 등받이에 몸을 기대고 깊게 한숨을 쉰다. 나 여기 있어, 이야기 들을 준비 되어 있어, 라고 그가 말하는 듯하다. 이제 여기 이 심장에 비수를 깊숙이 꽂아봐, 라고.

이야기를 나눈 지 30여 분이 지났다. 우린 아직 상처를 입지도 눈물을 흘리지도 않은 채 생생하다. 나는 커피를 마셨고 그는 물을 한 잔 마셨다. 우리 둘 다 밤새 한숨도 못 자고 상념과 고통에서 헤어나오지 못한 얼굴이다.

필리포가 나를 증오하리라 예상했지만 그렇지 않다. 아니 적어도 그런 표시는 내지 않는다. 그의 고통은 아직 분노로 변하지 않았다. 아마 그렇게 되기까지 시간이 조금 걸리겠지. 그는 나를 다시 설득해서 생각을 바꿀 수 있을지도 모른다는 실낱같은 희망을 가지고 이곳에 왔다. 필리포는 나를 잘 알고 있고 내가 경솔한 여자가 아니라는 걸 안다. 내가 그런 일을 했다는 건 확신이 있기 때문이고 절대 되돌리지 않으리라는 것도.

냅킨을 몇 번이고 접는 데만 몰두해 있는 남자는 별로 화가 난 게 아닐지도 모른다고 나 자신을 설득하고 싶다. 이게 위안이 되는 일인지, 아니면 우리가 서로 맞지 않는 사람들이었다는 잔인한 증거인지 아직도 잘 모르겠다. 이제 우리 두 사람 사이의 관계에 더 확신이 생기지 않는다. 레오나르도는 심지어 나와 필리포의 관계에까지 그늘을 드리웠다. 어쩌면 우리 두 사람 사이에는 억누를 수 없는 열정 같은 건 애초에 없었고 배려와 호감에 의해 정신적으로만 결합되어 있었는지도 모른다. 그래도 뭔가 고약하고 씁쓸한 뒷맛이 남는다.

"상대가 누구인지라도 말해줄 수 있어?" 그가 갑자기 묻는다.

상대를 밝히는 굴욕만은 피하고 싶었지만 필리포가 어중간하게 알고 있는 게 훨씬 더 굴욕적일 거라는 생각이 든다. 그리고 그는 상처를 입을지라도 진실을 모두 다 알 자격이 있다.

"레오나르도야."

선글라스를 쓴 그의 표정이 어떤지 알 수 없지만 입술을 깨물고 15분 전부터 접었다 폈다 하던 종이 냅킨을 두 손으로 움켜쥐는 게 보인다.

"내 눈앞에서." 그가 분노해서 냅킨을 집어던지며 쉰 목소리로 말한다.

"그렇게 말하지 마, 필."

"사실인데 왜 그렇게 말하면 안 되는 거지?" 그가 고통스러운 미소를 지으며 목소리를 높인다. 그러더니 생각에 잠긴다. "이제야 여러 가지 일들이 설명이 되는군."

필리포가 더 이상의 추리를 하지 않고 자신을 더 괴롭히지 못하게 막고 싶다.

"너희 집에 왔을 때 이미 그 사람을 다시 만나지 않기로 결심했었어." 내 목소리가 그의 생각을 멈춰주길 바라며 말한다. "어떻게 해서든 그 사람을 피하려고 했지만 내 뜻대로 되지 않았어."

"그래서 어제 개업식 파티에 안 간 거야?"

"응." 내가 시인한다. 그렇다 해도 필리포의 눈에는 내 죄가 가벼워 보일 리 없다는 것을 알고 있기는 하지만 말이다.

필리포가 고개를 끄덕인다. 우리는 잠시 말없이 앉아 있다. 룽고테베레의 플라타너스 사이로 불어오는 바람의 노랫소리를 듣는다.

"같이 살 건가?" 잠시 후 필리포가 묻는다. 혈관 속의 피가 얼어붙는 기분이다. 그런 생각을 해본 적도 없어서 이런 식의 말이 더욱 터무니없게만 들린다. 정말 내 사람이 되지 않을 수도 있는 한 남자 때문에 그를 떠나고 있다는 말을 어떻게 설명할 수 있을까?

"몰라." 내가 대답한다. "지금으로서는 확실한 게 아무것도 없어. 다만 확실한 건 너와 계속 이렇게 살 수 없다는 거야."

"네가 계속 살 수 없었겠지. 난 너하고 평생을 함께 살 수 있었는데." 그가 잔인한 진실이 담긴 몇 마디 말로 날 꼼짝 못하게 만든다. 그는 나에게 아직도 느끼는 자신의 감정이 나를 공격할 가장 날카로운 칼날이라는 걸 잘 안다. 좋아, 그렇게 하는 게 맞아. 이런 시합에서 둘 중 하나는 상처를 입을 수밖에 없어. 그게 게임의 규칙이니까.

내가 테이블을 내려다보자 그가 다시 한숨을 쉰다. "이제 우린 어떻게 해야 하지? 집에 올 거지? 네 물건들 때문에." 우리는 벌써 현실적인 문제들, 제일 가슴 아픈 부분을 얘기하고 있다. 상처가 나고 피가 철철 흐르지만 우리는 책과 디브이디를 나눠야 한다.

"지금은 안 돼. 지난밤에 호텔에서 잤거든. 그래서……."

내 말줄임표가 그의 마음의 어떤 은밀한 부분을 건드렸나 보다. "계속 거기 있고 싶어?"

"나 잘해낼 수 있을 거야, 필." 내가 짧게 대답한다. 나 때문에 필리포가 계속 걱정하게 만들고 싶지 않다.

우리는 자리에서 일어나 함께 걸어간다. 아무 말 없이 다리 끝에 이르러서 서로 곤혹스러워하며 인사를 한다. 필리포에게 이런 곤혹스러운 감정을 느낀다는 게 믿어지지 않는다. 어쨌든 다시 만나게 되겠지. 그래서 이 모든 상황이 그나마 덜 통속적이다. 나는 필리포가 아직 날 지켜보고 있을지, 이미 자기 갈 길을 가고 있는지 궁금해하면서 인도를 걷는다. 돌아서서 확인할 용기가 나지 않아 걸음을 재촉한다. 축구복을 입은 소년들 한 무리가 내 옆으로 달려간다. 뜨거운 산들바람이 계속 불어와 피부를 부드럽게 간질이고 테베레 강에서는 바다와 육지 냄새가 함께 뒤섞여 올라온다. 여름은 슬픈 사람들에게는 최악의 계절이다.

"빨리, 엘레나. 걸어. 길 잘 알잖아."

한적하고 뜨거운 로마의 목소리다. 내게 용기를 내라고,
첫 번째 교차로에서 멈추지 말라고 말하는 우렁찬 음악이
다. 이제 로마의 길을 잘 안다, 사실이다. 길을 찾으려 지도
를 보지 않아도 된다. 나는 다크서클을 가리려고 선글라스
를 낀 채, 등 뒤에 두고 온 과거 때문에 마음이 아프지만 지
금 만나러 가는 미래 때문에 머리는 가벼워져서 천천히 걸어
간다. 사랑한다고 굳게 믿고 싶었던 남자, 필리포와의 이별
로 가슴이 찢어질 듯하다. 하지만 지금 내 마음은 열렬히 사
랑하고 싶다고—생각만으로도 겁이 나긴 했지만—확신하는
레오나르도의 집으로 향하고 있다.

그날 밤 이후로 레오나르도를 만나지 못했다. 불과 사흘
전의 일인데 벌써 백 년은 지난 것 같다. 왜 연락이 없는지 알
수 없고 약간 걱정이 되기는 하지만 크게 염려하지 않는다.
그가 활력적으로 일할 때면 이렇게 연락이 없곤 했다. 이제

서서히 그를 알아가고 있다. 필리포와 깨끗하게 정리할 때까지는 내가 먼저 그에게 연락하지 않겠다고 나 자신과 약속했고 그걸 지켰다. 심지어 다 정리가 되고도 하루를 더 기다렸다가 레오나르도에게로 달려가고 있다. 내게 일어나고 있는 일이 너무나 혼란스럽고 불안하기 때문에 홀로 집중을 해서 다시 숨을 고르고 생각을 정리할 필요를 절실하게 느꼈다. 물론 완전히 성공하지는 못했고 지금도 내가 잘하고 있는지 확신이 서지 않지만 의심을 하고 피해망상에 사로잡히는 일은 그만두기로 결심했다. 이제 불확실의 시간은 끝났고 일어나야 할 일은 다 일어났으니 그다음 일이 어떻게 되는지 살펴봐도 되겠지. 그게 궁금하면서 동시에 겁이 나기도 한다. 만나 이야기를 나누고, 그날 밤 한 말이 진심이었는지 혹시 내가 꿈을 꾼 건 아닌지 확인하러 그를 찾아간다. 내가 확신하는 한 가지 사실, 그를 사랑한다는 말을 하러.

테베레 강을 따라 계속 걷는다. 테베레 강은 끄덕끄덕 졸고 있는, 길고 긴 금빛의 뱀 같다. 아무 독도 없는 뱀. 거리에는 사람들이 거의 눈에 띄지 않는다. 너무 덥다. 태양이 가차 없이 뜨겁게 내리쬐고 아스팔트를 깐 인도에서는 뜨거운 아지랑이가 피어오른다. 어젯밤까지는 바람이 불었으나 지금 공기 중에는 바람 한 점 없이 무덥다. 하지만 견딜 수 있다. 거의 다 왔기 때문에 택시를 타고 싶지 않다. 걷는 게 생각을 집중하는 데 도움이 된다. 결정적인 만남이 될 테니 마음의 준비를 해야만 한다.

가이아가 생각난다. 그녀에게는 아직 아무 말도 하지 않았다. 어제 아침에 전화를 걸었는데 통화는 하지 못했다. 그래서 어젯밤에는 가이아가 내게 전화를 했다. 너무 늦었어, 친구. 조만간 차분하게 다 이야기할게. 그런데 지금은 아니야. '성모승천대축일에 무슨 계획 있어?'라고 막연하게 묻고 나서 또 막연하게 '모든 게 다 오케이'라고 문자를 보냈다. 보통 우리는 성모승천대축일에는 리도 해변에서 마요르카 청년들과 함께 보내곤 했다. 그리고 늦게까지 불꽃놀이를 본 뒤 영화제 전에 여름에게 인사를 했다. 지난해에는 하늘에 중국 등을 날렸다. 레오나르도를 만나기 전 내 세계의 황홀한 추억들이다. 1년 전의 우리 두 사람을 다시 떠올려본다. 가이아는 아직 싱글이었지만 이미 벨로티를 열심히 따라다녔고, 나는 발레리오와의 연애를 끝낸 지 꽤 되었지만 아직 새로운 사람을 만날 준비가 안 된 상태였다. 그녀가 지금의 내 선택에 대해 잘했다고 말해줄지는 모르겠지만 나를 이해해줄 건 분명하다.

테베레 강을 등지고 레오나르도 아파트 건물 바로 앞에서 길을 건넌다. 위를 올려다보니 창문이 다 열려 있다. 그가 집에 있다. 얼굴을 스치는 시원한 바람을 맞으며, 아무도 없는 건물 현관을 지나 서둘러 계단을 오른다.

다 왔다. 4층이다. 오른쪽에서 두 번째 문. 선글라스를 벗는다. 땀이 좀 나기는 했지만 그는 별 문제 삼지 않을 것이다. 초조하게 머리를 매만진다. 숨을 깊이 들이쉬고 초인종을 누른다. 그러고는 균형을 좀 더 유지하려 한 손으로 어깨에 멘 가방끈을 잡는다.

문이 열리지만 그가 나타나지 않는다. 대신 처음 보는 여자가 달님이 나타나듯 얼굴을 내민다. 잠시 층을 잘못 찾아왔나 생각하지만 초인종에는 '페란테'라고 적혀 있다. 그러니까 제대로 찾아온 게 맞다. 그럼 이 여자는 누구지?

벨벳 언더그라운드가 부른 〈팜므 파탈〉(벨벳 언더그라운드가 미국의 모델이자 배우인 에디 세즈윅을 모델로 작곡한 곡—옮긴이)의 여인 같다. 키가 크고 몸매가 좋다. 다크서클이 있는 검은 눈은 살짝 갸름하고 날카롭다. 보조개가 있고 입술이 선명하다. 검고 긴 머리카락을 일부러 빗지 않고 큰 핀으로 머리에 고정시켰다. 활력적이고 야생적인 아름다움이 눈부시지만 그녀의 내면에 절망적인 뭔가가 담겨 있다는 게 금방 감지된다. 그녀를 비극적으로 보이게 하는 무엇인가. 스스로 자신을 구원할 수 없는 여자다.

집시처럼 긴 치마에 어깨가 다 드러나고 양쪽에 달린 끈을 목 뒤에서 묶는 하얀 톱을 입어 그은 피부가 더욱 검어 보인다. 오른손 둘째손가락과 가운뎃손가락 사이에 피우던 담배를 들고 있는데, 신경질적으로 한 모금 빨고 연기를 내뿜어

강한 담배 향이 공기 중으로 퍼진다. 왼손 약손가락에 낀 금으로 된 결혼반지가 눈에 띈다. 절대 도우미는 아니라는 생각이 제일 먼저 든다. 마찬가지로 우연히 들른 여자도 아니다.

스테레오에서 그레고리안 성가인 〈디에스 이라에(Dies Irae)〉(라틴어로 '분노의 날'이라는 뜻으로, 죽은 자를 위한 진혼 미사곡인 레퀴엠에 속한 부속가의 일부―옮긴이)가 흘러나와 나의 호기심과 불안감은 점점 커져만 간다.

여자가 눈을 위로 치켜뜨더니 의아한 얼굴로 나를 보며 아무 말 없이 내가 먼저 입을 열기를 기다린다. 이마의 주름 하나가 그녀를 더욱 매혹적으로 만든다.

"안녕하세요." 내가 침을 삼킨다. "레오나르도를 만나러 왔어요." 교회에 알몸으로 들어온 사람마냥 불편하다. 지금 나쁜 짓을 하는 것도 아닌데 적절하지 않은 순간에, 찾아와서는 안 될 곳에 찾아온 것 같은 기분이 든다.

"레오나르도는 지금 없어요." 그녀의 목소리는 허스키하고 시칠리아 억양이 뚜렷하다. 집 안에서 전화벨이 울리자 그녀가 돌아선다. "미안하지만 잠깐 실례해요." 그녀는 이렇게 말하고 문을 열어둔 채 전화를 받으러 간다.

그녀가 등을 돌리는 순간 내 눈에 보인 그 무엇 때문에 숨이 멎을 것만 같다. 노출된 그녀의 등에 레오나르도의 어깨에 있는 것과 똑같은 문신, 닻 모양의 그림이 있다. 어쩌면 닻이 아닐지도 모른다……. 기절할 것만 같다.

"네?" 그녀가 수화기를 들며 말한다. "맞아요, 루크레치아예요." 잠시 침묵. "아, 잘 있었어요, 안토니오……." 레오나르도의 동업자다. 그녀의 말투로 보아 그를 잘 아는 것 같다. "네, 어제 왔어요……."

루크레치아. 너무나 명백한 진실, 나는 결코 공유하지 못했던 진실, 그리고 지금은 뭔가 이상한 이유 때문에 거의 분명해진 듯한 진실이 새겨진 그녀의 등을 다시 본다. 루크레치아가 모든 것을 설명해준다. 그녀는 레오나르도를 사랑하기 시작했을 때부터 내가 찾던 부족한 모자이크의 한 조각이다.

그녀가 전화를 받는 사이 나는 인사도 없이 달아난다. 거의 넋이 나간 상태로 계단을 달려 내려가는 동안 머릿속에서 퍼즐 조각들이 완전히 맞춰진다. 문신……. 닻이 아니었어! 아니 적어도 단순한 닻이 아니었다. 그건 모노그램으로 두 개의 L자가 서로를 보고 길게 하나로 뒤얽힌 모양이다. 레오나르도와 루크레치아 두 이름의 첫 글자 L. 그에게는 아내가 있었다. 맙소사. 지금까지 어디에 숨어 있었던 걸까. 레오나르도와 함께 내 인생을 다시 시작하러 온 날 거의 우연처럼 그 사실을 알게 되었다.

아파트에서 나왔지만 어디로 가야 할지 알 수가 없다. 나는 공황상태에 빠져버렸고 머리가 어지럽다. 땅이 밑으로 꺼져버리는 기분이다. 땅이 꺼지고 구멍 안으로 빨려 들어가 영원히 사라져버릴 수만 있다면! 길 한가운데에 쓰러지지 않도록 잠시 가로등에 몸을 기댄다.

모자이크 그림이 너무나 선명하게 계속 내 눈앞에 그려지기 시작한다. 모자이크 한 조각 한 조각이 복원품처럼 햇빛 아래 드러나고 거기서 터무니없는 그림이 탄생한다.

이제야 레오나르도가 며칠씩 시칠리아로 사라져버리고 전화도 받고 싶어 하지 않던 이유가 이해된다. 어쩌면 루크레치아를 시칠리아에 숨겨두었는지도 모른다. 가끔 전화를 걸 때면 눈빛이 그리 이상해지고 비극적으로 보이는 데다 어렴풋이 그늘이 진 이유가 바로 이 때문이었다. 그 문신에 대해 물어보자마자, 내가 그의 사생활을 알고 싶어 할 때면 매번 그랬듯이 그가 경직되고 침묵의 벽이 우리 사이를 가로막은 게 바로 이 때문이었다. 그리고 무엇보다도 첫날부터 나를 사랑할 수 없다고 밝힌 이유가 이 때문이었다. 그는 이미 다른 여자의 남자였던 것이다.

그러면 왜? 왜 지금에 와서 "사랑해"라고 말한 걸까? 무슨 의미일까? 내가 이런 의문에 사로잡혀 있을 때 천둥 같은 굉음이 내 생각을 끊어놓는다. 돌아보니 레오나르도가 보인다. 그가 자신의 두카티를 건물 앞에 주차시키고 헬멧을 벗는다. 나를 발견했고 곧 모든 사태를 파악했다. 그를 피하려고 재빨리 인도로 걷는다. 어디로 가야 할지 알 수 없다. 어디로든 가야 하지만 여기서 너무 멀다.

급히 걷다가 아기를 안은 엄마와 부딪치고 만다. 하지만 미안하다고 사과도 하지 않은 채 땅만 바라보며 걸어간다. 그가 오토바이에서 내려 나를 따라온다. 돌로 포장된 인도에 그의 발소리가 울린다. 돌아봐서는 안 된다. 지금은 아니다.

"엘레나!" 그가 소리친다. 내 이름을 세 번, 네 번 부른다. 어쩌면 더 불렀는지도 모른다.

그 집요한 목소리에서 나를 보호하려고 손바닥으로 두 귀를 막고 걸음을 재촉한다. 그를 보고 싶지 않다. 그를 느끼고 싶지 않다. 그를 원치 않는다, 이제 그만. 그저 울고 싶은 마음뿐이지만 그렇게 하지 않을 것이다. 눈물을 보여 그를 우쭐하게 만들지 않을 테다.

레오나르도가 계속 나를 쫓아온다. "서, 엘레나!" 그가 뒤에서 내 팔을 잡으며 말한다.

"놔!" 내가 소리 지르며 팔을 빼려 한다. 지금까지의 굴욕만으로는 충분하지 않았는지, 인도의 사람들이 우리에게서 눈을 떼지 않는다.

앞을 똑바로 보며 주먹을 꽉 쥐고 싸울 준비를 한 채, 심장은 철갑옷 안에 안전하게 놓아두고 절망적인 내 행군을 냉정하게 계속한다. 길을 건너가다가 택시에 치일 뻔했다. 레오나르도가 다시 달려와 내게 뛰어든다. 이번에는 내 손목을 잡아 달아날 수 없게 만든다.

"엘레나, 제발. 잠깐 이야기 좀 해." 그가 평상시처럼 명령하는 투로 이런 요청을 하는데 왠지 애원하는 느낌이 들기도 한다.

"이제야 말하고 싶은 건가?" 나는 그의 손아귀에서 벗어
나려 애쓰며 이를 악물고 말한다. "내가 다 알게 된 지금에서
야?" 두 눈 대신에 단검이 있었으면 좋겠다. 길가의 야트막한
담 너머로, 테베레 강으로 그를 밀어버릴 힘이 있으면 얼마나
좋을까.

"이런 식으로 당신이 알게 되길 원치 않았어."

"그럼 언제 말할 생각이었지?" 목이 갈라지지만 절대 울
지 않기로 다시 다짐한다. 절대로.

레오나르도가 나를 진정시키려는 듯 손을 든다. "제발
내 이야기만 좀 들어줘."

"당신한테서 단 한마디도 더 이상 듣고 싶지 않아." 내
가 앞으로 걸어가려 하자 그가 자신의 몸으로 나를 가로막는
다. 내 뜻과 달리 1센티미터 앞에 바로 그가 있어 그의 체취
가 나를 감싼다.

"제발." 절망적이고 진실한 애원 같다. "날 증오해도 괜
찮아. 그래도 최소한 설명이라도 할 수 있게 해줘."

"설명할 게 뭐가 있지?" 나는 지쳐서 한걸음 뒤로 물러나
며 묻는다. "내가 보기에는 완벽할 정도로 분명한데!"

"아니 당신이 잘못 알고 있어, 엘레나. 당신이 알 수 없는
일들이 있으니까. 지금까지 나 혼자 간직했고 아무에게도 말
하지 않았던 일들이." 먼 곳을 바라보는 레오나르도의 목울

대가 위아래로 움직인다. 나는 최면에 걸린 듯 그를 가만히 바라본다.

불현듯 새로운 사실 하나를 알아차린다. 지금 레오나르도는 내가 그의 말을 들어주길 바라고 나 역시 그의 말을 들어야 한다는 것을. 다시 내 심장을 갈가리 찢어놓을 말들을.

"어디 들어보자……." 마침내 내가 한숨을 쉬며 팔짱을 낀다.

레오나르도는 강가 쪽의 낮은 담에 몸을 기대고 바닥을 내려다본다. 너무 복잡하게 뒤얽힌 실타래를 풀 실마리를 찾는 듯이 보인다. 그가 숨을 들이쉬더니 이야기를 시작한다.

"루크레치아는 오래전 내가 아주 사랑했던 여자야. 그녀와 평생을 함께 보낼 생각을 했었지. 하지만 세상 일이 우리가 바라는 대로 되지 않았어." 그가 오래전으로 거슬러 올라가서 자신의 이야기를 시작한다. 나는 그 앞에 서 있다. 아무 생각도 하지 않고 여기 가만히 서서 그의 이야기를 듣기만 할 뿐이다. 어서, 레오나르도. 내게 이야기를 해줘. 다 알고 싶어.

"우리는 메시나에서 고등학교를 다닐 때 알게 되었고 스무 살 때 결혼했어. 서로 사랑했기 때문에 더 기다리고 싶지 않았고 그럴 이유도 찾지 못했거든."

그가 한 손으로 자기 어깨를 툭 친다. "이 문신은 결혼하고 얼마 안 돼서 새긴 거야. 영원히 얽혀 있을 L자지."

그가 고개를 저으며 정말 순진하게 미소를 짓는다.

"우린 젊었고 환상에 젖어 있었어. 심지어 우리의 행복을 오만하게 자신하기까지 했지. 몇 년 동안은 정말 행복했어. 그러다가 루크레치아가 임신을 했는데 일곱 달 되었을 때 유산을 하고 말았어. 그 상처로 그녀 내면에 있던 뭔가가 튀어나왔어. 어쩌면 항상 그곳에 있었지만 잠을 자고 있었는지도 몰라. 어떨 때는 한없이 우울하다가 또 어떨 때는 진짜 흥분상태에 빠지기도 했으니까. 몇날 며칠이고 먹지도 않은 채, 거의 식물인간처럼 집 안에 꼼짝하지 않고 틀어박혀 있기도 했어. 그러다가 다시 기운을 차리고 근심 걱정 없이 한없이 유쾌해지는 거야. 늘 약간 불안정한 성격이었기 때문에 초기에는 그다지 걱정하지 않았어. 유산의 아픔을 극복하고 나면 예전의 그녀로 돌아가리라고 생각했던 거지. 그런데 상황이 점점 악화되더라고.

딴사람이 되어버렸어. 예전의 루크레치아가 아니었어. 가끔은 그녀를 바라보고 있으면 얼굴마저 변한 것 같더군. 열정의 덩어리였던 그녀의 심장이 힘을 잃어버렸고 이성이 제대로 작동하지 않았어. 그녀를 도와주려 애썼지만 거부했지. 내가 자기를 진정으로 사랑하지 않고 배신할 거라는 생각에 사로잡히기 시작한 건 바로 그 무렵부터였어. 나를 증오했고 자신의 모든 불행의 원인이 나라고 비난하더군. 어느날 그렇게 분노를 폭발하다가 칼로 나를 찌르고 말았어. 난 어떻게 해야 할지 도무지 알 수가 없었어. 그녀에게 난 중요하지 않았어. 고통스러워하는 그녀를 보면서 그 극심한 고통에서 해방시켜주고만 싶었어. 그러나 그녀의 불행 앞에서 난 무기력할 뿐이었지.

결국 그녀가 스스로 자유로워지려는 시도를 하더군. 어느 날 집에 혼자 있다가 동맥을 자른 거지. 숨이 끊어져 가는 그녀를 내가 욕조에서 발견했어."

목소리가 갈라지자 레오나르도는 잠시 말을 멈추고 침을 삼킨다. 나의 적대감이 그의 말을 들으며 산산이 부서지는 기분이다. 원치 않았는데도 그의 아픔이 내 분노를 가라앉히고 있다.

"병원에서 조울증이라고 진단하며 전문병원에 입원시키라고 조언하더군. 난 집으로 데려가고 싶었어. 내 아내고 나 자신보다 더 사랑했던 여자니까 내가 보살피고 싶었던 거야. 하지만 나와 함께 있으면 상태가 더 악화되기만 할 거라고 하더군. 루크레치아가 평온을 되찾는 데 난 아무 도움도 되지 못할 거라고. 우리 부모님이 그녀를 보살피겠다고 자청하시면서 나더러 내 행복을 위해서라도 떠나라고 조언해주셨지. 난 뼈만 남았고 쓰러지기 일보직전이었어. 심지어 루크레치아를 치료하던 의사까지도 내게 떠나라고 할 정도였으니까.

그래서 체념을 하고 조언을 따르게 됐고 시칠리아를 떠났던 거야. 가슴이 찢어지는 것 같았지만 그 당시에는 그게 유일한 해결책이었어.

나는 서른 살도 채 안 됐는데 이미 끝장난 남자였어. 루크레치아와 계속 연락을 하면서 여행을 시작했어. 미친 사람처럼 지구의 반을 돌며 주방에서 일을 하다가 여기 로마에 정착해서 내 첫 레스토랑을 열게 되었어.

너무나 괴로웠기 때문에 난 죽은 사람이라고 생각하고 살았어. 그런데 너무나 놀랍게도 내가 서서히 되살아나기 시작했어. 처음에는 죄책감을 느꼈지만 그때만 해도 그런 기분을 느끼는 이유를 몰랐지. 사실 나는 절대 행복해서는 안 되는 사람이었어. 순전히 물리적인, 육체적인 쾌락만을 즐길수 있을 뿐이었지. 그게 항상 내 머리에서 떠나지 않는 고통의 유일한 해독제였으니까. 분명하게 작정을 하고 사방에서 쾌락을 찾기 시작한 게 바로 그 무렵이었나 봐. 내 본능이 자기식대로 명령을 했지. 성관계며 포도주, 음식, 쾌락의 형태로 내가 얻을 수 있던 모든 게 내게는 약이 되었어. 치료하기위한 약이 아니라 죽지 않기 위한 약이었지만.

계속 주의를 기울이고 루크레치아를 지켜봤어도 그녀에게 가까이 가지는 못했어. 모두들 새로운 인생을 살라고 이혼을 얘기했지만 난 그런 생각은 꿈에도 하지 않았어. 난 루크레치아에게 충실했어. 내가 다시는 사랑을 하지 못할 거라는 걸 마음속으로 알고 있었거든. 다른 여자가 날 사랑하는것도 원치 않았고.

1년 뒤 루크레치아의 상태가 좋아지기 시작해서 퇴원을 했어. 그녀를 만나러 갈 수 있었지만 가끔씩밖에 만날 수 없었어. 루크레치아가 나를 멀리했으니까. 나를 사랑한다고 말하긴 했지만 내게 돌아올 준비는 되지 않았다고 하더군. 그녀는 치료 중이었고 완치되었다고는 아무도 장담할 수 없는 상태였어. 가끔 위기의 순간들이 찾아오기도 했지. 점점 그 빈도가 줄기는 했지만. 난 틈만 나면 메시나로 그녀를 만나러 돌아갔어. 사람들이 하는 말 따위는 중요하지 않았거든. 그녀와 함께 살 수 없다 해도 난 다른 여자가 필요 없었으니까."

　　레오나르도가 잠시 말을 멈춘다. 강을 바라보던 눈을 들어 내 눈을 찾는다. 그의 눈빛이 어둡다. 그의 영혼 깊은 곳을 헤집어 거기 묻었던 것을 내게 보여주는 중이다.

　　"그러다가 당신이 나타났어. 당신이 다른 여자들과 다르다는 걸 첫눈에 알아봤어. 너무나 연약해서 애무만으로도 당신을 파멸시켜버릴 수 있을 것 같더군. 그런데 너무나 강했어. 당신을 볼 때마다 두려웠지만 달아나지 않았어. 처음에 당신은 내게 하나의 도전이었고 다른 어떤 것보다 재미있는 게임이었지만 다른 것들과 마찬가지로 결국 끝내야만 했지. 그런데…… 발도비아네네에 갔던 날 기억나?"

　　나는 말이 나오지 않아 고개를 끄덕인다. 어떻게 잊을 수 있단 말인가? 매 순간이 내 기억 속에 새겨져 있다. 겨울의 들판과 후드득 떨어지기 시작하던 소나기며 농가에서 비를 피하던 그와 나, 집 안으로 들어오라고 권하던 노부부 세바스티아노와 아델레가 선명하게 떠오른다.

"그날 알았어. 나는 모른다고 고집 피우고 있던 것을 그 노인은 한 번 보자마자 알아차렸던 거야. 그러니까 내가 당신을 사랑하고 있다는 거 말이야. 노인은 물론 내 마음속에서 어떤 일이 벌어지는지 상상조차 하지 못한 채 자연스레 그 말을 했지. 나는 너무 나갔어. 이제 게임이 내 손을 벗어나버렸던 거야. 그래서 끝내기로 결심했지. 당신과 헤어지는 게 얼마나 고통스러웠는지 절대 모를 거야. 그래도 난 그렇게 해야만 했어. 그 순간에는."

레오나르도가 이런 이야기를 하는 동안 과거의 기억들이 되살아나며 새로운 빛 속에 그 모습을 드러낸다. 내가 지겨워서 그가 나를 떠난 게 아니라 사랑하고 있어서 나를 떠났다는 걸, 그 역시 괴로워했다는 걸 이제야 알게 된다.

"그럼 왜 돌아왔어? 이미 그렇게 결심을 했다면 무슨 이유로?" 화가 난 채 내가 힘없이 묻는다. 나는 여전히 순진해서, 빌어먹을 생일날 그의 레스토랑에서 그가 내 인생에 다시 들어오지만 않았다면 여전히 행복했으리라는 착각에 빠져 있다.

"당신이 나보다 훨씬 강했으니까. 당신을 보았을 때 몇 초 동안 몸이 굳어버렸어. 그러다가 운명과 일종의 내기를 했지. 당신 접시에 석류알을 올려놓았어. 당신이 그 의미를 알아차리고 내게 오면 그건 하나의 신호가 될 거고 그렇지 않으면 당신을 영원히 놔주겠다고. 그래서 그 모든 일이 일어났던 거야······. 어쨌든 난 여전히 게임을 하는 중이라고, 다른 여자들보다 당신에게 조금 더 심취한 것뿐이라고 나 자신을 설득하려 끊임없이 애썼어. 하지만 그건 당신을 다시 찾아갈 자격이 있다고 생각하려고 되뇌는 핑계에 불과했지. 나 자신에게, 그리고 당신에게 부정해봐야 아무 소용이 없다는 걸 알게 된 그날 밤까지····· 여전히."

마지막 관계의 기억이 그림자처럼 우리를 뒤덮는다. 우리는 둘 다 당혹스러워서, 대재앙에서 살아남은 단 두 명의 생존자처럼 죄책감을 느끼며 아무 말도 하지 못한다.

"그날 밤 했던 말은 사실이야." 잠시 후 레오나르도가 말한다. "당신을 사랑해. 당신이 알아주길 바랐어. 당신과 지속적으로 만나고 싶었고, 처음부터 다시 시작해서······."

그는 목소리가 갈라져 거의 나오지 않자 한 손으로 초조하게 뺨과 입을 만진다. 이제 더 이상 말을 할 수 없어 그 말들이 나오지 않게 막으려는 듯이.

"루크레치아가 어제 예고도 없이 로마에 왔어. 치료가 전환점을 맞아서 이제 다시 함께 살아보고 싶다고 하더라고. 그녀에게 이런 말을 듣게 될 순간을 그동안 얼마나 고대했는지 당신은 모를 거야. 그런데 어제 그 말을 듣는 순간 찬물을 뒤집어쓴 기분이었어. 그렇지만 그런 고통의 시간을 보낸 그녀를 어떻게 실망시킬 수 있겠어? 난 여전히 그녀의 남편이고 그녀는 나를 필요로 해. 난 다시 인생을 시작하는 그녀의 유일한 희망이야."

안다. 이해한다. 적어도 이해하려는 노력은 할 수 있을 것 같다. 하지만 사형선고를 받는 기분을 느끼지 않을 수 없다.

"그러니까 이게 마지막이네." 나는 거의 입을 벌리지도 않은 채 우물거린다.

눈물이 뺨을 타고 흐르는 게 느껴진다. 여기서 절대 울지 않겠다고 다짐했건만 울고 있다. 난 약속을 잘 지키지 못하는 여자다. 레오나르도에게도 약속을 지키지 말라고는 요구하지 못한다.

그가 나를 자신의 품속으로 끌어당겨 아플 정도로 꽉 안는다. 그에게 힘없이 쓰러져 눈물에 젖은 얼굴을 그의 리넨 셔츠에 기댄다.

그를 사랑하고 있고 그가 나를 사랑하는 걸 알게 된 지금, 그는 절대 내 남자가 될 수 없다는 사실을 이해하게 된다. 절대. 마지막으로 만난 그날 밤, 그가 내 몸속에 있을 때는 모든 게 다 가능해 보였건만. 이제 모든 것을 파괴하고 우리를 짓누르는 명백한 진실, 사형선고처럼 잔인하고 결정적인 진실만이 남아 있다는 걸 안다. 그 진실을 받아들일 수가 없다. 뼈와 근육이 아프다. 온몸이 아프다. 심장 뛰는 소리가 몸속 깊은 곳으로 크게 울려 퍼진다. 곧 심장이 멎지나 않을까 두렵다.

그의 몸에서 떨어져 나오며 이게 그와의 마지막 접촉이었다는 생각을 한다. 이제부터는 어떤 접촉도 없을 것이고 그의 가슴에 기대서 그의 체취를 맡으며 느끼는 그 달콤한 기분을 절대 맛보지 못하리라. 이제부터 레오나르도 없는 삶에 적응해야만 한다.

그를 본다. 그는 지금 한없이 허약해 보인다. 등을 곧게 세우고 있지만, 눈물을 보이지 않으려 이를 꽉 물고 있지만 그가 아파하고 있다는 걸 안다. 고통스러워하는 남자이지만 결단력 있는 남자이기도 하다. 나는 이 이별을 정당화시켜보려 애쓰지만 한 가지 사실만은 변함이 없다. 그가 선택한 사람은 내가 아니다.

"미안해, 엘레나."

"아니, 그런 말 하지 마." 내가 시선을 떨군다. "이제 아무 말 하지 마."

모든 일이 순식간에 벌어져서 내 감정들이 겹쳐지고 뒤섞여버린다. 불과 사흘 전 나는 애인을 버린 여자였는데 지금은 버려졌다. 인과응보의 법칙은 가혹하다. 지금 겪는 일은 정말 아무 희망 없는 지옥과 같다.

갑자기 피로가 서서히 밀려와 나를 덮쳐버린다. 눈을 뜨고 있을 수도 없을 정도로 극심한 피로다. 비틀거리며 어쩌면 더워서, 고통스러워서, 산소와 잠이 부족해서 기절할지도 모른다는 생각이 든다. 그러나 쓰러지고 싶지 않다. 제대로 서 있기 위해 안간힘을 쓰고 그에게 등을 돌린다. 지금 이 순간 걸음을 어떻게 떼어놓는 건지도 기억나지 않지만. 한걸음을 떼어놓고 다시 또 한걸음, 그리고 다시 한걸음을 걷는다.

그가 아무 말 없이 나를 보내주리라는 걸 안다.

영원히 안녕, 레오나르도.

당신은 내 세계를 뒤흔들었고, 짧은 순간이었지만 눈부시게 그 세계에 불을 환히 밝혀주었어. 그러다가 갑자기 불이 꺼져 내 세계는 다시 어두워졌어. 처음보다 훨씬 더.

며칠 전부터 혼수상태에 빠진 듯이 자는 내가 정신을 차
리도록 힘을 주는 건 산테우스타키오의 커피뿐이다. 안타깝
게도 아침마다 작업을 하지 않을 수 없으니 말이다.

11시가 지난 지 얼마 되지 않아서 나는 파올라와 함께
잠깐 쉬고 있다. 복원작업이 거의 막바지에 이른 지금에야
파올라를 성당 밖으로 끌고 나오는 데 성공했다. 오늘 아침
그녀가 하품하는 걸 적어도 네 번은 보았다. 다섯 달 동안 처
음 있는 일이었다. 보라치니 교수와의 관계가 깨지고 난 뒤부
터 그녀에게서 작은 변화들이 눈에 띄었다. 두 번인가 지각
을 했고 평상시 완벽하게 관리하던 머리가 차츰 자라기 시작
했다. 항상 잠을 잘 못 잔 사람처럼 피곤하고 주의가 산만해
보인다. 그러니까 파올라도 인간인 것이다. 그리고 지금 그녀
의 고통스러운 마음을 나보다 더 잘 이해할 사람은 이 세상
어디에도 없으리라.

테르미니 역 옆의 작은 호텔에서 나는 결코 끝나지 않을

것 같은 괴로운 밤들을 보내고 있다. 슬픔에 잠겨 잠에서 깰 때면 만신창이가 되어 눈을 뜨고 있기도, 서 있기도 힘들다. 그 모든 일을 겪고 난 뒤 그곳에서 홀로 외로움을 느끼며 슬픔을 가누지 못한다. 접수처의 직원이 최선을 다해 친절하게 대해주며 집처럼 편안한 기분을 느끼게 해주려고 애쓰지만 어쩔 수가 없다. 호텔이라는 곳이 한 남자가 아니라 두 남자와의 관계를 정리한 지 얼마 되지 않은 사람에게 그리 좋은 숙소는 아닌 게 분명하다. 가능한 한 빨리 탈출구를 찾아야 한다.

파올라가 자신의 카페 모카를 차분하게 한 모금씩 마시는 동안 나는 에스프레소를 단숨에 털어 넣고 가방에서 『포르타 포르테세』 벼룩시장 신문을 꺼낸다. 그러고는 수도 없이 훑어본 임대 광고를 다시 살펴본다. 신문 한 장 한 장이 다 구겨졌고 여기저기 노란 형광펜으로 동그라미 표시가 되어 있으며 줄도 쳐놓았다. 벌써 사흘째, 암기해야 할 교과서도 아닌데 형광펜을 들고 신문을 열심히 공부하는 중이다. 나에게 맞는 집을 찾는 게 절대 실현 불가능한 사명 같다. 내 마음에 드는 아파트가 하나도 없다. 어떤 아파트는 너무 크고 어떤 건 너무 작다. 미친 가격의 아파트도 있고 욕실에 창문이 없거나 집 상태가 너무 안 좋거나 지나치게 외곽인 데도 있다.

어쨌든 한 가지만은 확실하다. 복원작업이 다 끝나도 내가 로마에 머물 거라는 사실이다. 베네치아로 돌아가는 건 자살행위다. 필리포와 함께 살 계획이 물거품이 되었으니 내 고향 도시로 돌아갈 이유가 전혀 없다. 필리포는 베네치아에 혼자 정착하고 건축사무실을 열어 새로운 인생을 살겠지. 나는 지금 있는 곳에 머물며 내 상처를 어루만지고 부서진 조각들을 다시 맞춰야 한다. 여러 가지 일들이 내 상상보다 훨씬 더 슬프지만 그만큼 진실하다. 매일 마음은 아프지만 이렇게 하는 게 옳다고 점점 더 확신하게 된다.

신문을 넘기다가 검은 글씨로 적힌 광고로 눈을 돌린다.

무라 프란체시의 깨끗한 아파트 임대. 현관과 거실, 식탁이 구비된 부엌, 넓은 침실, 샤워기가 딸린 욕실. 재건축 후 꼼꼼한 인테리어, 임시 숙소로도 최적. 즉시 입주 가능.

나는 곧 밑줄을 긋는다. 나쁘지 않다.

파올라가 내 쪽으로 몸을 기울인다. "뭐 하는 거야, 방 찾아?"

"네." 내가 신문에서 눈을 떼지 않으며 대답한다.

"무엇 때문에?"

내가 눈을 들고 깊게 한숨을 쉰다. "남자친구하고 엉망이었어요. 그래서 헤어졌어요. 내가 다른 데로 이사를 나오기로 결정했거든요." 지금은 더 이상 자세히 말하고 싶지 않다.

"미안해, 몰랐어." 나를 보는 그녀의 눈길로 봐서 '엉망'이라는 말에 진짜 복잡하고 괴로운 문제들이 숨어 있다는 걸 직감한 게 틀림없다. 하지만 파올라는 신중한 사람이다. 자기 이야기를 많이 하지 않듯이 난처한 질문 역시 남에게 하지 않는다. 이따금 그녀의 신중함을 무관심으로 오해하기도 했는데 지금은 그 진가를 인정한다.

"이 집 괜찮아 보여요." 내가 계속 말하며 우울한 기분을 쫓아버리고 화제를 바꾸려 애쓴다. "무라 프란체시가 대체 어디 붙어 있는지 모르긴 해도 말이죠." 파올라는 로마를 손바닥 보듯 잘 아니 날 도와주리라 기대하며 그녀를 본다.

그녀가 나를 자세히 살펴보려는 듯이 한쪽으로 고개를 삐딱하게 기울인다. 그러더니 갑자기 말한다. "우리 집에 와서 살래?"

너무 놀라 내 눈이 휘둥그레진다. "그 집에요?"

그녀가 자연스레 어깨를 으쓱하더니 계속 그 문제를 생각해온 사람처럼 말한다. "그래, 방 있어."

나는 아무 말도 하지 않는다. 내가 파올라네 집에?

"괜찮겠어요? 성가시게 하고 싶지 않은데……."

"엘레나, 절대 안 성가셔." 그녀가 자신 있게 대답한다. "그랬다면 물어보지도 않았을걸."

"음, 그럼 좋아요." 나는 아직도 혼란스러운 상태다. 하지만 우주가 지금 내게 제공하는 이 도움의 손을 잡을 수 있을 것만 같다. 이게 하나의 신호이길 바란다.

"오늘 밤 당장 와도 돼." 파올라가 말한다. "아니면 내일, 너 편한 대로 해."

"내일 갈게요." 그러면 필리포와 마주칠 위험 없이 점심 시간에 아파트에 들러 내 물건을 모두 챙겨 나올 수 있다. 필리포는 보통 수요일에 줄리아 가의 사무실에서 일하긴 하지만 혹시 오늘 집 근처의 건설현장에 있는 게 아닐지 걱정이 된다. 그가 보는 앞에서 짐을 싸는 건 정말 괴로울 테니 그를 피하고 싶다. 다시 하루를 더 호텔에서 보내기로 한다. 하지만 오늘이 마지막이다.

"좋아." 파올라가 동의한다. "그럼 네가 쓸 방 치우고 준비할게."

"아니요, 그럴 필요 없어요. 고마워요. 내일 내가 다 할게요." 그리고 서둘러 말한다. "물론 월세도 내고요. 이건 지금 당장 분명히 해둬야 해요."

"무슨 소리야, 나중에 이야기해……. 공과금만 나눠서 내. 아파트는 내 거니까. 그러니까 우리 부모님 소유였는데 리모델링하느라 내가 얼마나 고생했는지 몰라." 파올라가 마치 언니처럼 내 눈을 뚫어지게 본다. "우린 잘 지낼 거야, 엘레나. 두고봐……. 친구가 있는 것도 나한테 좋을 테고!"

"한 지붕 밑에 실연한 두 사람이 사는 거네요. 서로 위로할 수 있겠죠……." 내가 미소를 지어 보인다.

"우울할 때도 안심해. 내가 자허토르테(초콜릿과 살구잼을 곁들여 만드는 오스트리아의 초콜릿 케이크—옮긴이) 기가 막히게 만들 줄 알거든. 이 세상에서 제일 칼로리 높고 효과적인 항우울제니까!" 파올라가 내게 윙크를 하고 바의 시계를 본다. "너무 늦었다!" 그녀가 소리친다. "자, 교회로 돌아가자. 의무가 우리를 부르니까."

최근에 상당히 느긋해지기는 했지만 예전의 파올라가 변함없이 그 밑에 숨어 있다. 나는 자리에서 일어나 테이블에 『포르타 포르테세』를 반쯤 펼쳐놓은 채 그녀를 따라간다. 이제 그 신문은 필요치 않으니까.

오늘 나는 벌써 새집에 옮겨와 정착했다. 파올라의 아파트는 말로 표현할 수 없을 정도로 아름답다. 크지는 않으나 위치는 정말 부러워할 만한다. 침실은 두 개고 세면대도 두 개인 화장실이 있으며 넓은 거실의 창문은 캄포 데이 피오리 광장 쪽으로 나 있다. 정말 매일 예술과 함께 살아갈 수 있는 그런 집 같다. 색깔 있는 벽에 회화 책들과 붓과 줄칼이 여기저기에 흩어져 있다. 각양각색의 고양이들도 사방에서 눈에 띈다. 쿠션에도 문진에도, 비누와 재떨이, 컵과 접시에도 고양이가 보인다. 심지어 모카포트도 고양이 모양이다. 이렇게 고양이를 좋아하게 된 이유를 그녀에게 묻자 지금은 아주 연세가 많은 어머니가 예전에 집 없는 길고양이들을 돌봐주셨다고 대답한다.

"로마에는 길고양이들이 수천 마리거든. 아마 어느 도시보다 많을걸." 파올라가 설명한다. "라르고 아르젠티나에 가보면 유적지 폐허에서 서로 공간을 차지하려고 미친 듯이 야옹거리며 싸우는 고양이들을 볼 수 있을 거야. 고양이는 아주 영리한 동물이야. 사람들을 꺼리고 별로 다정다감하지 않다는 건 사실이 아니지. 키워보면 금방 알 수 있다니까."

"아, 사람이랑 약간 비슷하네요." 내가 한쪽 눈으로 윙크한다.

"맞아." 파올라의 얼굴에 미소가 번진다. "저녁 먹을 때가 거의 다 됐어. 배고파?"

"상당히. 그런데 아직 가방과 상자를 정리하지 못했어요." 생각만 해도 땀이 난다.

"정리는 나중에 하자. 나도 도와줄게." 그녀가 주방의 수납장에서 청동틀로 뽑아낸 고급 스파게티 면을 꺼내 내 눈앞에서 흔든다. "아마트리치아나(로마와 같은 라치오 주, 아마트리체의 전통 파스타. 토마토, 매운 고추, 구안치알레를 이용해서 만든다─옮긴이) 스파게티 좋아해?"

"물론이죠!" 내가 크게 대답한다. "부끄러운 말이지만 로마에 와서 아직 한 번도 못 먹어봤어요."

"그럼 당장 그 기회를 가져야겠는걸. 자신 있는 요리 중 하나거든."

파올라가 냉장고를 열어 뭔가를 꺼내려고 한다. "이런! 구안치알레가 없어." 그녀의 얼굴에 안타까움이 번진다. "아직 하나 남은 줄 알았는데."

나는 눈을 크게 뜬다. "구안치알레가 뭔데요?"

파올라가 순수 베네치아인답게 궁금해하는 내 표정을 보며 까르르 웃는다. "베이컨을 그렇게 불러."

"아, 판체타 말이군요." 내가 대답한다.

"아, 그건 아니야." 파올라가 말한다. "똑같아 보이지만 달라. 아마트리치아나를 만들려면 구안치알레가 필요해."

레오나르도라면 분명 잘 알겠지, 내가 생각한다. 그러다가 잠시 후 후회한다. 그가 당장 주방에 나타난다. 하지만 악몽을 쫓듯이 고개를 저어 그 환영을 쫓아버린다.

파올라가 거실 창가로 가서 아래를 내려다본다. "다행이야. 아직 시장이 열려 있어! 이 밑에 있는 가게에 금방 내려갔다 올게."

"나도 갈래요."

내가 급히 그녀의 뒤를 좇는다. 환영이 나타난 그 주방을 당장 떠나야만 한다. 다시 돌아왔을 때는 레오나르도가 사라져버렸기를 바라면서.

파올라가 만든 아마트리치아나 스파게티는 아주 맛있다. 매운 고추 때문에 목에서 불이 나는 것 같고 구안치알레로 인해 속이 뒤집히는 것 같지만 이 파스타는 강렬한 우정의 맛이다. 그래서 이제 나머지는 하나도 중요하지 않다. 감사하다는 말로는 부족할지 모르겠다. 우리는 체사네제 포도주를 한 병 따고 민소매 티에 반바지, 슬리퍼 차림으로 편안하게 앉았다. 맛있는 음식 냄새가 밴 뜨거운 공기에 아레사 프랭클린의 음악이 잔잔히 흐르니 꼭 바닷가에 휴가를 온 기분이다. 가벼워지고 자유롭고 싶다. 한 잔의 포도주와 슬픔을 함께 삼키니 그 뒷맛이 훨씬 부드럽다.

시간이 흐를수록 신뢰의 공간이 우리 주변으로 점점 넓어져 간다. 이제 마음속에 비밀을 담아두는 게 의미가 없다. 오래된 친구처럼 이야기를 나누고 서로의 이야기를 들어준다. 내 이야기에 어떤 판단도 내리지 않고 그냥 있는 그대로 들어주는 상대가 있다는 걸 알게 되었을 때, 이야기를 털어놓는 것은 너무나 자연스러워 보인다. 파올라와도 그렇다. 그래서 나에 대해, 최근 몇 달 동안의 혼란에 대해 모두 이야기한다. 그런 이야기를 하며 위안을 받았다고는 아직 말할 수 없지만 내 이야기를 하는 건 그녀에게 다가가서 나의 정신 상태를 이해할 열쇠를 건네주는 하나의 방법이다.

저녁 식사를 마친 뒤 가방과 상자 들을 새로운 방에 풀어놓는다. 트윈 침대와 큰 옷장이 있는 넓은 방이다. 창문 앞에는 작은 테라스가 있는데 온갖 종류의 화분이 빼곡하다. 파올라가 고양이 외에 애정을 가지고 정성들여 키우는 식물들이다. 방 안을 둘러본다. 이 방이 나를 아늑하게 맞아주고 보호해주기를 바란다. 앞으로의 나날들이 쉽지는 않을 테니까. 하지만 난 이미 당당하게 어깨를 폈다.

필리포의 아파트에서 내 물건을 전부 다 가져올 수는 없었다. 여기저기서 물건을 찾느라 오래 머물고 싶지 않아서였다. 파올라가 짐 꾸리는 것을 도와주러, 무엇보다 정신적인 버팀목이 되어주려고 함께 가주었다. 호흡이 거의 정지된 상태에서 번개처럼 빠르게 움직였다. 우리는 트렁크 두 개와 큰 상자 세 개를 채워서 파올라의 낡은 피아트 푼토 자동차에 싣고 은행을 턴 여자들마냥 도망쳤다. 그녀가 없었다면 그렇게 하지 못했을 게 분명하다.

"이 상자 하나 풀까, 어때?" 파올라가 침대 앞 카펫에 쌓인 옷과 신발과 책, 그리고 시디 속에서 몸을 구부리고 있는 나를 보며 묻는다.

"도와주면 정말 고맙죠." 내가 오로 사이와(Oro Saiwa. 1950년대부터 이탈리아 사이와 사에서 생산되는 비스킷—옮긴이)라고 적힌 상자를 가리킨다. "저 상자 안에는 책만 들어 있어요. 그걸 꺼내주면 돼요……. 그 집에 두고 왔으면 많이 속상했을 거예요."

"오케이. 저 선반에 꽂을게."

"고마워요." 나는 이렇게 말하며 옷걸이 두 개를 들고 옷장으로 다시 간다.

"있잖아, 이 남자가 너하고 헤어진 그 사람이야?" 파올라가 상자에서 고개를 들며 갑자기 묻는다.

돌아보니 그녀가 토스카나 언덕을 배경으로 찍은 나와 필리포의 사진을 들고 있다. 우리가 마지막으로 함께 보낸 낭만적인 주말의 사진이다. 솔직히 말하면 그 사진은 아버지에게 선물 받은 액자 때문에 가져왔다. 아버지가 나를 위해 직접 만든 액자여서 필리포 집에 놔두고 오고 싶지 않았다.

"맞아요, 그 사람이에요." 내가 고개를 끄덕이며 다가간다.

"그러면 너 정말 미친 게 분명해." 그녀가 짓궂은 눈으로 사진을 보면서 웃는다.

"맞아요……. 그런데 내 탓이 아니라니까요. 어떤 남자가 나를 정신 못 차리게 만들었어……."

다시 사진을 보며 액자에서 이 사진을 빼고 뭔가 다른 사진으로 교체하는 게 좋겠다는 생각을 한다. 하지만 아직은 어떤 사진을 넣어두는 게 좋을지 모르겠다.

파올라도 자기 생각에 잠긴다. "그거 알아, 엘레나? 정말 끔찍한 일은 평생 지혜롭게, 균형을 잃지 않고 살아가야 한다는 거야. 가브리엘라를 만나기 전에 나는 진정한 사랑을 해보지 못했어. 누군가에게 이성을 잃어본 적이 없었지. 지금은 아프긴 하지만, 가브리엘라가 없었다면 그 시간들이 그렇게 아름답지는 않았을걸. 어떤 면에서는 그녀에게 감사해."

나는 잠시 아무 말 없이 그녀의 말을 곰곰이 생각해본다.

"그건 정말 사물을 선불교식으로 바라보는 거예요, 파올라. 그런데 난 아직은 그럴 준비가 안 된 것 같아요." 내가 입술을 깨문다. "지금도 너무 아프거든."

"그럼 중무장을 해야겠군!" 핵폭탄이라도 터뜨릴 결심을 한 사람처럼 그녀가 나를 심각하게 바라본다. "자허 어떤가?"

"좋습니다!" 나도 심각한 표정을 꾸며내며 동의한다.

우리는 상자를 반쯤 풀다 만 채, 열량이 많고 영양분이 풍부한 우리들의 행복을 일부분이라도 정복하기로 결심하고 주방으로 행군한다.

케이크가 완성되기를 기다리는 동안 파올라의 머리를 염색해준다. 그녀는 드디어 그동안 자란 머리를 자르기로 마음먹었다. 염색을 하면서 우리는 자허토르테를 먹는다. 완벽한 타이밍이어서 그 효과가 최고다. 초콜릿으로 얼굴이 뒤범벅된 우리는 진짜 여군 같다.

닷새 만에 처음으로 여기서 내가 웃고 있다. 이렇게 단순한 일이 기분을 다소나마 좋게 해준다는 게 재미있다. 사실 우리에게 평온을 선물하는 건 이런 단순한 일들이니까. 나는 이제 그런 것들을 위해 살아가야만 한다.

새벽이다. 파올라 집에서 눈을 뜨는 게 두 번째다. 이 침대에서는 숙면을 취할 수 있다. 주위는 이른 아침이 될 때까지 조용하다. 혼란스러운 꿈을 꿨지만 그리 고통스럽지는 않았다. 잠에서 깰 때 순간적으로 부모님 집의, 분홍색 벽지를 바른 내 방에 있는 줄 알았다.

한줄기 햇살이 덧창을 통해 스며들어와 협탁에 부딪힌다. 이불 속이 너무 좋아서 나가고 싶지 않다. 하지만 오늘 아침에도 일터가 나를 부른다. 그리고 그것만이 아니다. 내 아이폰이 울리기 시작하는데 알람 소리는 분명 아니다. 한 팔을 뻗어 전화기를 잡는다. 가이아다. 지난 며칠 동안 전화로 그간의 일을 다 말했다. 필리포와 레오나르도, 루크레치아 이야기뿐만 아니라 파올라네 집으로 이사한 것까지 모두. 오백 분의 무료 통화를 다 쓰며 흐느꼈다. 그래서 적어도 하루에 한 번씩은 가이아가 전화를 해서 내가 잘 있는지 확인한다.

"여보세요?"

"잘 잤어?" 그녀의 목소리가 너무 쩌렁쩌렁해서 귀에서 전화기를 좀 떼어놔야 한다.

"가이아, 지금 몇 신지 알아?" 아직도 잠에 취해 내가 투덜거린다.

"네가 일어나는 중인 거는 알아."

"맞아, 일어나는 중이었어." 내가 강조한다. 일어나 앉으며 구겨진 침대 시트를 잘 편다. "그런데 넌 뭐 하러 이렇게 일찍 일어났어?"

"나폴리에서는 이 시간에 사람들이 정말 꼼짝도 안 해." 그녀가 웃는다. "사무엘이 훈련 때문에 6시에 알람을 맞춰놓거든. 그 소리가 끔찍하게 요란해. 이미 잠이 다 달아나버렸어."

"희생적인 인생이구나……."

"성녀가 될 거야."

"너 말고 벨로티 말이야, 바보야." 내가 웃으면서 말한다.

그녀도 더 크게 웃는다.

"그럼 성모승천대축일에 나 만나러 올래?" 희망에 부풀어 가이아에게 묻는다. "꼭 와야 해, 내가 널 꼭 만나야 하거든!" 단숨에 덧붙인다.

"당연히 가고말고. 그런 날 내가 널 혼자 내버려 둘 거라고 생각하니."

"파올라하고도 벌써 다 얘기했어. 트윈 침대에서 같이 자면 돼."

"그런데 성모승천대축일에 잠자는 사람이 어디 있어?" 그녀가 대답한다.

아무리 슬픈 일이 있어도 가이아가 옆에 있어서 안심이 된다.

"그런데 벨로티 혼자 두고 오려고?" 잠시 가이아의 사이클 선수를 잊고 있었다.

"그다음 날 경주가 있어." 그녀가 전혀 걱정하는 기색 없이 말한다. "시합이 있으면 7시 정각에 저녁 먹고 노인네들처럼 일찍 잠자리에 들거든."

"아, 여기 오면 절대 따분하지는 않을 거야. 내가 겪은 극적인 사건들과 실존적 고뇌로 널 병들게 할 테니까." 나는 완전히 터무니없을 정도로 유쾌하게 선포한다.

"완벽해. 나도 새로운 소식 있어."

"나 흥분해야 하는 거야? 세상에나, 너 임신했어?"

"무슨 소리야……. 성령으로나 잉태해야 할 정도로 드문드문 자는데!"

"그럼 뭐야?" 벌써 궁금해 죽을 지경이다.

"쉬잇! 내일 말해줄게. 어쨌든 멋진 일이라는 것만 알아둬."

"좋아. 차오, 계집애야."

"차오."

가이아는 이제 내가 좋은 소식만 들어야 한다는 걸 알고 있다. 그녀가 날 실망시키지 않으리라 믿는다.

다음 날 파올라와 나는 아침 내내 아파트를 정리한다. 그러고 나서 그녀는 교외에 사는 어머니를 만나러 갔고 나는 가이아가 오길 기다리며 로마 시내를 거닌다. 혼자 있을 때면 순식간에 생각이 가서는 안 될 곳으로 제멋대로 가버려서 몹시 힘들다. 레오나르도와 보낸 광기 어린 그날 밤 이후로 불과 며칠밖에 지나지 않았지만 다 잊어버리려 애쓰고 있고 이미 1년 전의 일이라고, 여러 가지 일들이 다 잘되어가고 있다고 생각하려 한다.

로마의 태양이 나를 도와준다. 기억을 뛰어넘어 존재하

는 이 도시가 나를 기분 좋게 해준다. 매일 새로운 뭔가를 발견하곤 한다. 아스팔트 위에 버섯처럼 돌출한 오래된 기둥 하나를 발견하거나 눈여겨보지 않았던 석상 하나가 광장 한가운데에 서 있는 게 불현듯 눈에 띈다. 로마에 있는 게 행복하다.

가이아는 정각에 나타난다. 오후 6시경에 택시를 타고 도착한다. 파올라는 아직 돌아오지 않았지만 그래도 내 친구를 아파트로 데려간다. 그녀는 변함없이 눈부시게 아름답다. 벨로티와 사귄 뒤로 더 아름다워졌다는 걸 인정하지 않을 수 없다. 심지어 12센티 하이힐을 벗었는데도 말이다!

가이아에게 집을 보여준다. 그녀는 집 안을 뒤덮은 고양이들을 보고 즐거워한다. 그녀도 고양이라면 사족을 못 쓴다. 파란색의 야광 눈이 달린 도어스토퍼를 품에 안더니 살아 있는 고양이라도 되듯 귀여워한다. 오케이, 너 지금 약간 도를 넘고 있어. 우리는 침대에 앉는다. 그런데 실제로 침대에 앉아서 보니 도어스토퍼가 진짜 살아 있는 샤르트뢰(프랑스 토종 고양이—옮긴이) 같다.

"그래, 새로운 소식이라는 게 뭐야?" 내가 한 손가락으로 가이아의 옆구리를 찌른다.

"궁금해, 응?"

"궁금하다기보다 걱정된다."

"정말 말해야 해?"

"몰라, 지금 당장 말하고 싶지 않다면……." 그녀가 뜸을 들일 때면 한없이 밉다. "어쨌든 벨로티와 관련된 일이라는 건 벌써 알고 있지."

고개를 끄덕이는 그녀의 입가에 만족스러운 미소가 맴돈다. "네가 부르는 식대로 하면, 벨로티가 청혼했어."

"어머나, 가이아! 축하해!" 있는 힘껏 그녀를 끌어안는다. 나 역시 정말 행복하다. 그러다가 의심이 생긴다. 워낙 예측 불가한 친구니까. "결혼하겠다고 했길 바라."

"그걸 나한테 묻는 거야? 당연하지! 두 번 생각도 안 했어."

"그럼 반지는?" 그녀의 왼손을 흘긋 보며 묻는다.

"반지는 없어. 사무엘 말이 반지는 신뢰보다는 불행을 가져온대." 가이아가 어깨를 으쓱한다. "사무엘 말이 맞는 것 같아. 브란돌리니가 준 반지가 어떻게 됐는지 생각해봐."

"맞아, 그 반지는 어떻게 했어?" 최악의 결말을 맞았을지도, 예를 들면 그녀가 대운하에 집어던졌을지도 모른다.

"돌려줄 용기가 안 나더라. 그래서 사촌에게 선물했어." 아, 생각했던 것보다는 낫네. "내가 실제로 한 번도 만난 적 없는 남자와 네가 결혼한다는 게 믿어지지 않아!" 나는 중단된 대화를 다시 시작한다.

"아직 시간 많아, 엘레. 만나게 해줄 테니 걱정 마."

"결혼식 전에는 만나야지. 날짜는 정했어?"

"내년 봄에 하기로 했는데 아직 날짜를 잡기는 너무 일러서. 어쨌든 너 신부 들러리 서야 해, 알아둬."

"말이라고!" 내가 자신 있게 말한다. 그러면서 적당한 드레스를 구하기 위해 몇 달이나 남았는지 계산해보다가 걱정이 생긴다. "난 무슨 색 드레스 입어야 하지?" 벌써부터 공황상태에 빠져 그녀에게 묻는다.

"야, 기다려! 먼저 내 드레스부터 고르고. 이번에는 나도 퍼스널 쇼퍼가 필요할 거야!"

내가 두 팔을 벌린다. "이리 와."

가이아가 어린아이처럼 내 품에 쓰러진다. 나는 자매처럼 그녀를 사랑한다. 가이아의 행복이 내 행복이기도 하다.

9시에 파올라가 김이 모락모락 나는 피자 세 판을 들고 들어온다. 서로 소개를 하고 인사를 나눈 뒤 거실 카펫 위, 고양이 쿠션들과 두 개의 소금 전등 사이에 책상다리를 하고 앉는다. 창밖의 짙푸른 하늘이 전등에 반사된다. 우리는 접시도 냅킨도 없이 손으로 피자를 들고 먹는다. 스테레오에서 파올라가 전설로 생각하는 잔나 난니니의 목소리가 흘러나온다.

피자를 거의 다 먹어갈 무렵 파올라가 갑자기 포도주 보관장에서 2006년산 프린치페 팔라비치니 한 병을 꺼낸다. "멋진 만남을 위해서." 그녀가 말한다. "그런데 여기서 마시지 말고 나 따라와 봐."

우리는 층계참으로 나가 마지막 층까지 올라간다. 아니 겉으로 보기에 마지막 층처럼 보이는 곳까지……. 그곳에 도착하자 파올라가 작은 문을 열고 사람이 사용할 것 같지 않은 나선형 계단으로 올라간다. 계단 끝에 또 작은 문이 하나 있는데 마법처럼 우리는 그 문을 통과해 건물 꼭대기로 나간다.

거기서 로마 시내가 다 내려다보인다. 캄포 데이 피오리가 우리 발밑, 저 아래에 있고 우리 머리 높이쯤에 성당의 둥근 지붕들과 불이 환히 켜진 건물들이 보인다. 마치 열기구를 탄 기분이어서 두 팔을 활짝 벌리고 날아가고 싶은 심정이다. 지금 이 시간 두 사람과 같이 여기 있다는 게 신기하다. 세상은 사랑하는 사람과 함께할 때 훨씬 더 아름답다는 말이 정말 맞다.

파올라가 포도주 병의 마개를 따고 잔에 술을 따른다.

"인생을 위하여." 그녀가 말한다.

"사랑을 위하여." 가이아가 파올라의 뒤를 이어 말한다.

"친구들을 위하여." 내가 응답한다.

광장에서 아코디언 연주 소리가 올라오는 사이 불꽃놀이가 시작되어 불꽃들이 색색으로 반짝이며 하늘을 환히 밝힌다.

"잠깐만." 파올라가 포도주 잔을 바닥에 내려놓는다. "뭐 좀 가지고 올게." 그러더니 그녀가 문으로 빠져나간다.

가이아와 나는 무슨 일인지 궁금해서 서로를 본다.

잠시 후 파올라가 폴라로이드 카메라를 가지고 돌아온다. "이 순간을 영원히 기억해야 해."

나와 파올라, 가이아, 우리 세 사람은 난간에 기댄다. 내 인생이 표류하고 있지만, 레오나르도도 필리포도 없고 사랑도 없지만 오늘 밤 이 두 사람과 함께 있어 행복하다. 다시 희망을 갖고 싶다.

음악 소리가 점점 커지고 내 슬픔도 차츰 줄어든다.

파올라가 우리 쪽으로 카메라를 맞춘다. "준비 됐어?"

플래시가 터진다. 우리는 서로 꼭 붙어서 함께 웃는다. 포즈가 아니라 진정한 웃음이다.

하늘에서 불꽃이 터진다. 폴라로이드 카메라에서 사진이 나온다. 우리들, 우리의 행복, 앞으로 펼쳐질 우리의 미래다.

드디어 비어 있는 그 액자에 어떤 사진을 넣어야 할지 알 것 같다.

감사합니다.

어머니 첼레스티나에게.

아버지 카를로에게.

남동생 마누엘에게.

낮이고 밤이고 등대가 되어준 카테리나, 미켈레, 스테파노에게.

귀중한 안내를 해준 실비아에게.

2013년 2월 10일 일요일에 운 좋게 만났던 멋진 분들에게.

1층부터 마지막 층까지 리촐리 출판사에서 일하시는 모든 분들에게.

내 인생의 중요한 존재인 라우라와 알에게.

모든 친구들에게 무조건.

비토리아와 산테에게(내 마음속에 늘 함께 있어!).

필리포 P. 와 그의 침묵에.

로마에.

운명에.

　이탈리아의 젊은 작가 이레네 카오의 『에로티카』 3부작은 2013년 5월 출간 즉시 베스트셀러가 되었고, 그해에 현지에서만 40만 부가 판매되었다. 20여 개국에서 번역되기도 했다. 이탈리아 독자들에게 생소했던 이레네 카오는 이 첫 작품으로 인기 작가의 대열에 서게 되었고, 이탈리아 로맨스 소설을 다채로운 색으로 새롭게 그려낸 작가라는 평가를 받는다.

　1979년 이탈리아 북부 포르도네에서 태어난 카오는 베네치아 대학에서 고전문학을 전공하고 지중해 지역의 역사와 고고학 연구로 박사학위를 받았다. 이 작품을 발표하기 전까지 고고학 관련 출판 일을 비롯해서 광고, 영화 등 계약직으로 다양한 일들을 경험했다. 3부작의 초고를 준비해 여러 출판사에 보냈지만 긍정적인 답변을 얻지 못하다가 대형 출판사인 리촐리로부터 출간 제의를 받았다. 그 당시에 카오는 향수 전문점에서 점원으로 일하고 있었다고 한다.

　3부작은 복원미술가인 엘레나와 세계적인 명성을 누리

는 요리사 레오나르도 사이에서 펼쳐지는 사랑과 욕망을 다룬 로맨스 소설이다. 베네치아의 팔라초에서 벽화 복원작업을 하던 엘레나는 그곳에서 만난 레오나르도에게 금방 빠져든다. 레오나르도 역시 마찬가지여서 그들은 곧 뜨거운 사이로 발전하지만 레오나르도는 두 사람의 만남에서 절대 사랑에 빠지지 말아야 한다는 조건을 건다. 이 때문에 두 사람은 만남과 이별을 반복한다. 어찌 보면 단순하고 흔하디흔한 이야기일 수 있다. 그러나 이레네 카오는 이런 이야기에 활력과 매력을 불어넣는다. 마치 두 주인공이 우리 곁에 있기라도 하듯 사실적이기도 하다.

작가는 이 두 사람의 사랑을 통해 우리 안에 숨겨져 있는 본능과 욕망의 실체를 고스란히 보여준다. 순진한 모범생의 인생을 살아온 엘레나와 자신의 감각과 본능에 충실한 레오나르도의 만남은 처음부터 심상치 않다. 레오나르도는 엘레나에게 우리 몸의 감각들을 탐험하는 여행을 제안한다. 쾌락을 찾는 그 여행에서 엘레나는 지금까지 금기시했던 모든 것들을 경험하고 관습과 도덕의 경계를 뛰어넘어야만 한다. 이러한 감각의 여행은 다양한 섹스를 통해 이루어진다. 관습과 금기에 얽매인 채 평범하고 균형 잡힌 삶을 살던 엘레나의 눈앞에 두렵지만 매력적인 세계가 펼쳐진다. 그녀와 비슷한 인물로 평화로운 연인 관계를 유지하던 대학 동창 필리포와도 결국 레오나르도로 인해 파국을 맞는다. 그러나 마침내 엘레나는 레오나르도를 통해 일상에서만이 아니라 자신의 예술에서도 완전한 자유를 얻게 된다.

이야기가 진행되는 과정에서 섹스 장면들이 많이 등장하는데 작가는 이러한 장면들을 본능적으로, 깊이 있게 그려보고 싶었다고 한다. 그래서 기계적인 행동이 아니라 우리의 존재를 뒤흔드는 행위로 섹스를 표현하며 여성이 가학이나 폭력적 섹스의 대상이 아니라, 섹스를 즐길 수 있는 소중한 존재라는 걸 보여주고 있다. 이 때문에 작가는 자신의 소설이 에로소설로 분류되는 데 유감을 표하기도 한다. 특히 작가는 등장인물들의 심리를 섬세하게 묘사한다. 우유부단하다고 욕먹을 수도 있을 엘레나의 행동들에 공감하게 되는 것도 아마 순간순간 갈등하는 그녀의 마음이 너무나 사실적으로 묘사되었기 때문이리라. 주인공들은 심리적인 갈등을 겪으며 성장하고 자신의 상처뿐만 아니라 서로의 상처까지 치유해준다.

3부작을 더욱 특별하게 만드는 것은 그 안에 고스란히 스며들어 있는 이탈리아 문화와 풍경들, 그리고 우리와 거의 비슷한 정서를 가진 부모님과 친구의 사랑과 우정이리라. 특히 주인공들의 직업 때문에 이탈리아 요리와 예술에 관련된 이야기가 곳곳에 자연스레 녹아 있다. 고고학을 전공한 작가의 예술작품에 대한 해박한 지식과 해석도 틈틈이 엿볼 수 있다.

1~3부는 각각 베네치아, 로마, 그리고 시칠리아의 작은 섬 스트롬볼리를 배경으로 한다. 1부의 경우 원제인 Io Ti Guardo('너를 바라본다'라는 뜻. 참고로 2부 Io Ti Sento는 '너를 느낀다', 3부 Io Ti Voglio는 '너를 원한다'는 뜻이다)에서 암시되듯 엘레나는 눈으로 모든 것을 포착한다. 성적인 쾌락조차 눈으로 느낄 수 있을 정도다. 그래서 레오나르도가 만드는 요리를 눈으로 직접 보고 나자 그에게 빠져들고 만다. 그녀는 요리와 예술이 추구하는 게 똑같다는 것을 깨닫게 된다. 이런 그녀에게 레오나르도는 다른 감각의 비밀을 알려주어 세상을 보는 시각을 바꿔놓는다.

　　3부에 등장하는 스트롬볼리는 레오나르도의 고향으로 어린 시절의 추억이 살아 있는 때 묻지 않은 공간이다. 실제 부상을 당한 엘레나는 이 섬에서 지내면서 회복하게 되는데 여기서 그녀의 정신적 상처까지 치유가 된다. 그리하여 예전과 똑같은 일이 벌어져도 한층 성숙하게 그 일과 마주한다. 레오나르도 역시 엘레나를 통해 그동안 갇혀 있던 자신만의 성에서 나와 세상과 소통하게 된다.

　　등장인물뿐만 아니라 도시나 풍경 들이 너무나 생생해 3부작을 번역하면서 베네치아의 운하를 바라보며 커피를 마시거나 로마의 거리를 걷고 있는 듯한 착각이 들기도 했다. 그러나 한편으로는 엘레나에게 지나치게 감정이 이입되어서였는지 번역하는 중간중간 많이 힘들었다. 그러면서도 욕망에 흔들려 이율배반적인 행동을 하는 그녀에게, 어찌 보면 끝 모를 일탈을 하고 있다고도 볼 수 있는 그녀에게 작가가 어떤 희망과 가능성을 보여줄지 궁금하기도 했다. 그래서 마지막에 엘레나가 찾은 자유가 내 것이라도 되는 양 기뻤다. 가슴 설레며 읽을 수 있고 잿빛 일상을 뒤흔들어줄 소설을 원하는 독자들이 이 3부작을 읽어주길 바란다는 작가의 바람을 나 역시 가져본다.

이현경

에로티카

로마

초판	1쇄 인쇄 2017년 2월 6일
초판	1쇄 발행 2017년 2월 10일

지은이	이레네 카오
옮긴이	이현경
펴낸이	정상준
편집	이민정 김민채 황유정
디자인	박수연 김인경
관리	김정숙

펴낸곳	그책
출판등록	2008년 7월 2일 제322-22008-0000143호
주소	서울시 마포구 동교로13길 34(04003)
전화번호	02-333-3705
팩스	02-333-3745

facebook.com/thatbook.kr
facebook.com/openhouse.kr

ISBN	979-11-87928-08-9 04880
	978-89-94040-34-9 04800 (세트)

그책은 (주)오픈하우스의 문학·예술 브랜드입니다.

「이 도서의 국립중앙도서관 출판예정도서목록(CIP)은 서지정보유통지원시스템 홈페이지
(http://seoji.nl.go.kr)와 국가자료공동목록시스템(http://www.nl.go.kr/kolisnet)에서 이용하실 수
있습니다. (CIP제어번호: 2017001740)」